KB040844

홀랜프

홀랜프

2

메시아의 수호자

사이먼 케이 지음

HOLLANP

샘터

차례

프롤로그

ACT 2

ACT 3

프롤로그
인간은 자기 뜻대로 계획하고……

"인간의 궁극적이고 완전한 목표는 영원히 산다거나 부자가 된다거나 건강하다거나 하는 그런 육체의 것이 아니야. 인간의 삶은 결국 정신과 육체 그리고 영혼을 깨닫는 과정이거든. 태어날 때 육체의 완성을 거쳐 정신적인 발전을 이루다가 결국 더럽게 썩어지는 육체는 버리고 정신과 영혼만 가져가는 거지. 그러니 진정으로 인간이 갖고 싶은 것은 결국 더러움에서 분리된 상태, 코데시 Kodesh, 즉 거룩하기 위함이야."

공부하고 있던 선우필에게 과학책을 읽던 최 박사가 말한다. 그의 옆에는 종교 관련 서적이 잔뜩 쌓여 있다. 선우필은 최 박사의 말을 전혀 이해하지 못하는 눈치다. 그런 선우필을 보며 최 박사는 미소와 함께 덧붙인다.

"이 거룩이란 단어가 종교에서 기원한 것 같지만 전혀 아니야. 물론 지금은 종교적 성격이 강하겠지만 난 거룩이야말로 우리 인간이 최종적으로 갖추어야 할 어빌리스라고 생각해. 그러기 위해서는 삶의 과정이 중요하지. 사랑하는 사람을 만나거나 사회생활을 배우면서 진정한 배려를 깨닫는 사람이 돼야 해."

선우필은 여전히 무슨 말인지 모르는 눈치다.

"육체는 피지컬 바디, 즉 몸과 장기를 포함해 보고 만질 수 있는 텐저블tangible한 존재라면 정신은 존재하는 대상을 생각하고 느끼는 멘털 마인드mental mind야. 만질 수도 볼 수도 없지만 그 존재를 확실히 알지. 그것이 지금 이 땅에 사는 우리를 구성하는 요소들이야. 죽으면 육체는 썩어 문드러지지만 정신은 영혼과 함께 다음 세상으로 가게 되지."

듣고 있던 선우필의 눈동자가 멍해진다. 최 박사는 신경 쓰지 않고 헛기침을 하더니 말한다.

"영혼은 스피리추얼 소울spiritual soul이다. 이 소울을 정신이라 보는 사람도 있고 여러 의견이 있지. 이러한 존재에 심증만 있고 물증이 없기 때문이야. 즉 어느 학자도 증거를 찾지 못하고 공식formula으로도 발견하지 못한 존재이기 때문이지. 그럼에도 수천 년 전부터 많은 사람이 영혼이 있다고 믿으며 살아왔지. 정치적으로 이용하기도 하고 실제로 경험했을 수도 있고. 중요한 건 우리가 이러한 육체와 정신 그리고 영혼이 서로 뒤엉킨 채 산다는 거야. 육체와 정신이 뒤엉킨 이 세상에서도, 그리고 정신과 영혼이 뒤엉킨 다음 세상에서도."

넋이 나간 선우필을 본 최 박사가 웃으며 말한다.

"그런 자네 표정을 두고 영혼이 나갔다고 농담하기도 하잖아?"

최 박사가 이어 말한다.

"지금은, 아직은 내 말을 이해 못 하겠지만, 선우필, 나는 앞으로

자네가 내 말을 이해하고 시행할 사람이 되리라는 예감이 들어. 그
게 맞으면 좋겠고. 그래서 나는 내 아이들이 자네와 잘 지냈으면
하는 거야."

"네……."

불확실한 말투로 선우필이 답한다. 최 박사는 그 모습이 재미있
는 듯 다시 공부하라는 손짓을 한다. 선우필은 곰곰이 생각하다가
도 도저히 모르겠다는 표정이다. 고개를 절레절레 흔들더니 과학
책을 다시 읽는다.

*

후드를 쓴 붉은 머리 사내는 짙은 연기 사이로 페카터모리 알파
를 바라본다. 그 앞에 그의 아버지라는 사람의 죽은 머리가 있다.
썩어 문드러진 육체의 일부다. 죽은 사람에게서 지독한 냄새가 난
다. 한숨을 짧게 쉰 사내는 허공을 주시한다. 마치 오랫동안 기다
린 누군가를 드디어 만난다는 기대감이 가득한 표정이다.

사내는 다시 알파를 바라본다. 그 얼굴의 커다란 점은 페카터모
리가 되어도 사라지지 않는 듯하다. 사내의 육체에서 피어오르던
연기가 줄어든다. 죽지 않고 오히려 강한 어빌리스가 그에게서 감
지되자 알파는 자기도 모르게 몸이 떨리는 걸 알게 된다.

"친구가 있다는 것, 사랑하는 사람이 있다는 것, 결혼을 통해 사
회를 만드는 것. 서로를 위하고 협력하며 대화로 살아가는 세상.
진정한 배려가 무엇인지 알아가는 세상."

"무슨 소리를 하는 거야!"

"난 모든 걸 다 가진 사람인 거야. 그러니 이제 거룩한 세상을 만들기 위해 내가 거룩해질 거야."

"무슨 거룩 같은 소리야! 네가 뭘 가졌다는 거야! 너는 아무것도 가진 게 없어! 너는 태어날 때부터 부질없는 인간이었고 그저 아버지 그늘 밑에서만 살 수 있는 부질없는 인생을 살다가 지금은 그런 아버지도 없으니 완전히 쓰레기 같은 인생을 산 거야. 너도 인간도 이제 모두 끝이란 말이다! 지금 네 머리 색깔처럼 온 세상이 핏빛으로 변할 거라고!"

페카터모리 알파가 계속 소리치지만 사내는 대꾸 없이 다시 허공을 바라본다.

"공격!"

알파가 공격 명령을 내리자 그의 부대가 사내에게 빠르게 달려간다.

잠시 생각에 잠긴 듯한 사내가 순식간에 글래디우스 그립Gladius Grip에서 푸른 검을 뽑더니 주위의 페카터모리들을 모두 벤다. 검의 푸른 빛이 주위를 밝힌다. 그리고 연기가 짙게 피어난다. 이내 사라지는 연기 사이로 허리가 잘린 페카터모리 알파가 쓰러져 있다. 푸른 날이 글래디우스 그립으로 들어간다. 쓰러진 알파가 사내를 보며 말한다.

"아무리 난리 쳐봤자 우리의 진화를 막을 수 없다. 인간의 존엄을 지키려는 인간의 의지는 점점 약해질 것이다. 의지가 약해지면 기억력이 쇠퇴하고 결국 인간이었을 때의 기억이 모두 사라진다. 너도 페카터모리가 되어 인간의 존엄을 잃고 결국 홀랜프가 돼 전 우주를 지배하게 된다! 이것이 최 박사의 계획보다 더 존엄하고 실행 가능한 훌륭한 계획이 아니겠어! 거룩이고 뭐고 그딴 건 인간들이 죄책감으로 지껄이는 말일 뿐이지."

사내는 페카터모리 알파 앞으로 간다. 글래디우스 그립에서 푸른 검이 다시 나온다.

"이봐, 날 죽이면 세상을 더 어지럽게 할 뿐이야. 나처럼 인간과 홀랜프를 중재하면서 서로 말이 통하게 하는 존재가 있어야 세상이 돌아가지. 난 자네의 매스클랜보다, 최 박사보다 더 좋은 길로 인도해줄 수 있어. 원한다면 벙커의 아이들도 자네와 영원히 함께하게 할 수도 있다고. 지금 자네는 모르는 게 너무 많아. 나를 살린다면 결국 신의 지식을 얻을 수 있어. 그러니…… 섣부른 행동은 하지 말고…… 나를 살려주게."

갑자기 약한 모습을 보이는 그의 말에 사내는 멈칫한다. 하지만 이내 글래디우스 그립을 더 꽉 쥐고 페카터모리 알파의 육체를 사정없이 베기 시작한다. 그의 칼질에 이제껏 참았던 분노가 가득하다. 그의 몸에서 다시 연기가 피어오른다. 갈기갈기 찢긴 페카터모리 알파의 육체가 한때 자신의 아버지였던 사람의 머리를 바라본다.

"그래도 내가 아버지보다 나았어! 난 홀랜프의 축복을 받았으니까. 내 아들은 나보다 나을 거야!"

알파가 크게 외치지만 사내는 듣지도 않고 그의 머리를 발로 밟아 고정한 후 아담스 애플을 칼로 도려낸다. 사내는 여전히 분이 풀리지 않은 표정으로 아담스 애플을 자신의 호주머니에 넣는다.

"세상이 어지럽다는 것도, 내가 모르는 게 많다는 것도, 네가 누구보다 나았다는 것도 모두 너의 생각일 뿐이야. 이제 나는 이 땅의 모든 생물체를 멸망시킬 거다."

사내의 몸에서 연기가 짙게 난다. 증오에 다시 불이 붙자 그가 눈을 크게 뜨면서 자신을 진정시킨다. 죽은 페카터모리 알파와 그의 아버지 시신이 너저분하다.

"감정을 포함해 정신을 조절할 줄 알아야 해. 인간은 다른 생물체와 달리 조절하는 능력이 있어. 이성적 판단이 가능한 거지. 증오심을 잘 활용하면 강한 원동력이 되니까 잘 생각하면서 어빌리스를 높여봐."

전에 들었던 말을 떠올리자 사내의 육체에서 연기가 사라진다.

ACT 1

HOLLANP

1장 1절
만들어지는 신화

박 사령관은 어두운 표정으로 서 집사를 한 번 쳐다볼 뿐 말없이 리브에게 다가간다. 리브는 선우희를 꼭 붙잡고는 자신에게 다가오는 박 사령관을 경계하듯 본다. 선우희는 리브를 보다가 고개를 돌려 박 사령관을 쳐다본다.

"이해할 수 있겠나?"

박 사령관이 묻는다. 리브는 박 사령관을 보고 그 뒤로 보이는 대형 스크린을 한 번 쳐다볼 뿐 아무런 대답을 하지 않는다. 해든이 뒤에서 리브에게 속삭인다.

"너보고 인류의 신이 되라고 하는 거 같은데?"

선우희가 무슨 말을 하려다 해든의 말에 쑥스러운 듯 리브의 다리를 붙잡는다.

"너희 모두 인류의 신이 되라는 거 같은데?"

민수가 한마디한다. 해든이 민수의 말에 니나를 쳐다본다. 그리고 아라를 쳐다본다. 두 사람은 생각에 잠겨 있다. 박 사령관은 해든과 리브를 한 번 본 후 선우희를 쳐다본다. 그리고 눈높이를 맞추려는 듯 무릎을 구부린다.

"안녕? 만나서 반갑구나."

선우희에게 악수를 하자고 손을 건넨다. 선우희는 쭈뼛거리다 고사리 같은 손을 내민다. 몇 배는 커 보이는 박 사령관의 손이 조그마한 선우희의 손을 살며시 잡으며 악수한다. 박 사령관은 흐뭇한 미소를 지으며 말한다.

"선우희라고 그랬지? 앞으로 잘 부탁한다."

박 사령관의 행동에 민수가 해든에게 말한다.

"어차피 선우희가 인류의 희망이 되어야 하는 거였잖아."

"그렇긴 한데……."

해든은 말을 하다 만다. 그리고 리브를 쳐다본다. 리브는 선우희를 보며 생각에 잠긴 듯하다.

"박 사령관."

서 집사가 부른다. 김 중령이 팔짱을 끼고 못마땅한 표정으로 서 있다가 큰 소리로 말한다.

"이해가 안 될 게 뭐가 있어? 이것이 하늘의 도시에서 내린 결정이라잖아. 최 박사의 예언이라잖아! 저 꼬맹이와 아이들이 인류의 메시아가 되라는 거야."

"메시아?"

서 집사가 숨이 막히는 듯 짧은 숨을 뱉으며 말한다. 박 사령관이 침착한 표정으로 일어나 서 집사를 쳐다본다.

"홀랜프의 계속되는 공격은 뿔뿔이 흩어져버린 우리로서는 도저히 막을 길이 없었어. 그들은 기술에서도 뛰어나고 수적으로나 모든 면에서 우리를 압도해. 인간은 단합해도 될까 말까인데 오히려 각자 살길을 찾는다고 도망가지. 그리고 뜻대로 안 된다 싶으면 페카터모리가 되는 것이고. 가끔 독단적인 행동이 좋은 결과를 낼 수 있다지만 올바르지 못한 독단적 행동은 오히려 독이 될 수 있어. 지금 우리 세상이 바로 그 독이 된 세상이야. 인류가 하나가 되어야 해. 인간이 믿고 기다릴 수 있는 확고한 희망을 보여줘야 해.”

박 사령관이 예언서를 가져와서 서 집사에게 건넨다.

“하늘의 도시에서 내린 결정이 틀릴 수도 있어. 하지만 지금 이 방법 말고는 없다네.”

서 집사가 예언서를 펼치고 훑어본다. 몇 구절이 눈에 들어온다.

‘전 인류의 아버지와 어머니 사이에서 나온 아들이 위기에 빠진 인류를 구원한다.’

‘아이들에게 둘러싸인 메시아. 그가 나타나면 인류가 구원에 이를 것이다.’

‘그들은 이 시대를 위해 나타난 신이다.’

‘그들을 경배함으로써 우리는 위기에서 탈출할 수 있다.’

마지막 두 구절은 서 집사가 전에 읽었던 최 박사의 노트에 있던 것이다. 최 박사가 마구 휘갈겨 쓴 글 중 하나다. 김 중령은 여전히 팔짱을 낀 채로 박 사령관의 말에 덧붙인다.

“마구 갈겨쓴 글귀라고 생각하겠지. 자네는 분명 저런 글을 많이 봤을 거야. 홀랜프 침공이 일어나지 않았더라면 미친 소리였겠지만 침공이 일어난 이상 무시할 수 없는 말들이지. 이 짧지도 길지도 않은 세월 동안 우리는 두 번이나 멸종의 위기에 처했어. 큰 혼란 속에서 우리는 살아남았다고. 2차 대전 후 최 박사의 예언서가 확실하다고 사람들은 평가했지. 이 예언서 덕분에 그나마 사람들이 이만큼 함께 생활할 수 있었고, '아이들'에 관련된 내용 그리고 우리가 이렇게 만날 것이라는 내용. 이것이 다 그들 눈에는 실현되고 있는 전설이라고."

서 집사는 김 중령이 알려주는 곳으로 책장을 넘겨본다. 거기에는 아이들과의 만남이 적혀 있다. 서 집사도 들었던 6년의 세월에 대한 내용이다. 최 박사는 낙서를 하는 버릇이 있었다. 이전에 우연히 최 박사의 노트를 보았을 때 그저 최 박사가 인간적이고 아이 같은 면이 있구나 하는 정도로 생각했다. 악필이던 최 박사의 글은 서 집사도 제대로 못 읽는 구절이 많았다.

"이게 말이 된다고 생각하나?"

서 집사가 묻는다.

"당연히 말이 안 되지. 자네도 나도 알고 있던 최 박사는 똑똑하고 아는 것도 많고 기발한 생각도 많이 하는 사람이긴 해도 이상한 짓도 많이 하던 늙은이가 아닌가? 함께 일하면서 얼마나 쓸데없는 말을 해댔어? 그런 늙은이가 혼자 심심해서 쓴 글일 수도 있고 아무 생각 없이 그림 그리듯이 글을 썼을 수도 있어. 하지만 지금 우리는 멸종 위기에 도달했어. 이제는 지푸라기라도 잡아야 하는 상태라고. 이제 다른 시도도 할 수가 없어. 정말 최 박사의 예언서가 맞는다면 다행인 거고 틀리면 멸망인 거야."

김 중령이 말한다. 서 집사는 벙커에서 나오기 전 최 박사의 계획에 대해 잠시 생각해보았다. 빠르게 성장한 아이들의 어빌리스를 감지하며 바깥세상의 인간들과 합류해 홀랜프를 공격하고자 했다. 그래서 게릴라전술을 생각했다. 이렇게 아이들을 신으로 만든다는 생각은 한 적이 없다. 인간인 걸 뻔히 아는데 신이라니, 말도 안 되는 소리 같다.

"박사님의 글을 잘못 해석한 건 아닌가?"

서 집사가 묻는다. 아무 대답을 들을 수 없다. 서 집사는 이어 말한다.

"아이들은 신이 아니야. 그런 희망적인 존재로는 가능할지 몰라. 하지만 모든 사람에게 신이라고 말해버리면 아이들조차 위험해. 저 홀랜프를 이기고 나면 그다음에는 어떻게 할 생각이란 말인가?"

"그다음은 없어. 우선 우리 모두가 살고 봐야지. 그래야 그다음이 있는 거야."

김 중령이 말한다.

"말이 안 되고 위험할 수 있다는 자네 마음은 잘 아네. 얼마간만 신의 역할을 해주는 거야. 나머지는 하늘의 도시와 우리가 다 알아서 할 걸세. 한번 지켜보게. 이 아이들이 신이라고 공표했을 때의 사람들 반응을. 절박함을 느낄 수 있을 걸세."

박 사령관이 이어 말한다. 서 집사는 아이들을 쳐다본다. 민수와 레나를 제외한 아이들의 반응이 의외로 차분하다. 마치 이런 일이 일어날 걸 알았다는 표정이다.

"너희는 괜찮겠니?"

서 집사가 묻는다. 리브는 그런 서 집사를 쳐다보고 박 사령관에게 묻는다.

"도저히 그런 방법 말고는 없는 거예요?"

리브의 질문에 다른 아이들도 박 사령관을 쳐다본다.

"이해하기 힘들겠지만, 오늘 자네들을 만나기 위해 정말 많은 사람이 희생되었어. 몇 번을 말해도 내 대답은 같아. 홀랜프를 공격하는 건 우리만으로는 무리야. 전 세계에 퍼져 있는 모든 사람이 힘을 합치는 수밖에 없어. 자네들이 나서준다면 흩어진 사람들이 분명 다시 모여들 거야."

박 사령관이 절박한 듯 대답한다.

"이런 미신 같은 말은 믿기 힘든 게 정상이야. 그런데 지금은 정상인 세상이 아니야. 이런 미신이 아니면 인류에게는 아무 희망도 없어. 벙커에서 나오기만 하면 뭔가 다른 방법이 있을 거라 생각했나? 어떻게 지금, 바로 이런 시점에 자네들이 벙커에서 나왔는지 궁금하지 않았나?"

오윈이 김 중령의 말에 대답하려고 하자 그가 가로막는다.

"질문이 아니야."

오윈은 입을 다문다.

"저희가 뭘 어떻게 하면 되죠? 신인 척 행동하면 되나요? 어떻게 하는 거죠? 신으로서 할 수 있는 능력이 아무것도 없는데요. 제 아들은요?"

리브가 따지듯 말한다. 그리고 선우희를 꼭 붙잡고는 말을 이어간다.

"무슨 일이 있어도 우리 희를 다치게 할 수는 없어요."

박 사령관이 고개를 끄덕인다. 그리고 리브를 비롯한 다른 아이들을 쳐다보며 말한다.

"자네들은 이전에 인기가 많았다고 들었네."

아이들은 서로를 쳐다보기만 할 뿐 질문을 이해하지 못한 눈치다. 민수가 대신 대답한다.

"여자아이들은 그랬는데 남자아이들은 아니에요."

"뭐야!"

해든이 발끈하고 민수를 노려본다.

"사실이잖아. 난 너희가 쟤네 옆을 그냥 지키는 수호신 같다고만 생각했는데?"

해든과 민수가 다시 티격태격하려고 하자 니나가 두 사람의 팔을 꽉 붙잡는다. 박 사령관이 살짝 미소를 띠며 말한다.

"그래, 그런 식이다. 남자아이들은 수호신. 여자아이들은 그 수호를 받는 여신들."

"헷갈리면 그리스 신화 같은 걸 상상하며 행동해라."

김 중령이 덧붙인다. 분위기가 약간 가벼워진다. 아이들이 그리스 신화라는 말과 여신이라는 말에 서로 쳐다보며 킥킥댄다.

"그렇다고 너무 장난스럽게 하면 안 돼."

김 중령이 엄숙하게 말한다. 아이들은 다시 조용해진다. 박 사령관이 말한다.

"그 당시를 떠올리며 그대로 행동하면 된다네. 우리 전사들과 하늘의 도시에서 그 외의 것을 다 책임져줄 것이라네."

아라가 리브의 손을 살짝 잡는다. 리브는 알겠다며 고개를 끄덕인다. 리브의 얼굴이 창피한 듯 약간 빨갛다.

"선우필의 행방은 알 수 있나요?"

박 사령관은 리브의 말에 김 중령을 쳐다본다.

"네 남편 말이야?"

김 중령이 말한다.

"아뇨! 선우희 아버지요."

리브의 얼굴이 더 빨개진다.

"우리는 오늘까지 선우필이 벙커에 있다고 믿었네."

"그럼 혹시 다른 지역에는요? 아니면 다른 장소에서나 저 하늘의 도시에서도 선우필의 행방을 모르는 건가요?"

리브는 기다렸다는 듯 질문한다. 박 사령관은 고개를 절레절레 흔든다.

"하늘의 도시에서는 이 세상에 위치한 모든 본부를 파악하고 있네. 등록된 마일스 전사나 민간인 숫자도 어느 정도 알 수 있지만 선우필이 그 안에 있는지는 알 수 없지. 그 친구의 어빌리스가 어떠한지도 모르고. 우리에게 등록되지 않은 사람이 있다면 아마도 파라다이스Paradise에서 생활하고 있다는 건데, 그러면 아이의 아버지라고 해도 이미 페카터모리가 되었거나 되기를 기다렸거나 아니면 죽었을 걸세."

"숨어 있을지도 모르지."

김 중령이 말한다.

"그러길 바라, 나도. 그러면 예언서가 더 확실해지는 셈이니까."

박 사령관이 김 중령의 말에 동의하듯 고개를 끄덕이며 말한다. 김 중령은 귀찮다는 듯 책상을 치며 말한다.

"이제 그만하면 됐고 앞으로의 계획이나 아이들에게 알려줘."

박 사령관이 고개를 끄덕이며 말한다.

"우리는 여왕이 있다고 추정되는 장소인 파라다이스를 공격할 예정이야. 홀랜프 생물체들의 움직임과 그들의 존재 여부는 여왕에 의한다고 추측하고 있으므로, 결국 여왕을 죽이는 것이 우리가 살 수 있는 유일한 방법이라고 생각하는 것이지."

"파라다이스?"

민수가 아이들을 보며 묻는다.

"페카터모리와 인간과 홀랜프 생물체가 함께 사는 곳이야. 너희가 가면 아주 좋아할 거다."

김 중령이 말한다. 아이들과 민수는 김 중령의 말이 헷갈리는 듯박 사령관을 쳐다본다.

"파라다이스는 홀랜프가 이룩한 도시다. 그곳에 홀랜프 총본부가 있는데 2차 대전 때 우리의 공격이 실패한 장소이기도 하다. 갈취하는 모든 자원이 여왕의 영양분으로 간다는 예측이 있는데, 그 여왕이 파라다이스에 거주하고 있다는 정보가 있다."

박 사령관이 말을 마치고 리브를 본다. 마치 리브가 이제부터 또다른 질문이나 의견을 내세울 것이라는 기대와 함께.

"그럼 지금 이 모든 게 추측과 가정에 따라 하는 일이라는 거죠? 하늘의 도시에서 나온 연구 결과로?"

"그렇다. 하늘의 도시든 우리 본부든 어느 본부든 간에 연구원들이 있다. 다들 매스클랜 출신으로 뛰어난 자들이다. 불행 중 다행이지. 나름 현장에서 직접 발품 팔아 얻은 정보도 있고 해서 어느 정도 맞아떨어질 것이다. 우리가 추측이나 가정이라고 하는 이유는 100프로가 아니라서……."

"네, 알아요."

리브가 말을 끊고 아라와 니나를 쳐다본다.

"매스클랜이라면 할아버지와 함께 일한 연구원들을 말씀하시는 건가요?"

리브가 박 사령관을 보지도 않고 대답한다.

"그래. 잘 알겠구나. 자네가 아이일 때 자네를 예뻐해준 매스들이 많았지. 그 당시 인턴으로 일했던 친구들이 다시 만든 그룹이다. 그중에는 선우민 사범의 제자들도 있어서 우리 때와는 약간 다른 성향이긴 하지만 여전히 이런 세상에서 그들 나름대로 잘 꾸려나가고 있다. 그들은 현재 어디에도 합류하지 않고 떠돌이 생활을 하면서 홀랜프를 테러하고 있다. 그들은 우리 마일스를 창립하는 데 도움을 주었고 어빌리스를 가르쳐주는 데도 일등 공신이지."

박 사령관의 말에 서 집사가 재밌다는 듯 헛웃음을 짓는다.

"그래도 아직 우리 때처럼 성과를 내지 못했어."

김 중령이 질투가 난 듯 말한다.

"그래도 대단하네. 박사님의 정신을 이어받아 클랜을 또 만들다니."

"사이비 종교 같은 것일 뿐이야."

서 집사의 말에 김 중령이 퉁명스럽게 말한다.

"매스클랜은 홀랜프를 암살하기도 하고 필요한 정보를 얻어 우리에게 비밀리에 전해주기도 했지. 그들의 어빌리스는 꽤 높은 수준이었네. 매스클랜이 전한 정보, 우리 본부의 정보, 그리고 하늘의 도시에서 보내준 정보들을 합쳐 이론적으로 맞춰보면 꽤 비슷한 결과가 나왔기에 우리는 제대로 된 예측이라고 생각한 거야."

"지금은 그럼 그들이……?"

민수가 질문한다.

"안타깝게도 그들은 2차 대전 때 전멸한 것으로 보이네. 그리고 우리는 그 대가로 여왕에 대한 정보를 얻었지. 훌륭한 인재들이 너무 많이 희생되었어. 그들 모두 페카터모리가 되었다는 소문도 있지만, 현재로서는 그들의 어빌리스를 하나도 감지하지 못하고 있네."

"젠장, 그때 같이 갔어야 했는데⋯⋯."

김 중령이 분한 듯 말한다.

"그만해. 자네 잘못이 아니야. 그때 자네가 갔어도 결과는 같았을 거야."

김 중령은 박 사령관을 한 번 째려보더니 다시 책상을 치며 혀를 찬다. 박 사령관은 그런 김 중령을 보며 아이들에게 말한다.

"그래도 그들 덕분에 여기 김 중령이 어빌리스 훈련에 집중하게 되었지."

김 중령은 그만하라는 제스처를 한다.

"선우필."

민수가 혼잣말로 말하지만, 방이 작아서 모두가 듣고 쳐다본다. 민수는 당황하지만 이내 심각한 표정으로 말한다.

"선우필은 매스클랜이 되었을 거야."

1장 2절
새로운 희망

박 사령관은 민수의 말에 고개를 끄덕인다.

"그렇게 생각할 수도 있겠지. 벙커에도 없었고 여기에도 없고, 죽지만 않았다면 말이야. 이 세상 어딘가에서 떠돌이 생활을 하며 홀랜프에 맞서 싸운다면 더없이 좋은 이야깃거리일 거야. 박사님의 예언이 더 현실화하는 계기도 될 것이고. 하지만 선우필이라면 우리 앞에 나타나지 않았을까? 내가 아는 한 그 친구는 겁이 많고 싸움도 못 한다고 알고 있는데."

박 사령관의 말에 민수가 묻는다.

"선우필이 어떻게 생겼는지 아시나요?"

김 중령이 퉁명스럽게 대답한다.

"제 아빠처럼 생겼겠지."

"그건 모르지. 우리는 그 친구를 어릴 때 보고 본 적이 없으니."

박 사령관이 김 중령의 말에 반박하듯 말하더니 서 집사를 보며 말한다.

"새롭게 창립된 매스클랜은 우리 때처럼 하얀 연구원 유니폼이 아닌 어두운색 망토에 그에 달린 후드를 쓰고 다니더라고. 그래서 얼굴을 늘 가리고 있어. 지금 생각해보면 그들의 어빌리스는 인간의 것도 페카터모리의 것도 아닌 뭔가 다른 느낌이었어."

박 사령관은 기억을 되살리려는 듯 손을 턱에 댄다.

"매스클랜은 얼마나 강했나요?"

니나가 질문한다.

"아주 강한 사람들이었지. 수가 많지 않은데 팀워크도 좋고 감각이 뛰어나."

박 사령관이 대답한다.

"그런데도 홀랜프에게 전멸당했다고요?"

박 사령관이 니나의 말에 안타까운 표정으로 고개를 좌우로 흔든다.

"홀랜프가 더 강한 것이지. 지금은 더 강해지고 더 많아졌어. 게다가 페카터모리까지 더 생겨났으니……."

니나는 멀리 떨어져 있는 어빌리스를 감지해본다. 서 집사는 김 중령과 박 사령관을 보며 묻는다.

"도대체 그 하늘의 도시라는 곳은 어디에 있는가? 하늘에 떠 있는 건가?"

박 사령관은 김 중령을 한 번 쳐다보고 서 집사를 본다.

"기밀이야. 우리도 모르네. 다만 지금 그들의 행방보다는 우선 인류의 존속이 더 중요하니까……."

서 집사는 깊은 탄식을 뱉으며 연달아 질문한다.

"그럼 파라다이스라는 곳은?"

"아, 그곳은 우리가 알아."

박 사령관의 대답에 리브가 질문한다.

"페카터모리가 된다면 파라다이스에서만 사는 건가요?"

박 사령관이 고개를 끄덕이며 대답한다.

"그렇다고 볼 수 있지. 굳이 그곳에 살지 않아도 되지만 아무래도 파라다이스는 홀랜프의 중심지 같은 곳이니까."

"인간들도 산다고요?"

리브는 아까 박 사령관이 했던 설명이 부족한 듯 다시 묻는다.

"그래. 파라다이스에 사는 사람들은 페카터모리가 되었거나 되기를 기다리는 사람들이지. 다행인지 불행인지 페카터모리가 되려는 사람들이 많아서 대기를 한다더군. 우리는 더 늦기 전에 그들이 마음을 돌리기를 바라는 것이고."

"거기까지 가서 배신한 인간들이 다시 돌아올까요?"

해든이 묻는다.

"그래서 자네들이 필요한 거야. 그들이 자네들의 존재를 알게 된다면 분명 다시 돌아올 거야."

리브는 곰곰이 생각해본다.

"만약 제가 안 하겠다고 하면요?"

"그냥 이대로 파라다이스로 쳐들어가 마지막 전쟁을 할 것이다."

김 중령이 대답한다.

"이봐, 왜 또 그러나? 차근차근 풀어서 설명해야지."

박 사령관이 김 중령을 타이르듯 말한다. 김 중령은 짜증이 난 표정으로 고개를 돌린다. 박 사령관은 난감한 표정으로 리브에게 말한다.

"김 중령이 원래 앞뒤 재지를 않아. 자네가 이해해주게. 자네가 직접 파라다이스에 가보면 이해가 더 빠를 거야. 우리는 가끔 그곳에서 음식 재료를 구해 오는데 자네들도 함께 가보게나."

"네?"

박 사령관의 말에 민수가 놀라 묻는다. 예상했다는 듯 박 사령관이 쓴웃음을 지으며 말한다.

"그래. 우리는 음식 재료를 파라다이스에서 구해 온다네."

민수가 놀란 표정으로 아이들을 쳐다보고 해든과 오웬은 걱정 반 기대 반의 얼굴로 서로를 보고 있다. 박 사령관이 리브에게 몇 발자국 다가가며 말한다.

"파라다이스로 출발하기 전에 우리의 부탁을 들어주면 좋겠는데……."

"이 아이들을 신으로 공표하면 거짓말을 하는 게 아니겠나? 아니라는 사실이 밝혀지면 하나로 모으려는 그 계획도 무산이 된다고!"

서 집사가 말한다.

"이제는 시간이 없다니까!"

김 중령이 말한다. 그리고 리브를 보며 말을 이어간다.

"자네가 안 하겠다면 더는 강요하지 않아. 아까 말했듯이 우리는 이제 남은 사람들과 함께 파라다이스로 쳐들어가 홀랜프와 마지막 전쟁을 치를 거야. 그러다 죽으면 그만인 거야. 죽이 되든 밥이 되든 싸우다 죽는 거라고. 하지만 자네가 우리 부탁을 들어준다면 조금이라도 더 많은 사람이 단결할 수 있으니 이렇게 말하는 거야. 신념과 믿음이 생기면 인간은 더 강해지니까."

김 중령이 언성을 높이며 말한다. 박 사령관은 한숨을 쉬고 서 집사 역시 이 순간이 괴롭다는 표정으로 리브를 쳐다본다. 리브의 표정은 냉랭하다. 리브는 자신을 멀뚱히 보고 있는 선우희를 보며 대답한다.

"알겠어요."

"잠깐만……."

서 집사가 말리려는 듯 다가간다.

"지금 아무 방법이 없다잖아요. 저희는 이제 이 세상에 나와 아무것도 모르는데 어떡하겠어요? 선우필의 생사도 모르는 마당이니 그냥 따르는 게 낫겠어요. 할아버지의 계획이라잖아요."

아이들과 서 집사는 탐탁지 않은 표정이다. 특히 아라와 니나는 걱정스러운 표정으로 리브를 쳐다본다. 리브는 어쩔 수 없다는 듯 고개를 옆으로 살짝 기울이며 입술을 삐죽 내민다.

*

박 사령관이 창으로 가 커튼을 거둔다. 창밖으로 민간인들과 마일스 전사들이 각자의 일을 하는 중이다. 사람들이 마치 데모하듯 텐트를 잔뜩 쳐놓고 죽을 먹거나 넋을 놓은 채 앉아 있다. 청소를 하며 주위 사람들과 대화를 나누기도 한다. 전사들은 짐을 나르기도 하고 멘사보드를 닦기도 한다. 모두가 축 처진 채 하루를 겨우 사는 듯하다.

사령탑은 약 15미터 높이로 이 모든 걸 볼 수 있다. 본부 건물의 높이는 대략 50미터이다. 리브는 높지도 낮지도 않은 위치에서 그들을 보며 알 수 없는 안타까움을 느낀다. 리브가 선우희를 들어 안는다. 박 사령관이 통창을 열어 발코니로 리브와 선우희가 나오게 한다. 아이들 역시 그 뒤로 따라 나온다. 그들은 발코니에 서 있다. 민수는 고민하며 눈치를 보다가 가장 뒷자리에 가서 선다.

각자의 일을 하던 사람들이 모두 멈추고 아이들을 쳐다본다. 리브는 긴장되지만 계속된 슬픔에 입을 꾹 다물고 선우희를 꽉 잡는다. 박 사령관이 아래에서 쳐다보는 사람들을 천천히 둘러본다. 대부분이 보고 있지만 상당수의 사람은 별 신경을 쓰지 않은 채 다시 하던 일을 한다. 박 사령관이 외친다.

"여기 주목해주십시오! 여러분은 지금 이 아이들이 누구인지 궁금하고 나름 추측도 할 것입니다. 예언서에 있는 이야기를 우리가 앞으로 믿어야 할지 어떻게 할지 생각하셨을 겁니다. 하지만 예언서는 생각할 책이 아닙니다! 그저 믿어야 할 책입니다! 거기에는 믿을 수밖에 없는 사실만 있기 때문입니다! 여러분에게 입증하기 위해 여기 나왔습니다. 여기 나와 있는 이 아이들을 보십시오! 예언서에 있는, 우리가 그토록 기다리던 아이들입니다! 이제 우리가 승리할 것이라는 믿음을 더 굳건히 해줄 바로 그 전설의 아이들입니다!"

박 사령관의 연설에 사람들이 웅성댄다. 아이들은 뚫어지게 자신들을 보는 사람들 때문에 어색하고 민망한지 고개를 숙인 채 서로를 쳐다본다. 뒤에서 민수가 조용히 해든에게 말한다.

"전설의 아이들?"

그리고 오웬도 쳐다본다. 세 남자아이는 잠시 서로를 보다 고개를 더 숙이더니 킥킥대기 시작한다. 니나도 옆에서 웃음이 삐져나오는 듯 고개를 숙이고 해든에게 그만하라고 툭 친다. 해든은 뒤로 돌아 혼자 킥킥대다 김 중령과 눈이 마주친다. 김 중령의 살기 어린 눈빛에 웃음을 거두고 다시 돌아서서 사람들 쪽을 본다.

김 중령은 걱정스런 표정의 서 집사를 보며 한숨을 쉬고 고개를 좌우로 흔든다. 발코니에서 박 사령관이 연설을 이어간다.

"예언서에 나온 어머니와 아들 그리고 그 어머니의 형제들이 지금 우리 눈앞에 있습니다!"

민수와 레나를 제외한 아이들이 박 사령관의 말에 깜짝 놀란다. 김 중령은 그들의 반응을 유심히 살펴본다. 박 사령관이 리브에게 손을 흔들어주라고 말한다. 리브는 어색하게 사람들을 쳐다보며 손을 흔든다. 그때 갑자기 무리 중 한 사람이 손뼉을 치며 환호한다. 다른 사람들도 눈치를 보다 같이 손뼉을 치고 순식간에 모든 무리가 기다렸다는 듯 환호하기 시작한다. 마치 광신도처럼 그들은 소리를 지르며 열광한다. 그 소리에 사령탑 안에 있던 김 중령의 표정이 점점 어두워진다. 서 집사의 표정은 여전히 좋지 않다. 해든, 오웬, 민수는 사람들의 환호 소리에 잠시 놀라다 참고 있던 웃음을 자연스럽게 터트리며 손을 흔든다. 니나는 군중을 자세히 보며 마치 무엇을 기억해내려는 듯 눈이 분주하게 움직인다. 아라가 리브를 보고 선우희를 보더니 조용히 자신의 노트에 필기하고 있다. 군중의 환호가 더 커지며 성난 소리가 나기 시작한다.

"뭐야…… 무서워……."

민수가 조용히 말한다. 해든과 오웬도 이제 웃음이 사라지고 어두워진 표정으로 군중을 본다. 군중이 사령탑으로 오려는 듯 다가오자 마일스 전사들이 막아선다. 민수는 아이들이 지금 장면을 이미 본 표정이라는 것을 깨닫는다. 니나가 군중을 관찰하고 있고 아라는 리브와 선우희를 관찰하고 있다. 그리고 둘이 서로 눈빛을 교환한다. 선우희가 아빠에 관련된 이야기를 했을 때 민수가 본 그런 눈빛 교환이다.

선우희는 리브에게 안겨 미치광이처럼 환호하는 군중을 쳐다본다. 리브는 군중에게 억지웃음을 보여주더니 부담스러운지 이내 뒤로 돌아선다. 뒤에서 아라와 니나가 쳐다보고 있다. 리브가 아라와 니나를 보더니 사령탑으로 들어간다. 아이들이 모두 사령탑으로 들어가고 발코니에 홀로 남은 박 사령관이 주먹을 꽉 쥐어 보이며 연설을 마무리한다.

"예언서의 예언은 반드시 이루어집니다! 우리는 반드시 홀랜프에게서 해방될 것입니다!"

계속되는 환호를 뒤로하고 박 사령관 역시 사령탑으로 들어가 통창을 닫고 커튼으로 막는다. 사람들의 환호가 멈추지 않고 한참 들린다.

"꿈속에서 본 것인가?"

김 중령이 묻는다. 리브가 놀라 김 중령을 보고 다른 아이들 역시 놀라 쳐다본다. 리브가 혼란스러운지 선우희를 내려놓고 니나는 의자를 갖고 와 리브를 앉힌다. 리브는 혼란스러운 듯 고개를 파묻는다.

"할아버지……."

리브는 자신을 위로하는 선우희를 끌어안고 조용히 최 박사를 부른다. 사령탑 밖에서 군중이 자신의 이름을 부르더니 환호성이 더욱더 크게 들린다. 리브는 한숨을 쉬며 머리를 어루만진다. 선우

희 역시 작은 손으로 리브의 머리를 어루만진다. 리브는 선우희를
보며 힘없이 웃어준다.

2장 1절
메시아

"괜찮아?"

니나가 리브의 이마에 손을 대며 묻는다. 리브는 니나의 손을 잡으며 힘없이 말한다.

"글쎄……."

니나는 리브의 말에 무릎을 굽혀 쳐다본다.

"정말 꿈이 현실화된다면 우리의 선택에 올바르고 그른 건 없을지도 몰라. 선택이 어떻든 간에 올바를 수밖에 없으니까. 세상이 그렇게 돌아가게 되는 거니까."

니나가 알 수 없는 말을 하지만 리브는 무슨 의미인지 아는 듯하다. 민수는 두 사람을 지켜보며 묻고 싶은 것이 있지만 더 묻지 않기로 한다. 서 집사 역시 민수와 같은 표정이다. 서 집사는 위로하듯 민수의 어깨를 한 번 어루만져준다. 마치 앞으로 아이들의 모든 것이 민수에게서 점점 더 멀어진다는 것처럼. 민수는 다시 리브와 니나를 쳐다본다. 둘은 서로에게만 통하는 눈빛으로 보고 있다.

아라와 니나 사이의 것과 비슷한 눈빛이다. 리브는 니나를 한참 쳐다보다 니나의 얼굴을 살며시 만지며 말한다.

"괜찮아질 거야. 아직 그렇게 걱정할 단계는 아니잖아. 배고프지?"

니나가 말없이 고개를 끄덕인다. 그리고 박 사령관에게 묻는다.

"파라다이스라는 곳은 언제 가나요?"

박 사령관이 리브와 니나를 쳐다보다 말한다.

"자네가 조금 쉬고 나면 출발하지. 그리고 고맙구나."

"지금 당장 가게 해주세요. 안 쉬어도 돼요."

리브가 바로 얘기한다. 박 사령관이 고개를 끄덕인다.

"그래. 그러자."

박 사령관은 사령탑에서 나간다. 김 중령이 박 사령관을 따라나서는 아이들에게 말한다.

"그 전에 너희를 각자의 특성에 맞는 부대에 넣어야 하니까 따라와라."

아이들이 서로를 쳐다보며 대꾸를 못 하자 김 중령은 나가라는 시늉을 하며 사령탑 문을 닫고 마지막으로 나온다.

밖으로 나온 아이들은 전사들의 인솔을 받으며 본부 밖으로 나가려고 한다. 하지만 민간인들이 몰려들면서 밖으로 나가는 길이 막힌다. 아이들이 신기한 듯 다가오는 군중이 리브와 선우희를 보고는 그들에게 몰려든다. 니나는 리브와 선우희에게서 눈을 떼지 않은 채 긴장을 놓지 않는다.

전사들은 아이들을 중심으로 원을 만들어 사람들이 다가오지 못하게 한다. 김 중령이 그 틈을 이용해 해든, 오웬, 아라, 니나, 민수를 데리고 군중 사이로 빠져나온다. 김 중령은 먼저 아라를 데리고 푸른색 가운을 입은 연구원들에게 데려간다.

"여기 이분들이 컴퓨터공학에 관련된 모든 것을 다룬다. 물론 기계와 무기 개발도 함께 하지. 자네는 이분들과 일하면 좋겠네."

아라를 보는 연구원들의 얼굴이 흥분으로 가득 차 있다. 아라는 자신을 뚫어지게 보는 그들이 부담스러운 듯 어색하게 웃으며 인사한다. 연구원들이 차례로 나와 악수를 청하며 말을 건넨다.

"저희가 너무나 존경하는 최 박사님의 아이들을 이렇게 만나 영광입니다."

"박사님의 뒤를 이을 수재라고 들었습니다."

"저희와 함께 홀랜프를 무찌를 무기를 개발한다면 너무나도 큰 영광일 겁니다. 아라 님이 계신다면 홀랜프를 무찌를 날이 더 빨리 올 것이라 믿습니다."

"네…… 저…… 그냥 아라라고 부르셔도 돼요."

선웃음을 지으며 아라가 약간 뒤로 물러선다. 그런 아라가 귀여운지 연구원들이 먼저 손을 건네 잡는다. 그리고 자신들이 연구하는 방으로 데려간다. 방이라고 해봤자 사령탑 바로 아래층에 뚫린 공간이 전부다. 거기에 세워진 큰 벽이 널찍한 초대형 스크린으로 가득 차 있다. 그 아래에 놓인 긴 테이블에는 다양한 모양의 키보드가 깔려 있다. 아라는 뚫린 공간에 조그만 창고가 있다는 걸 발견한다.

"저기에다 멘사보드와 뉴컨밴드에 필요한 재료를 놔두지요."

한 연구원이 아라의 생각을 눈치챈 듯 말한다.

"그럼 저 부품들은 어디서 구해 오나요?"

아라의 질문에 다른 연구원이 반가운 듯 대답한다.

"소프트웨어는 하늘의 도시가 제공하고 하드웨어는 파라다이스에서 가져옵니다."

아라는 조그만 창고를 다시 본다. 그리고 벽에 걸린 초대형 스크린과 거기에 연결된 하이퍼 컴퓨터를 쳐다본다. 자신이 벙커에서 사용한 하이퍼 컴퓨터가 이곳에서는 긴 테이블에 수십 대 놓여 있다. 연구원들은 그곳에 놓인 각자의 의자에 앉는다. 그리고 아라의 자리를 보여준다. 그들은 마치 신을 만난 듯 아라를 대한다. 아라는 어색하게 웃으며 자신의 자리에 앉는다.

해든, 오웬, 민수는 연구원들에게 둘러싸여 당황한 아라가 재밌다는 듯 본다. 다른 쪽에서는 리브가 사람들에게 둘러싸여 있다.

"그러니까 우리가 신과 같은 존재라는 거지?"

해든이 조용히 오웬과 민수에게 말하면서 웃는다. 남자아이들은 손으로 입을 막고 킥킥거리며 웃음이 새어 나오지 않게 조심한다. 니나가 조용히 하라고 한다.

"지금 이 상황이 너무 말도 안 되잖아. 아무리 그래도 어떻게 우리를 신으로 여길 수가 있냐고. 넌 싸움을 잘하니까 아테나 여신이야? *크크크.*"

해든의 말에 니나가 고개를 절레절레 흔들며 걱정스러운 표정으로 리브를 본다. 오웬이 해든에게 말한다.

"우리도 그리스 신화 중에 마음에 드는 신을 고르면 되는 거지?"

해든이 고개를 끄덕이며 킥킥댄다.

"뭐가 그렇게 웃기나?"

김 중령이 그들에게 다가간다. 남자아이들은 긴장한 자세로 서

서 김 중령을 쳐다본다. 그가 니나를 비롯해 남자아이들에게 마일스 전사 전투복을 준다.

"대충 너희의 어빌리스는 알겠으니 오늘부로 너희를 우리 마일스 전사로 임명할 것이다. 임명이라고 해봤자 별거 없다. 그냥 이 전투복을 입으면 된다. 탄성력이 아주 강하니까 너희의 신체도 잘 보호해줄 것이다."

박 사령관이 다가온다.

"이 친구들도 파라다이스에 데려가서 구경시켜주려는데. 이후에 공격팀에 넣을지 수비팀에 넣을지 결정하자고."

박 사령관의 말에 김 중령이 고개를 끄덕이며 아이들에게 말한다.

"그럼 파라다이스에서 너희의 어빌리스가 얼마나 강한지 보여주어라."

해든을 비롯한 남자아이들이 멀뚱히 서서 김 중령의 말에 고개를 끄덕인다.

"이봐, 파라다이스에서 어빌리스를 보여주면 전투를 벌이는 거잖아. 아직 때가 아니라니까 자네는 참……."

박 사령관이 김 중령의 어깨를 손으로 살짝 치며 말한다.

"앞날을 어찌 알겠나? 아무 일 없이 다녀온다면 그때는 내가 직접 이들을 시험하겠네."

김 중령이 말하더니 다른 전사에게 무엇인가 얘기하며 다른 곳으로 향한다. 박 사령관이 해든, 오웬, 니나, 민수를 보다 뻘쭘한 듯 윙크를 한다.

"내가 말했지? 말이 사령관이지 나는 저 친구보다 아래라고. 하하하. 그리고 저 친구 말에 너무 신경 쓰지 말게. 무사히 파라다이스에 갔다 오면 되는 거야."

"파라다이스가 홀랜프의 지역인데 어떻게 무사히 갔다 올 수 있죠?"

니나가 묻는다.

"아, 그건 가면서 설명해주겠네."

박 사령관은 말을 마치고 어디론가 간다. 니나는 그런 박 사령관 뒤로 보이는 리브가 점점 더 많은 무리에게 둘러싸이는 것을 보고 그곳으로 향한다. 사람들이 리브에게 무엇을 주려는 듯 계속 모여든다. 선우희는 리브에게 꼭 안긴 채 사람들을 무심히 쳐다보고 레나는 리브의 팔을 꼭 잡고 두려운 표정으로 사람들을 보고 있다. 무리 중 한 사람이 다 시든 채소를 리브에게 건네준다.

"아직 바깥에 있는 제 아들이 돌아오지 않았어요. 제발 제 아들을 찾아주세요."

사정하는 그 사람 뒤로 다른 사람이 애걸한다.

"제 동생도 행방불명입니다. 제발 찾아주세요."

"제발 이런 돼지우리만도 못한 곳에서 우리를 해방시켜주세요. 부탁드립니다."

사람들이 저마다 '제발'이라는 단어를 남발하며 원하는 소원을 빌 듯 리브에게 말한다. 리브는 최대한 응하듯 고개를 끄덕이며 대답한다.

"네……."

사람들이 리브, 선우희, 레나를 만지려고 한다. 무서워하는 레나와 달리 선우희의 표정에서는 반응을 볼 수 없다. 니나는 의아한 듯 선우희를 보다 너무 많은 사람이 서로 밀치며 리브에게 다가오자 재빨리 리브, 선우희, 레나를 데리고 무리에서 빠져나온다.

레나는 추운 물가에서 막 나온 아이처럼 몸을 떤다.

"언니…… 여기 무섭고 이상해. 다들 왜 저러는 거야? 저런다고 뭐가 해결된다고."

자신에게 안기며 떨고 있는 레나를 니나가 꼭 안아준다.

"희망을 잃은 사람들의 모습이야."

사람들이 전사들에게 막혀 더는 다가오지 못한다. 하지만 팔을 뻗어 어떻게 해서든 잡으려고 한다. 그 모습에 레나가 고개를 돌린다. 니나가 그런 레나를 더 꼭 안아준다. 그리고 리브의 걱정스러운 표정을 본다.

"어떻게 해? 무슨 계획이 있는 거야?"

리브는 사람들을 잠시 보다 니나를 쳐다보며 고개를 좌우로 흔든다.

"아니. 아직은 잘 모르겠어. 저 사람들…… 저 '제발'이라는 단어……."

리브의 말에 니나도 사람들을 본다.

"그래…… 나도 기억나……. 데자뷔야."

그때 아라가 푸른색 연구원 가운을 입은 채 조그만 검정 박스를 들고 온다.

"데자뷔라면 현실에서 본 걸 꿈속에서 본 듯한 착각 말이야?"

레나가 묻는다. 니나는 마치 레나는 몰랐으면 하는 표정으로 고개를 끄덕인다. 레나는 그런 니나를 보며 품에서 나온다. 레나는 언제부턴가 생기가 사라졌다. 평상시와 다르게 조용히 상황을 지켜보기만 한다.

박 사령관이 자신의 마일스 전투복을 점검하며 나타난다.

"모두 준비되었나?"

"저는 여기 남겠습니다. 빨리 기계에 적응하는 게 나을 것 같아요."

아라가 대답한다.

"그래. 하루빨리 배우게."

고개를 끄덕이며 아라는 검정 박스를 박 사령관에게 건넨다. 그리고 자신이 필기한 종이를 리브에게 건넨다.

"어떤 곳인지는 모르겠지만 우리가 상상한 것 이상인 곳임은 틀림없어. 이 부품이 반드시 있을 거야."

종이를 받아 든 리브가 고개를 끄덕인다. 아라는 아이들과 짧게 인사하고 연구원들이 있는 곳으로 향한다. 아라를 제외한 아이들이 서 집사, 박 사령관을 비롯해 다른 여섯 명의 마일스 전사들과 파라다이스로 가는 군용차를 타기 위해 본부 밖으로 나온다.

취사를 담당하는 사람이 나와 박 사령관에게 필요한 식량 목록을 건넨다.

"이번에는 이것만 필요한가?"

박 사령관이 묻는다.

"네. 저번에 가져온 것도 그렇고 이번에도 많이 가져오면 들킬 것 같습니다."

취사 담당자가 말한다. 박 사령관이 리스트를 주머니에 넣고 차로 가려다 옆에서 지켜보던 레나를 발견한다.

"아, 이분은 우리 본부의 취사를 담당하는 분이네."

소개와 함께 레나는 취사 담당자와 어색하게 인사한다. 그러다

본부 건물 옆의 조그마한 농장을 본다. 취사 담당자가 그런 레나의 시선을 따라 농장을 보며 말한다.

"저희가 열심히 재배하고 가꾸고 있습니다. 부족한 식량을 이렇게라도 보충하려는 것이죠."

유심히 농장을 보고 있는 레나에게 옅은 미소를 띠며 말을 이어 간다.

"땅의 영양분이 없어서 그런지 잡초도 잘 안 나긴 해요. 하지만 이제 여러분이 세상에 나오셨으니 희망이 있겠죠? 저 길을 따라 꽃이 피고 벼가 자라고 저희가 심은 마지막 식물들이 곧 나오기를 소망합니다."

근심 가득한 얼굴로 희망적인 말을 건네는 취사 담당자에게 레나는 힘없이 고개를 끄덕인다. 취사 담당자는 레나에게 짧게 인사하고 본부 안으로 들어간다. 레나는 다시 농장을 본다. 민들레나 잡초가 거의 죽은 상태로 듬성듬성 나 있기는 하다. 니나가 뒤에서 레나를 안아주며 농장을 손으로 가리킨다.

"그러네. 저 길로 꽃이 활짝 피면 이쁘겠다. 기억나니? 우리 어렸을 때 박사님이 씨앗을 선물로 주면서 심어보라고 했던 거?"

레나가 눈물을 흘리며 고개를 끄덕인다.

"우리가 그때 꽃하고 여러 식물을 잘 키워냈잖아. 너무 이뻤는데. 레나가 잘 키워낸 꽃도 그렇고 나무도 그렇고."

레나가 니나의 팔에 고개를 파묻고 흐느낀다. 니나는 더 꼭 안아주며 말을 이어간다.

"이번 전쟁이 끝나면 우리가 다시 만들자. 이번에는 레나가 계획해봐. 언니들이 다 도와줄 거니까. 너는 아름답게 꾸미는 데 소질이 있잖아. 너는 세상을 아름답게 만들고 싶다고 그랬지?"

레나는 눈물을 흘리며 고개를 끄덕인다.

"응."

2장 2절
더 나은 삶

군용차에 몸을 싣던 아이들은 앞의 차가 먼저 출발하는 걸 본다. 아이들은 적재함에 설치된 좌석에 앉아 멀어지는 앞차를 본다. 아이들이 탄 차도 출발한다. 아이들과 서 집사는 나란히 앉아 박 사령관과 다른 두 전사를 쳐다본다. 적재함에는 어두운색의 천이 덮여 있지만 천의 틈 사이로 빛이 들어와 서로의 얼굴을 알아볼 수 있다. 거친 도로를 달리느라 차가 많이 흔들리고 먼지도 많이 일어나 숨쉬기가 어렵다. 폐허가 된 세상은 도로가 심하게 손상되어 울퉁불퉁하다. 레나가 멀미를 한다.

"어빌리스를 이용해 흔들리는 감각을 멈춰라."

눈을 감은 박 사령관이 말한다. 레나는 모두가 반듯한 자세로 명상하듯 앉아 있는 모습을 본다. 리브가 레나의 손을 잡고 숨을 고르게 내쉬면서 따라 하라고 한다. 레나가 자세를 바로잡고 나오는 구토를 참으며 눈을 감고 숨을 크게 쉬어본다. 멀미가 점점 가라앉더니 멈춘다. 멀미를 할 수밖에 없을 정도로 차가 흔들리지만 사람들은 이제 편안한 듯 눈을 뜬다. 그때 레나가 선우희를 쳐다본다. 선우희는 이미 편안히 앉아 리브를 보고 있다.

아이들이 탑승한 군용차를 운전하는 형진이라는 마일스 전사와 조수석에 앉아 긴장된 표정으로 아이들을 힐끔힐끔 쳐다보는 성철이라는 마일스 전사가 이따금 뉴컨밴드로 앞 차량과 교신하고 있다.

"이 군용차는 뉴컨밴드로 이동하는 게 아닌가요?"

민수가 박 사령관에게 묻는다.

"유일하게 자동으로 움직이는 몇 안 남은 오토마타automata이지."

박 사령관이 자랑스러운 듯 대답한다.

"파라다이스로 가는 동안 어빌리스를 보통 이상으로 많이 사용하면 홀랜프의 레이더망에 걸린다. 기계를 사용하는 정도의 어빌리스가 그렇다. 정말 위험한 일이 아닌 이상 지금 정도의 어빌리스를 유지해라. 어빌리스가 더 높아지면 홀랜프가 의심할 것이다."

민수는 박 사령관의 말에 앞의 형진과 성철의 뉴컨밴드를 쳐다본다.

"아, 뉴컨밴드는 어빌리스를 이어주는 역할만 하는 게 아니다. 교신도 가능하다. 물론 미세한 뇌류를 이용하지만, 그 정도 어빌리스는 홀랜프가 신경 쓰지 않을 거다. 게다가 지금 우리는 나름 홀랜프의 교신을 방해하는 물건도 이 차에 가져다 놨지."

박 사령관이 민수를 안심시키려는 듯 말한다. 레나는 리브에게 말해 선우희를 자기 앞에 앉힌다.

"괜찮아?"

리브가 묻는다. 레나가 고개를 끄덕이며 선우희를 마치 곰인형

안 듯 꼭 안는다.

"그럼 이렇게 돌아다니는 차도 감시를 피한 건가요?"

민수가 묻는다. 박 사령관은 대답 대신 아까 아라에게 받은 검은 박스를 연다. 그 안에는 바코드나 큐알코드처럼 검은 점과 줄 픽셀이 어우러져 박혀 있는 얇은 스티커들이 있다. 박 사령관이 스티커 하나를 조심히 집어 손등에 붙인다.

"이것만 있으면 홀랜프의 감시를 피할 수 있다네."

민수는 그때 성철과 형진의 손등에도 이미 스티커가 붙어 있는 것을 발견한다. 그리고 적재함에 앉아 있는 두 전사의 손등에도 스티커가 붙어 있다. 의아해하는 아이들을 보면서 박 사령관이 스티커를 건넨다. 아이들은 박 사령관과 마찬가지로 손등에 붙인다. 서 집사도 스티커를 받아 손등에 붙인다.

리브가 선우희의 조그마한 손등에 붙여주는 스티커를 보면서 박 사령관이 말한다.

"인간들이 어떨 때 배신하고 돌아서는 줄 아는가?"

아이들과 서 집사가 박 사령관을 쳐다본다. 박 사령관은 짧게 한숨을 쉬더니 자신의 손등에 붙인 스티커를 보여준다.

"지금보다 더 나은 삶이 보일 때."

민수와 아이들이 박 사령관을 보고 있지만 서 집사는 고개를 떨군다. 박 사령관이 그들을 번갈아 쳐다본다.

"홀랜프는 말이야, 어빌리스가 강하지만 아주 영리하기도 해. 그들은 지구를 점령하고 한 가지 정책을 고수하면서 우리를 지배했다네."

박 사령관이 자신의 손등에 붙은 스티커를 쳐다본다.

"그 한 가지 정책이라는 게 뭐죠?"

민수가 묻는다.

"모든 인간이 평등하게 평생 굶지 않고 좋은 곳에서 행복하게 잘살게 해준다는 정책."

박 사령관의 말에 아이들은 서로 쳐다보다 다시 그를 본다.

"그래서 정말 홀랜프에 복종하여 페카터모리가 되면, 평생 굶지 않고 행복하게 잘살게 되나요? 모두가 평등하게?"

박 사령관은 고개를 끄덕이며 말을 이어간다.

"우리가 지금 향하는 곳, 파라다이스라고 불리는 그곳은 우선 모든 것이 무료로 제공되는 곳이라네. 다양한 음식부터 시작해서 쇼핑, 편안한 잠자리를 위한 장소 등 기본적인 것부터 시작해서 어떠한 짓을 해도 다 허용되는 곳이지. 홀랜프의 감시 아래 안전한 삶을 누리게 해주는 것이지. 인간이 좋아하고 하고 싶어 하는 모든 것이 가능하도록 말이야."

박 사령관이 스티커를 다시 들어 보인다.

"이것만 있다면 말이지. 블랙코드Black Code라고 불리는 이 장치는 홀랜프가 인간을 제어하려고 만든 장치다. 홀랜프에게 복종한다는 의미로 우선 이걸 인간의 몸에 새겼지. 인류를 지배하면서 제공한 달콤한 첫 선물과도 같은 것이지. 블랙코드가 있으면 모든 것이 무료로 제공되니 사람들이 홀린 셈이지. 블랙코드를 몸에 새기고 나면 순서대로 페카터모리로 변환시켜주는 작업을 하는 거야."

아이들이 자신의 손등에 붙은 블랙코드를 본다.

"그럼 이 블랙코드로 저희도 제어하게 되는 건가요?"

민수의 질문에 박 사령관이 짧은 한숨을 내쉰다.

"지금 우리가 붙인 것은 가짜라네. 우리 연구원들이 제작한 것이지. 하지만 실제 블랙코드와 마찬가지로 작동되기 때문에 파라다이스에서 나올 때까지 붙여놓게나. 그들의 감시망에서 벗어난 후 떼어내면 되니까."

박 사령관의 말에 민수는 가짜 블랙코드를 다시 손으로 꾹 누른다. 반면 선우희는 스티커가 불편한 듯 손등을 긁는다. 리브가 그런 선우희의 손을 잡으며 가짜 블랙코드가 떨어지지 않도록 눌러준다.

"조금만 참자."

레나가 말한다.

"82본부가 저렇게 잘 보이는데 어째서 홀랜프가 모를 수 있는 건가요?"

선우희의 손을 어루만지는 리브를 보며 민수가 묻는다.

"표면적으로는 홀랜프가 인간에게 자유를 주었어. 블랙코드를 새긴 인간은 파라다이스에서의 생활에 만족하며 페카터모리가 되려고 순서까지 기다리는 꼴이 되었으니 홀랜프의 정책이 제대로 먹혀든 셈이지. 이제는 굳이 일일이 인간을 찾지 않아도 되니까. 밖을 보게. 아무것도 남아 있지 않아. 오직 파라다이스에서만 필요한 물건을 구할 수 있는 세상이 되었네. 인권이 그렇게 짓밟힌 것이지."

"이런 가짜 블랙코드가 들키지 않나요?"

"결국 들키겠지. 그래서 일회용으로 쓰고 버려야 하네. 그런데 씁쓸하게도 홀랜프는 이런 것에 크게 신경 쓰지 않는 모양이야. 그들이 더는 저항 세력을 신경 쓰지 않을 만큼 우리가 약해졌다는 뜻이지.”

　민수의 질문에 차근차근 설명하던 박 사령관이 밖을 본다.

　“이제 곧 파라다이스에 도착한다. 준비해.”

2장 3절
유혹

두 군용차가 파라다이스 주차장으로 들어간다. 적재함을 덮고 있던 천이 걷히고 아이들은 주변을 본다. 파라다이스 밖에서 봤던 날씨와는 확연히 다른 푸른 하늘과 맑은 날씨를 마주한다. 마치 새로운 세계처럼 파라다이스 안에는 수많은 빌딩과 집이 있다.

"와……."

남자아이들이 감탄한다.

"파라다이스에 온 걸 환영하네."

박 사령관이 말한다.

"이제부터 블랙코드가 떨어지지 않게 조심해."

말이 끝나자마자 블랙코드에서 '삑' 하는 소리가 난다.

"이제 파라다이스로 들어가자."

아이들은 블랙코드에서 나오는 소리에 손등을 이리저리 돌려본다. 두 군용차는 파라다이스 주차장에서 가장 한적한 곳에 주차한다. 앞차의 전사들은 몸에 권총을 숨기고 나온다. 박 사령관 역시 권총을 허리춤에 집어넣고는 군복으로 가린다. 그리고 뉴컨밴드를 꺼내 시계처럼 손목에 찬다.

"오! 저게 시계도 되는 거였네?"

민수가 신기한 듯 말하자 다른 아이들도 박 사령관의 손목에 걸린 뉴컨밴드를 본다.

마일스 전사들은 군복에 전술조끼tactical vest를 착용한다. 조끼에는 총과 쇠막대기가 착용되어 있고 등에는 멘사보드가 반으로 접혀 달려 있다. 마치 날개 달린 벌레 같다.

그 모습이 멋있는지 민수가 해든을 툭툭 치며 전사들을 가리킨다. 하지만 해든의 시선은 이미 파라다이스에 있는 수많은 상가에 가 있다. 민수와 오웬도 파라다이스 입구를 통해 보이는 내부를 넋이 나간 얼굴로 쳐다본다. 내부라고 해도 하늘이 뚫린 화려한 공간이다. 마치 초대형 놀이동산을 연상케 하듯 끝없이 뻗은 길이 보인다. 그 길에는 높고 낮은 상가 건물들이 호화찬란한 빛을 내뿜으며 줄지어 있다. 찬란한 태양이 파라다이스를 비추고 즐거운 음악 소리가 흘러나오며 유혹한다. 남자아이들은 놀라 입을 벌리고 돌아가고 있는 놀이기구에 빠져 있다.

박 사령관이 대기하던 마일스 전사들에게 지시한다. 두 운전병이 각 차의 시동을 끈 후 기름통을 들고 어디론가 향한다. 남은 전사들은 차량 주위에서 허리춤에 찬 권총에 손을 댄 채 주위를 살핀다. 니나는 그들의 어빌리스가 아까보다 조금 더 높아진 것을 감지한다.

함께 차에 탔던 두 전사가 박 사령관을 따라온다. 서 집사와 아이들도 박 사령관을 따라간다. 입구에는 사람들이 줄을 서서 기다리고 있다. 그 앞에서 해파리 모양의 두 생물체가 왔다 갔다 하며 들어오려는 사람들의 손등을 확인하고 있다.

"저들이 페카터모리인가요?"

민수가 조용히 따라가며 박 사령관에게 묻는다.

"페카터모리가 되면 인간의 모습에서 조금씩 홀랜프의 모습으로 등급에 따라 변해가지. 가장 높은 등급이 되었을 때는 홀랜프로 변화될 날이 가까워졌다 하여 의식도 치르는 것 같더군. 저 둘도 이전에는 인간의 모습에 가까웠는데 몇 달 만에 지금 저렇게 변했군. 등급이 올라간 것이지. 아마 다음에 마주칠 때는 홀랜프가 되어 있겠군."

민수가 더 물으려 할 때 모두가 입구에 도착한다. 줄을 서서 블랙코드가 박힌 손등을 보여준다. 페카터모리는 총을 든 채 사람들의 블랙코드를 확인한다. 입구로 들어갈 때 그들의 블랙코드에서 짧은 '삑' 소리가 난다. 선우희는 불편한 듯 자꾸 손등에 붙은 블랙코드 스티커를 떼어내려 한다. 리브는 그런 선우희의 손을 꼭 잡아준다. 이제 선우희와 리브의 순서이다. 리브가 선우희와 자신의 손을 들어 올리며 손등을 보여준다. 페카터모리는 리브와 선우희에게 들어가라는 제스처를 한다. 그렇게 들어오자 리브와 선우희의 블랙코드에서 다시 '삑' 소리가 난다. 모두가 무사히 들어온다.

"저런 사람들을 구해야 한다고요?"

블랙코드가 박힌 손등을 자랑스럽게 펼쳐 보이며 장을 보고 있는 사람들을 보며 민수가 말한다.

"그래. 그래도 아직 저들에게는 희망이 있어. 파라다이스에 사는 거주민은 아니니까."

박 사령관의 말에 민수가 주위를 둘러본다. 입구로 더 많은 사람이 들어오고 있다. 어디선가 맛있는 냄새가 난다. 마치 야외 축제를 연 듯 다양한 요리가 사람들에게 권해진다. 블랙코드를 대기만 하면 그 음식을 무료로 먹을 수 있다. 레나는 배가 고픈 듯 음식 냄새를 맡는다. 그리고 옷이나 다른 상품을 진열한 매장이 화려하게 꾸며져 있는 것을 본다.

"인류에게 필요한 모든 것을 여기서 제공하지."

해든, 오웬, 레나, 민수는 박 사령관의 말에 점점 더 신이 난 표정이다.

"진짜 파라다이스였네……."

해든이 나지막하게 말한다.

"긴장 풀지 말아라."

서 집사가 말하자 해든이 고개를 끄덕인다.

"우린 놀러 온 게 아니야."

니나가 지나가면서 해든을 어깨로 툭 치며 속삭인다. 해든은 앞서가는 니나와 서 집사를 보며 긴장된 표정으로 둘러본다. 민수가 어느 한쪽을 보면서 해든을 툭 친다.

"긴장하고 있다니까! 어빌리스도 지금 최대한 숨긴 거 몰라?"

해든이 짜증이 난 듯 말하는데 민수가 한쪽을 가리킨다.

"저기……."

황홀한 표정의 민수가 가리키는 방향을 본다. 그곳에는 화려한 초대형 오락실이 있다.

"오락실이야?"

흥분한 해든의 표정이 금세 밝아지고 오웬도 흥분한 목소리로 말한다.

"형! 우리 가보자!"

"미쳤어?"

레나가 조용히 하라는 손짓을 하며 말한다. 박 사령관이 그들에게 웃으며 말한다.

"블랙코드가 손등에 붙어 있는 한 아무도 자네들을 신경 쓰지 않네. 가보게나."

서 집사는 잔뜩 긴장한 표정으로 박 사령관에게 말한다.

"괜찮겠나? 우리가 함께 모여 있는 게……."

"괜찮네. 한동안 놀아보지 못했을 텐데…… 저런 게임을 얼마나 하고 싶었겠나? 시간 맞춰 여기로 다시 모이면 돼. 자유롭게 돌아다니면서 구경하게나."

선우희를 안고 있던 니나는 오락실에 가고 싶어 하는 아이들을 보고 어이없다는 표정을 짓는다. 주위에 있는 사람들이 즐거운 표정으로 쇼핑을 하고 있다. 오락실에는 사람이 거의 없다.

"언제나 주위를 살피며 긴장을 늦추지 말아."

서 집사가 말하자 남자아이들은 "네!" 하는 소리와 함께 오락실로 향한다. 그러자 니나가 가로막더니 선우희의 손을 해든에게 건넨다.

"잉? 우리 오락할 건데?"

해든이 난감한 표정으로 말한다.

"그러니까 오락실에서 잘 데리고 있어. 우리는 먹을 음식도 사야 하고 둘러봐야 하니까 정신없을 거란 말이야."

해든은 투덜대며 선우희를 안아서 든다. 니나가 웃으며 선우희를 쳐다본다.

"우리 선우희도 오락해보고 싶다고 했지?"

선우희는 오락실을 쳐다보고는 쑥스러운 듯 고개를 끄덕이며 대답한다.

"책에서 봐쩌."

니나가 선우희의 옷 매무새를 고쳐주며 미소 짓는다.

"삼촌들 손 꼭 잡고 하고 싶은 오락 시켜달라고 해. 어디 혼자 따로 떨어져 있으면 안 돼, 알았지? 엄마하고 이모들은 선우희에게 맛있는 거 해주려고 장을 좀 볼 테니까."

니나가 선우희의 볼을 살짝 만지며 말하자 선우희가 미소 지으며 고개를 끄덕인다.

"응."

해든, 오웬, 민수는 선우희의 손을 잡고 오락실로 향한다. 아이는 파라다이스가 신기한 듯 고개를 이리저리 돌리며 주위를 본다.

*

리브와 레나는 매장에 있는 음식 재료들을 훑어본다. 이것저것 집어 아라의 기계로 스캔해보니 신선도가 최상으로 나온다. 니나와 리브는 서로를 보며 놀라는 눈치다.

"이상한 게 아니라네. 이전에 인간이 유통했던 것보다 신선도가 더 높아. 여기는 말 그대로 천국이야."

박 사령관이 뒤에서 말한다. 함께 온 두 전사는 아까 받은 음식 리스트를 보며 장을 보고 있다.

"이렇게 계산하는 거라고요?"

레나가 구매하려고 손등에 있는 블랙코드를 여러 식자재 위에 대자 삑 소리와 함께 구입한 재료들이 인공카트Artificial Cart에 실린다. 그러자 누군가 나와 리스트를 확인하며 인공카트를 끌고 어디론가 향한다.

"아니…… 저기요? 어디로 가는……."

레나는 파라다이스 입구로 빠르게 가는 사람을 보며 당황해 말하더니 박 사령관을 쳐다본다.

"구매한 물건은 저런 사람들이 나와서 다 실어주지. 저들을 포함해 여기서 일하는 사람 모두 페카터모리가 되기 직전이야."

리브와 레나가 매장에 있는 사람들을 본다. 모두가 소름 끼칠 정도로 친절한 미소로 응대하고 있다. 그들의 손등에 붙은 블랙코드는 더 까만 빛을 발하는 것 같다.

"일을 잘하는 순서대로 홀램프가 뽑아서 페카터모리로 만들어주지. 과잉친절이 이들의 무기인 셈이야."

박 사령관은 역겹다는 듯 코웃음 치더니 침을 뱉는 시늉을 한다. 그가 꼬치구이를 하나 시켜 레나에게 건넨다.

"먹어보게. 이제껏 먹은 것 중 제일 맛있을 거야."

레나가 살짝 혀를 대본다. 양념과 고기의 질이 상당히 뛰어나다. 한입 먹고는 리브에게 건넨다. 리브도 한입 먹고 니나에게 준다. 니나가 마저 다 먹는다.

"이미 들어온 이상 여기서 즐기도록 해보게. 블랙코드만 잘 붙어 있으면 아무런 문제가 안 생겨."

박 사령관이 여자아이들을 보며 웃는다. 그리고 더 많은 꼬치구이를 시킨다. 음식을 만드는 사람이 활짝 치아를 드러내 웃으면서 열심히 만든다. 볼수록 기분 나쁜 친절이다.

레나는 다른 음식을 더 시켜 리브와 니나에게 주고는 계속 장을 본다.

2장 4절
성향

서 집사는 긴장한 표정으로 주위를 계속 살핀다. 박 사령관이 어디서 생맥주를 가지고 와서 건넨다.

"이게 뭐 하는 짓인가?"

"우리도 여기 있을 때는 즐겨야지. 여기는 파라다이스라니까. 천국이라고. 천국이 어떤 의미인가? 슬픔도 아픔도 없는 기쁨과 행복만 존재하는 곳 아니겠나? 여기서 나가면 다시 전쟁터이니 즐길 수 있을 때 즐기게나."

"그래도 이건 너무하지 않는가? 취하면 어쩌려고 그래?"

그렇게 말하지만 서 집사는 맥주잔을 건네받는다. 박 사령관이 서 집사를 보며 화통하게 웃는다.

"겨우 이런 것에 취한다고? 우리가? 하하하. 옛날 생각나는구먼. 한 잔만 들어보게. 안 마셔본 지 꽤 되지 않았나? 아니지, 이럴 때는 위스키도 마셔줘야 하나?"

박 사령관의 말에 서 집사는 한동안 맥주잔을 쳐다본다. 술을 안 마셔본 지 꽤 된 건 아니다. 서 집사는 조심스레 생맥주를 마셔본다. 너무 맛있다. 박 사령관과 서 집사를 비롯한 매스클랜은 술을 즐겼다. 그들은 다양한 술을 제조하였고 저마다의 기호에 맞는 술을 만들어 시음하는 자리를 자주 만들었다. 서 집사는 알코올 농도가 높은 독주를 좋아했다. 특히 위스키에 관심이 많았다. 박 사령관은 맥주를 좋아했다. 리브의 부모는 와인을 만들고는 했다. 선우민 부부는 커피와 칵테일에 관심이 많았고, 김 중령은 차와 증류주를 좋아했다. 그들은 함께 땅을 매입해 각자 원하는 대로 곡식과 과일을 재배하면서까지 공들여 술을 만들었다. 그렇게 만든 술을 함께 마시며 토론을 즐겼다. 술을 마시면서 서로에게 문제를 내 상대방의 덫에 빠지지 않는 게임도 즐겼다.

"술이 많이 들어가면 뇌의 각성 정도를 알아볼 수 있지."

최 박사의 이 말이 술 제조의 시작점이 되었다.

"아세트알데하이드 탈수소 효소acetaldehyde dehydrogenase가 많으면 정신력을 이용해 너희의 뇌를 잘 이용하는 계기가 될 수 있겠지?"

술자리에서 최 박사가 했던 말이다. 거리의 술집에서 파는 술로는 부족했던 매스들은 자신들의 아지트에서 술을 가지고 와서 마시다가 직접 제조해보자는 선우민의 권유로 술 제조를 시작하게 되었다. 그래서 정신력이 누가 가장 강한지 서로를 테스트해보기로 하였다.

위스키를 좋아하는 서 집사를 위해 최 박사는 벙커에 술 제조를 할 수 있는 간단한 장비를 마련해놨었다. 인조공원에는 보리를 심을 수 있게 하였고 효모를 만들어 저장할 수 있게 해주었다. 아이들이 모두 잠들면 혼자 조용히 위스키를 틈틈이 제조하던 서 집사였다. 하지만 재료가 빈약할 수밖에 없어 자신이 생각하는 맛을 낼 수가 없었다. 위스키와 맥주의 재료가 비슷했기에 서 집사는 박 사령관의 맥주를 떠올리곤 했다.

지금 마시는 파라다이스의 생맥주는 박 사령관이 제조했던 맥주보다 맛이 더 뛰어나다. 이렇게 신선하다고 생각한 맥주는 오랜만이다.

"내 것보다 나은 거 같지?"

박 사령관이 눈치챈 듯 말한다. 서 집사가 맥주잔을 보면서 묻는다.

"여기 있는 모든 것은 무엇에 의해 제공되는가? 블랙코드로 찍으면 어디선가 계산이 되어야 하지 않나?"

박 사령관은 미소를 지으며 생맥주를 들이켠다.

"무료네."

"뭐?"

서 집사는 자신이 마시던 맥주잔을 본다. 맥주 속에 이상한 성분이 있지 않을까 하는 염려 때문이다. 박 사령관이 그런 서 집사에게 조금 더 다가가 조용히 말한다.

"홀랜프는 신기한 생물체라네. 어떻게 하는지는 모르겠지만, 우리 인간의 특성을 다 파악해서 좋아하는 것과 싫어하는 것을 구분한 다음 지구의 자원을 이용해 인간들이 좋아하는 것만 골라 만드는 능력이 있더군. 음식부터 시작해서 여기 파라다이스에서 제공하는 모든 것이 홀랜프가 생성하는 거라네. 저기 보이는가?"

박 사령관이 서 집사 뒤를 가리킨다. 서 집사가 뒤돌아보자 안개긴 먼 곳에 이곳에서 가장 높은 콜로세움처럼 생긴 건물이 보인다.

"저곳이 홀랜프 총본부라네. 저기서 홀랜프가 무언가를 하는 것이지."

"혹시 재료에 독이나 트래킹 기기tracking device 같은 걸 넣은 게 아닐까?"

박 사령관은 이해한다는 듯 고개를 끄덕인다.

"우리도 당연히 의심했지. 여기의 재료나 음식으로 몇 번이고 테스트해봤지만 이전에 우리가 먹던 음식과 다르지 않더군. 오히려 더 신선하고 건강한 데다 맛까지 있어. 자네도 느끼지 않는가? 혀의 감각을 잘 사용해보게. 지금 이 생맥주가 얼마나 잘 만들어졌는가?"

서 집사는 들고 있던 맥주잔을 다시 입으로 가져가 맥주의 맛을 혀로 느껴본다. 박 사령관의 말이 정확하다. 제대로 만든 생맥주다. 날씨의 영향도 있을 것이고 땅이 비옥해야 하고 보리농사도 잘 돼야 한다. 서 집사는 파라다이스의 땅을 발로 몇 번 차본다. 그리고 날씨를 느껴본다. 캘리포니아, 암스테르담, 하와이 같은 도시의 화창하고 맑은 날씨를 그대로 가져온 듯하다. 우중충한 파라다이스의 밖과는 다르게 이 안의 하늘은 푸르고 공기가 맑은 데다 개운한 느낌을 준다. 신선한 바람이 서 집사의 콧등을 간지럽힌다. 박 사령관이 서 집사를 보며 말을 이어간다.

"아무리 의심해보려 해도 파라다이스가 천국이라는 건 변치 않는다네. 날씨마저 인간들이 좋아할 법한 날씨 아닌가? 화도 억제해주는 화창한 날씨. 어떤가? 이런 곳에 들어온다면 영영 못 떠나지 않겠는가? 공기 좋고, 맛있고 좋은 음식이 다 무료인 데다 모두가 친절하고 자유롭고…… 우리 삶에서 필요한 모든 것을 이곳에서 다 제공해주니 뭐하러 여길 떠나겠는가? 이런 곳에서 살다 죽는다면 이보다 더 행복하고 기쁜 삶이 어디 있겠는가?"

서 집사는 여전히 의심의 눈초리로 파라다이스에서 돌아다니는 사람들을 관찰한다.

"이런 세상을 만들었다고?"

"인공적이긴 하지만 완벽에 가까운 인공을 창조한 셈이지. 홀랜프가 사람들의 성향을 제대로 파악했기에 가능한 일이고. '모든 사람은 평등하고 부족함 없이 풍족한 삶을 누린다. 홀랜프와 함께하라. 그러면 이 모든 자유와 행복이 너희의 것이다.' 어떠한가? 어디서 많이 들어본 소리 아닌가?"

"이상주의를 말하는 건가? 그에 대한 조건이 홀랜프와 함께하는 것이고?"

서 집사의 말에 박 사령관은 블랙코드가 붙어 있는 손을 들어 보인다.

"그들이 이상주의에 관한 책을 읽었는지는 모르겠지만, 인간이 원하는 것을 잘 알고 있는 건 확실하지. 홀랜프의 지배 아래 페카터모리가 되는 조건으로. 여기서 원하는 삶을 누리고 살 수만 있다면 홀랜프의 지배 아래 있지 않을 이유가 없지 않을까? 어차피 이전에도 우리 인간에게는 누가 되었든 간에 지배자가 언제나 있지 않았는가? 회사, 군대, 정치, 종교에 모두 있지. 그들이 지배하는 것과 홀랜프가 지배하는 것이 뭐가 다르겠는가?"

"그래도 인간으로서 존엄성이 있지 않은가? 인간이기를 포기하면……."

"포기하면, 뭐가 달라지는가?"

박 사령관이 생맥주를 들이켠다.

"여기 사람들이 일하는 이유도 페카터모리가 되기 위함이라네. 순서를 기다리는 것이지. 페카터모리도 하류층, 중산층, 상류층으로 나뉜다네. 하지만 우리 인간의 계급과는 다르지. 여기 사람들은 모두가 자원해서 온다네."

서 집사는 열심히 일하는 사람들을 본다.

"결국 홀랜프가 되는 것이 목적이란 말인가?"

박 사령관이 고개를 끄덕인다.

"그렇지."

"아까 말한 페카터모리가 등급으로 나뉘는 것도?"

"그래. 상류층 페카터모리가 되면 홀랜프와 위치가 동등해져. 힘도 하류층이나 중산층보다 강해질뿐더러 홀랜프 본부 근처에 살수 있기도 하지. 그리고 어느샌가 홀랜프와 모습도 비슷해지지. 그러면 홀랜프 본부에 들어갈 수 있지. 더 높아지려는 인간의 성향을 잘 파악한 것이야. 이전에 페카터모리가 되지 않으려 싸우던 사람들이 이제는 그렇게 되지 못해 안달이 났어."

박 사령관이 맥주잔을 들어 주위를 가리킨다.

"주위를 둘러보게나. 홀랜프는 인간에게 혜택을 줄 뿐 선택은 결국 저들이 다 하네. 아무도 강요하지 않아."

서 집사는 손등에 붙은 블랙코드를 쳐다본다.

"이런 블랙코드를 찍으면 기록이 저들의 본부로 가는 건가?"

"그렇다고 예상하지만 그게 저들에게 이제 얼마나 도움이 되는지 모르겠어. 때가 되어 지구의 모든 자원이 사라진다면 페카터모리가 된 사람들과 함께 이곳을 떠나겠지. 그 후 살아남은 인류가 있다 해도 어떻게 살 수 있겠나? 아무 자원이 없는 죽은 별을 지키다 멸망하겠지.”

서 집사가 사람들을 쳐다본다. 그중 이미 홀랜프와 비슷한 모습을 한 사람들도 보인다. 하지만 그들에게서 질투나 시기, 미움, 화가 느껴지질 않는다. 그저 자신들이 할 일을 즐겁게 하고 있을 뿐이다.

“페카터모리가 된 사람은 이미 늦은 건가? 저들이 다시 인간으로 돌아올 수 있는 희망은 없는가?”

서 집사가 묻는다.

“그렇지.”

“하지만 아까 자네가 인류를 하나로 묶어야 한다고 하지 않았나? 저들이 다시 돌아오게 해야 한다고…….”

박 사령관이 남은 맥주를 들이켜더니 더 시키려는 듯 일하는 사람에게 손짓한다. 생맥주가 나오고 위스키도 나온다. 서 집사는 위스키를 가만히 쳐다본다.

“아까 내가 한 말 기억하나? 인간은 더 나은 삶이 보이면 언제든지 배신할 수 있다고.”

“인간의 본성은 이기심에서 시작하니까.”

서 집사의 말에 박 사령관이 맥주를 한 번에 들이마신다. 그리고 앞에 놓인 두 위스키 잔 중 하나는 서 집사 앞에 놔두고 다른 하나는 마신다.

“6년이라는 세월 동안 홀랜프의 지배 속에서 지낸 나는 홀랜프보다 인간이라는 존재에 대해 더 많이 배웠지.”

서 집사는 모르겠다는 표정이다. 박 사령관이 말을 이어간다.

"이 파라다이스를 맛본 인간은 어떠한 생각으로 왔든 간에 이미 몸과 마음이 다 떠나게 마련이야. 더 나은 삶이 저 홀랜프에게 있기 때문이지. 이런 사람들을 데리고 어떻게 싸우겠나? 우리 연구원들이 페카터모리가 된 인간을 다시 이전의 인간으로 돌려놓는다 해도 힘의 맛을 본 인간이 다시 겸손히 돌아가 줄까? 아까 우리 본부에서 자기 자식과 형제들을 찾는 노인들을 기억하나? 그들은 죽을 날이 얼마 남지 않은 사람들이야. 우리는 젊고 미래가 창창한 자식들보다 늙어서 죽을 날만 기다리는 늙은 사람들을 더 붙잡아야 하는 상황이지. 파라다이스를 맛본 젊은이들은 두 번 다시 인간이 되려고 하지 않을 거란 말일세. 능력 있는 사람들은 이미 홀랜프가 다 가져갔지."

서 집사는 박 사령관의 의중을 생각하려는 듯 가만히 듣다가 조심스레 묻는다.

"지금 나에게 무슨 말을 하려는 건가?"

박 사령관이 서 집사의 맥주를 쳐다본다.

"맥주가 진화된 것처럼, 홀랜프는 인간을 페카터모리라는 생물체로 최종 진화를 시켜준 셈이야."

서 집사가 마시려던 맥주를 내려놓는다. 그리고 다시 주위 사람들을 관찰한다.

"진화는 양날의 검이야. 발전이 되어 좋은 점이 있지만 결국 파멸의 길로 가게 되지."

"그럼 자네는 포기한 것인가?"

박 사령관은 대답 대신 멀리 보이는 홀랜프 본부를 본다. 안개가 걷혔다 말았다 하여 본부의 형상이 자세히 보이다 만다.

"이제 마지막 전쟁만을 앞두고 있어. 상식적으로 파라다이스를 겪어보면 다시 너저분한 인간 본부로 돌아와 생활하기 어렵지. 이 기지도 못할 싸움을 벌이며 고생만 하다 죽는 전쟁이야. 홀랜프에 붙는다 해도 아무도 뭐라 할 사람이 없어. 인간이라는 종이 사라지고 홀랜프의 세상이 되는 것뿐이야. 아, 그리고 페카터모리가 된다 해도 원한다면 이전의 기억이 보존된다네. 사악한 짓이지. 인간의 껍데기는 사라지는 대신 그 외 모든 것을 원하는 대로 가지는 것을 택하는 행위니까. 굳이 힘들게 훈련할 필요 없이 강한 어빌리스까지 얻는 새로운 생물체의 탄생. 인류라는 건 없어지면 그뿐이야. 사라진 인류를 누가 신경 쓰겠나? 신?"

박 사령관의 냉소적인 말을 듣던 서 집사가 한숨을 쉬며 묻는다.

"결국 홀랜프가 승리한다는 말인가? 우리도 페카터모리가 될 것이고?"

박 사령관이 미소 짓는다. 그리고 장을 보며 해맑게 웃고 떠드는 리브와 레나 그리고 니나를 쳐다본다.

"그래. 그랬지. 난 모든 걸 포기하려 했어. 자네와 저 아이들을 만나기 전까진 말이야."

서 집사가 뒤돌아 리브와 여자아이들을 본다. 박 사령관이 위스키를 마시려 하자 서 집사가 잔을 든다. 두 사람은 잔을 살짝 부딪치고 함께 위스키를 마신다. 역시나 이제껏 마셔본 중 최고의 위스키다. 놀란 표정의 서 집사를 보며 박 사령관이 말을 이어간다.

"홀랜프 침공 이후 기존에 존재하던 소위 악인이라고 불리던 사람들이 모두 죽었어. 우리가 흔히 알고 있는 범죄자나 사기꾼 같은 악인들이 속속 다 사라졌단 말일세. 인간을 팔아먹는 사람, 그룹 지어 한 사람을 괴롭히며 따돌리는 사람들도 이제 존재하지 않아. 페카터모리가 되면 인간에게 있는 악한 감정도 사라지기 때문이지. 질투심, 시기심, 의심, 증오심 같은 감정이 사라지고 파라다이스에 정착하는 거야. 인간의 존엄성만 포기하면 우리가 상상할 수 있는 최고의 인간이 될 수 있는 것이지."

2장 5절
성장

　"인간이 결국 어떠한 존재인가? 악인이 사라지고 의인만 남는다면 또 다른 악인이 태어나는 그런 존재 아닌가? 그리고 악인이나 의인이라는 것도 그 기준이 '나' 아니던가? 내가 맞는다고 생각하면 의인이고 아니면 악인이고. 결국 지금 우리가 바르다고 생각하는 인간의 존재와 그릇되었다고 생각하는 페카터모리가 서로 악인이다 의인이다 하면서 싸우고 있는 거야. 홀랜프는 선과 악으로 나눌 수 없는 아디아포라Adiaphora 같은 존재이고."

　서 집사는 한숨을 내쉬며 멀리서 장을 보고 있는 리브, 레나, 니나를 다시 본다. 박 사령관 역시 여자아이들을 보며 말한다.

　"저 아이들을 보게. 저렇게 즐거워하는 모습을. 파라다이스를 겪은 저들이 앞으로 계속 인류를 위해 싸우겠나? 아니면 결국 홀랜프에 붙겠는가?"

　"그래서 군이 전투 경험이 없는 아이들을 모두 파라다이스에 데리고 온 거였나? 시험해보려고?"

박 사령관은 의미심장한 미소를 짓는다.

"아라라는 친구도 데리고 와야 했지만, 그 친구는 지금 우리 본부에 급히 필요한 인재라고 김 중령이 막았다네. 최 박사님이 죽었다는 것을 알았을 때 나는 그 아라라는 친구를 가장 먼저 떠올렸어. 그 친구가 쓴 논문을 읽어보았지. 최 박사님이 사라진다면 대신할 수 있는 유일한 사람이라고 생각했어. 과연 저 아이들이 최 박사님의 예언대로 행동하는 아이들인지 본부의 리더로서 나는 시험해봐야 한다네. 만약 오늘 파라다이스를 경험한 아이들의 심경에 변화가 생긴다면 김 중령과 나는 예언서를 무시하고 하늘의 도시에서 오는 명령도 무시한 채 우리 식대로 할 생각이야. 우리는 나름 핵폭탄도 가지고 있는 본부라고."

박 사령관의 단호함에 서 집사가 놀란다.

"자네가 그렇게까지 생각하니 놀랍군. 김 중령은 그럴지 몰라도 자네는 상부에 대한 충성심이 대단해 보였는데."

"상황이 그만큼 심각하다는 걸로 들어주게."

서 집사는 박 사령관이 평상시와 다르게 초조해하고 있다는 것을 알게 된다.

"우리 아이들을 못 믿겠는가?"

서 집사가 묻는다. 박 사령관은 서 집사를 쳐다본다.

"그렇다네. 김 중령 말처럼 저들의 어빌리스가 특출난 것 같지도 않아. 게다가 분위기는 다를지라도 여느 아이들하고 다른 게 없어 보이고."

"우리는…… 나와 아이들은 말일세. 지금 본부에 있는 아라까지 모두 최 박사님과 평생을 함께하지 않았나? 우리가 홀랜프와 함께

하는 일은 없을 거야."

"아이들도 과연 자네 말대로 생각할까?"

"나보다 더 홀랜프를 싫어하면 싫어했지 그 이하는 아닐 거야."

박 사령관은 서 집사의 대답이 내키지 않은 듯 고개를 흔든다.

"늘 생각했지만, 자네도 그렇고 아이들도 그렇고, 늘 최 박사의 꼭두각시처럼 시키는 일만 잘하는 사람들 같다네. 선우민 사범도 말하지 않았나? 자네들의 생각과 행동이 모두 최 박사의 메시에 지배당하고 있다고. 만약 계획대로 최 박사가 자네들과 함께 벙커에서 생활했다면 자네들은 더더욱 최 박사의 손아귀에서 벗어나지 못했겠지. 어쩌면 최 박사 없이 독립적으로 해온 벙커에서의 생활이 자네들을 홀로 서게 만들었는지 모르지."

"그럴지도 모르지. 하지만 알지 않는가? 박사님은 늘 옳으셨어."

"그렇지. 늘 옳으셨지. 악한 마음으로 일을 한 게 아니라는 것도 알아. 박사님 덕분에 좋은 친구들도 생기고 다 좋았지. 완벽한 생활을 하는 듯했으니까. 그런데 말이야. 나는 매스클랜 생활이 늘 꺼림칙했어. 여기 파라다이스에 있는 저 사람들처럼 말이야."

박 사령관은 알고 있었다. 완벽해 보이는 파라다이스의 삶에는 말로 표현하기 힘든 꺼림칙함이 느껴졌다. 서 집사는 동의하듯 숨을 깊게 내뱉는다.

"우리의 삶은 모든 게 완벽해 보이는 일상이었지. 어느새 주위 사람들은 최 박사를 숭배하다시피 했고, 최 박사는 아니라 했지만, 원한다면 언제든지 세상을 정복할 수 있는 능력을 갖춘 분이셨어. 저 홀랜프가 쳐들어올 때까지의 계획을 세우셨다 하지만 막으려면 얼마든지 막을 수 있지 않았을까 하는 생각마저 들 정도로. 그리고 미지의 세계 이후에는 마치 자신이 창조주인 것처럼 하던 말들이⋯⋯."

"창조주가 되길 원한 게 아니야."

서 집사가 반박한다.

"박사님은 자네와 생각이 비슷하셨어. 예상으로 말씀하신 거지만 홀랜프가 침공함으로써 인간이 지배하는 세상은 사라질 거라고 말씀하셨지. 자네 말대로 인간이 원하는 게 영원한 행복과 기쁨 아니겠나? 피해를 안 주면서 하고 싶은 것을 마음껏 하고 고통과 슬픔이 없는 그런 행복한 삶. 박사님이 프로젝트를 진행한 이유가 그거였다네. 그리고 노년에는 아이들과 행복하게 영원히 살기를 원하셨지."

박 사령관이 잠시 생각에 잠긴다. 서 집사는 그런 박 사령관을 설득하고 싶은 듯 말한다.

"박사님은 인류가 절대로 멸종되게 놔두지 않으셨을 거야. 분명하늘의 도시에서 편집했다는 박사님의 예언서를 연구하다 보면 저 아이들을 통해 인류를 구원할 방법을 찾을 거야. 아이들을 신으로 만든다거나 하는 그런 어처구니없는 방법 말고."

박 사령관은 진지한 표정으로 자신의 턱을 쓰다듬는다. 그러다입을 연다.

"박사님의 계획⋯⋯. 어찌 보면 지금 일어나는 모든 일이 최 박사 뜻대로인지도 몰라."

박 사령관이 말을 이어간다.

"그렇지만 자네들은 선택해서 여기까지 오지 않았나? 굳이 박사님이 죽을 이유도 없었을 것이고. 박사님도 결국 인간이라는 뜻이야. 창조주는 농담으로 얘기한 것뿐이라고."

서 집사가 말한다. 박 사령관이 최 박사에게 창조주나 계획, 뜻이 있다고 말한 이유를 서 집사는 알 수 있다. 최 박사의 평상시 말투가 늘 그랬기 때문이다.

"나의 계획은 말이야. 나의 예상이 맞는다면 말이야. 내 예언이 맞을 거야."

이런 식으로 처음에는 자기 생각으로 시작해서 예상으로 가다가 확신으로 변해간 것을 서 집사는 기억한다. 일종의 최 박사 식 농담이기도 했다. 그러고 나서 장황하게 프로젝트의 전체 맥락을 말한다. 서 집사는 최 박사의 말에서 이해하는 부분도 있지만 이해하지 못하는 부분도 많았다. 그럴 때 최 박사에게 물어보면 늘 이런 식으로 대답했다.

"하다 보면 알게 될 걸세."

사실이다. 최 박사와 일을 하다 보면 시간이 지나면서 깨닫는 부분이 수두룩했다. 장시간 함께 프로젝트를 해온 박 사령관도 서 집사와 비슷한 생각을 했을 것이다. 하지만 벙커에서 6년간 생활한 서 집사와 달리 박 사령관에게는 최 박사와의 추억이 변질되었을지도 모른다.

"자네는 지금 홀랜프 침공이 박사님의 계획 중 일부일지 모른다고 생각하는 건가? 마치 박사님의 장기 프로젝트처럼?"

서 집사의 질문에 박 사령관이 머뭇거리다 말한다.

"말도 안 되는 소리지만 박사님이라면 가능할지도 모른다는 생각은 하지. 그래서 박사님의 의도를 파악하고 싶은데 내 머리로는 도저히 불가능해. 자네와 얘기해도 마찬가지고."

"어차피 자네가 아는 박사님이나 내가 아는 박사님이나 비슷할 거야."

"그래. 하늘의 도시 사람들도 그렇게 생각하지. 그래서 예언서를 더 깊이 연구해도 더는 나올 게 없는 거야."

"이제는 아이들에게 달린 미래라는 것이지."

서 집사는 깨달은 듯 말한다. 박 사령관이 서 집사를 쳐다본다.

"무력으로도 안 되고, 사람들은 떠나가고, 인류의 멸종은 막고 싶고."

서 집사의 말에 박 사령관이 옅은 미소를 띤다.

"그래. 무엇보다 이기고 싶어. 홀랜프와의 전쟁에서 반드시 승리하고 싶다네. 살아서 자네와 더 깊은 대화를 나누고 싶고 술도 만들고 싶어. 사람들이 사람답게 사는 세상을 보고 싶어. 페카터모리가 아닌 인간으로 사는 삶을 보고 싶어. 그래서 홀랜프와의 전쟁에서 승리해서……."

박 사령관은 울컥한 듯 잠시 말을 멈추고 옆에 있던 물을 마신다.

"진정으로 괜찮은 사람들만 남은 세상에서 우리나 아이들 같은 선한 마음을 가진 사람들이 꾸리는 세상에서 살고 싶어. 지배고 뭐고 없는 그런 세상에서 말이야."

서 집사는 대답 대신 고개를 들어 하늘을 올려다본다. 이런 맑은 날씨를 언제 봤는지 기억조차 나지 않는다. 서 집사가 박 사령관을 보며 말한다.

"그래. 그런 세상이 궁금하군. 박사님의 오랜 바람이기도 하였고. 그래서 이런 날씨를 만든 홀랜프의 기술을 우리가 잘만 사용하면 한층 발전된 인간의 성장을 볼 수 있을지 몰라. 의인만 남은 세상에서 발전된 기술력을 가지고 말이야. 이것이 박사님의 최종 계획일지도 몰라!"

"조금 희망적인 얘기를 하나 하자면……."

박 사령관이 서 집사를 보다가 여자아이들을 본다.

"아까 김 중령한테서 연락이 왔는데 본부를 떠났던 사람들이 많이 돌아왔다는군."

3장 1절
배신의 뜻

니나는 리브와 레나 옆에서 주위를 경계하듯 둘러본다. 그리고 안개에 가려진 콜로세움같이 높고 큰 건물을 주시한다. 리브와 레나가 필요한 음식 재료를 다 구하고는 박 사령관과 서 집사가 있는 곳으로 온다. 니나는 맥주를 마시며 대화하고 있는 박 사령관과 서 집사에게 묻는다.

"저는 따로 좀 더 둘러봤으면 하는데요."

서 집사는 니나의 말에 박 사령관을 본다.

"그러게. 자네 어빌리스가 상당한 것 같구먼. 어떠한가? 주위에 강한 어빌리스가 감지되는가?"

니나는 별 대꾸 없이 홀랜프 본부를 가리킨다. 박 사령관은 무안한지 맥주를 마신다.

"그래도 방심하지 말아라. 아직 강한 어빌리스가 감지되지 않지만 꺼림칙하구나."

니나가 안개에 가려진 홀랜프 본부를 보며 말한다.

"네. 강한 어빌리스가 저 끝에 모두 모여 있어요. 마치 고무줄을 당기듯이 여차하면 우리를 공격할 준비를 하는 것 같아요."

박 사령관과 서 집사가 니나의 말에 머쓱해한다.

"간단명료하네."

박 사령관이 미소 지으며 말한다.

"우리 아이들은 자네가 염려할 수준이 아니라니까."

서 집사는 자랑스러운 듯 말한다. 박 사령관의 표정이 조금 밝아진 듯하다. 박 사령관은 니나가 가리키는 홀랜프 본부 쪽을 보며 말한다.

"저 대형 건물이 홀랜프 본부라네. 아주 잘 봤어. 저곳에 여왕이 살지도 모른다는 예측을 하고 있지. 그러니 거기에서 강한 어빌리스가 느껴질 만하지. 하지만 오늘은 파라다이스에 견학 온 것이니 문제는 피하면 좋겠네. 혹시나 페카터모리나 홀랜프를 마주치더라도 문제를 일으키지 말게. 자네가 잘 판단하겠지만 저들에게 자네들의 존재를 먼저 노출시킬 필요는 없다고 생각하네."

니나가 고개를 살짝 끄덕이고는 홀랜프 본부를 향해 뛰어간다. 박 사령관은 멀어지는 니나를 보며 서 집사에게 묻는다.

"저 친구 어빌리스가 어느 정도인가?"

"몰라. 적어도 우리보다는 훨씬 높은데 그 수치가 잘 안 잡힌다네. 아직도 잠재력이 많은 것 같아. 내 생각에는 선우민 사범도 뛰어넘은 것 같네."

"김 중령과 비슷하겠군. 홀랜프 몇 부대는 쳐부수겠어."

"그런가? 김 중령이 그렇게 강해졌단 말인가?"

서 집사가 묻지만 박 사령관의 시선은 여전히 보이지 않는 니나

쪽을 향하고 있다. 박 사령관이 천천히 서 집사에게 시선을 돌리며 말한다.

"기억나지 않나? 어빌리스가 높던 선우민 사범이 어빌리스를 모르던 김 중령하고 대등하게 겨뤘던 걸. 지금 김 중령을 이길 수 있는 인간은 존재하지 않아."

"그런 친구를 굳이 수비대에 놔둔 이유가 그럼······."

"이전만큼은 아니지만, 여전히 홀랜프나 페카터모리가 우리 본부를 검열한다네. 문제가 발생할 시 김 중령만이 해결할 수 있으니까. 만약 82본부가 사라진다면 모든 계획이 어그러지니까."

"김 중령 성격에 수비대에 들어간 게 신기하군."

"그래 봬도 배려심이 아주 깊은 친구라고."

서 집사도 고개를 들어 멀리 보이는 홀랜프 본부를 쳐다본다. 박 사령관은 서 집사를 위해 차를 주문한다. 차가 나오고 서 집사가 찻잔을 본다. 선우민이 예전에 해준 말이 생각난다. 인간이 생물체를 지배할 수 있는 이유는 인간에게 세상 만물을 다스릴 수 있는 능력이 있어 다른 생물체를 보호할 수 있는 유일한 존재이기 때문이라고 했다. 동물은 배려심이 없고 그저 본능에만 충실할 뿐이다. 바다의 고래도 먹기 위해 생물체를 입으로 흡입한다. 사자는 배가 고프면 약한 짐승을 잡아먹는다. 이기심은 생물의 본능이다. 하지만 인간만이 이기심을 인식하고 배려심을 가질 수 있는 능력이 있다. 바로 의식이 있기 때문이다. 인간은 배가 고파도 정신력으로 버틸 수 있다. 하지만 변해가는 세상에서 인간의 의식도 변해간다. 배려하는 마음은 점점 사라지다 결국 잃을 것이다. 그날이 인류가 멸종하는 날이다. 선우민은 늘 그렇게 배려심을 강조했다.

홀랜프 생물체가 파라다이스라는 장소를 만들어 인류를 지배한다 해도 배려심으로 하는 행동이 아니다. 이기심에 의한 행동이다. 강한 힘으로 사람들을 억누르다가 자유를 주는 척 인간을 배려하는 행동은 선우민이 생각하던 배려심이 아니다. 결국 홀랜프 정책의 마지막은 홀랜프가 우주의 중심이라고 생각하게 하는 사상을 인간에게 심는 것이다. 그것이야말로 이기심에서 비롯된 악한 생물체의 의도다. 선우민과의 대화를 떠올리며 서 집사가 차를 마신다. 그리고 조금 떨어진 곳에서 니나의 어빌리스가 약간 높아진 것을 감지한다.

*

니나는 지금 꽤 높은 건물들이 즐비한 곳을 보고 있다. 맑은 날씨와는 다르게 안개가 켜켜이 낀 것이 꽤 운치 있어 보인다. 안개가 조금씩 걷히면서 높고 거대한 콜로세움의 홀랜프 본부가 그 모습을 또렷이 드러낸다. 홀랜프 본부 옆 건물들이 비교되어 작게 보였지만 사실 그 건물들도 그다지 작지 않다. 이전에 보였던 원형 우주선이 더 거대해져 지금의 홀랜프 본부가 된 것이다. 콜로세움과 바벨탑을 섞어놓은 듯한 모습으로 그 거대함을 뽐내는 홀랜프 본부는 파라다이스의 지배자가 누구인지 말해주듯 뻣뻣이 서서 수많은 건물을 마주하고 있다. 니나는 뒤돌아 다른 매장을 돌아다니는 리브를 멀리서 발견한다.

대도시에 빽빽하게 들어섰던 건물들이 연상된다. 지금 이곳의 건물들이 그런 식으로 다양하게 세워져 파라다이스라는 도시를 만들었다. 그 높은 건물들 아래에는 다양한 상점들이 색색이 놓여 있다. 니나의 시야에 들어온 파라다이스의 풍경은 그동안 본 것 중 최고인 듯하다. 그중 홀랜프 본부의 건축양식은 이제껏 본 적 없을 정도로 뛰어나다. 니나는 조금 더 자세히 보기 위해 홀랜프 본부에 가까이 다가간다. 건물 옥상 사이를 뛰어다니며 점점 목표 지점에 가까워진다. 홀랜프 본부 바로 앞 건물 옥상으로 온 니나는 자신의 자리와 홀랜프 본부 사이의 공간을 발견하고는 멈춰 선다. 아래를 내려다보는 니나는 홀랜프 본부를 지탱하고 있는 수많은 기둥이 땅에 박혀 있는 걸 발견한다. 그중 하나의 기둥에 문이 달려 있다. 기둥을 따라 위로 시선을 옮기니 홀랜프 본부의 최상층이 보인다. 통유리로 층 전체가 덮여 있지만 내부는 보이지 않는다. 안개가 여전히 끼다 말다 하여 정확한 높이를 가늠하기는 어렵지만, 만약 기둥을 통해 최상층까지 올라간다면 긴 시간이 걸릴 듯 높아 보인다.

니나는 통유리 내부의 어빌리스를 감지하려는 듯 눈을 감는다. 예상보다 많은 숫자라서 놀란다. 게다가 측정 불가능한 어빌리스까지 감지되자 놀라 눈을 뜬다.

"생각보다 쉽지는 않겠네……."

혼잣말하며 누구를 찾는 듯 주위를 둘러본다. 니나는 건물 아래를 내려다본다. 추락한다면 많이 다칠 수 있는 높이지만 죽을 것 같지는 않다. 하지만 비옥해 보이는 땅에서 알 수 없는 나쁜 기운이 느껴진다. 저 땅을 밟으면 안 될 것 같은 생각이 든다. 내려가려다 말고 니나는 다시 고개를 든다.

파라다이스 전체 지도를 머리에 새길 겸 천천히 옥상을 이용해 건물에서 건물로 넘어간다. 파라다이스는 청정구역이라고 하는 곳보다 더 맑은 공기를 가지고 있다. 게다가 날씨도 좋다. 선선한 바람이 머리칼을 건드려 기분이 좋다. 하지만 그것도 잠시, 니나는 자신의 시야에 들어오는 파라다이스의 사람들이 께름직하다. 분명 파라다이스 도시는 인간이 살기에 훌륭한 조건을 갖추었지만, 이곳에서 일하거나 거주하는 사람, 아니 페카터모리나 그렇게 변하기를 기다리는 사람 모두에게서 인간미가 전혀 느껴지지 않는다. 존엄성이 사라진 인간의 모습이 그러하다. 마치 동물원의 짐승 같은 느낌이다. 사육당하면서도 원하는 걸 주면 주인이 하라는 대로 하는 짐승. 니나는 저런 페카터모리가 어떻게 인간으로 돌아올 수 있을지 궁금하다.

파라다이스 너머로 보이는 곳은 황폐하고 초라하다. 82본부에서 본 사람들의 표정은 죽지 못해 사는 억지스러움이 넘쳐났다. 하지만 파라다이스에 있는 페카터모리는 기쁘고 행복해 보인다. 삶에서 원하는 것을 모두 얻은 사람의 표정이다. 하지만 니나는 즐겁고 활기찬 페카터모리의 모습들에서 반복되는 꺼림칙함을 느껴 메스껍기까지 하다.

"아가씨는 누군가? 몸매 죽이는데? 길을 잃었나? 여기 위는 어떻게 올라온 거야? 상류층 등급인가?"

갑작스러운 질문들에 니나가 뒤돌아본다. 부잣집 도련님 같은 행색을 한 젊은 남자가 무리와 함께 껄렁거리며 다가온다. 머리는 만화에서나 볼 법한 반 파마머리에 넥타이를 목에 두르고 조끼를 입고 그 위로 이상하리만큼 어울리지 않는 양복을 걸치고 있다. 재킷에는 행커치프가 꽂혀 있고 자신의 부를 과시하는 사람처럼 손목을 흔들며 니나 주위를 천천히 맴돈다. 그의 손목에는 뉴컨밴드가 아닌 블랙코드가 박혀 있다. 멋있는 척하지만, 니나의 눈에는 이전에 자신에게 찝쩍대던 남학생들과 다를 게 없다. 니나는 이 남자와 그 무리의 어빌리스가 꽤 높다는 걸 감지한다.

무시하고 리브에게 돌아가려는데 부잣집 도련님 같은 남자가 니나의 팔을 잡는다.

"오호라. 비싼 척을 하시겠다?"

남자가 옆의 무리를 보며 니나가 가소롭다는 듯 말한다. 무리 중 한 사람도 비웃으며 말한다.

"우리가 지금 이런 모습이어서 잘 모르겠지? 아가씨, 오늘 운이 좋네. 우리를 다 만나다니. 상류층 페카터모리를 만날 수 있다는 건 홀랜프의 운이 따르지 않고서는 불가능해."

니나가 그들에게 묻는다.

"상류층?"

도련님 같은 남자가 비열해 보이는 미소를 짓는다.

"그래. 바로 그 상류층 페카터모리. 처음 봤지? 우리는 곧 홀랜프가 될 몸이시다."

남자는 자랑스러운 듯 무리와 함께 고개를 깔딱댄다. 그리고 니나를 느끼하게 쳐다본다.

"어때? 아가씨는 아직도 순서를 기다리는 건가? 우리가 도와줄까? 우리한테 잘하면 내가 추천해줄 수 있는데. 아가씨 정도면 바로 중산층으로 업그레이드시켜줄 수도 있어. 내 씨를 받으면 아가씨 자식은 바로 상류층 페카터모리가 되고 말이야."

니나는 그의 말이 그다지 신경 쓰이지 않지만 얘기를 하면 할수록 그의 어빌리스가 점점 높아지는 것이 몹시 신경 쓰인다.

"지금보다 더 강해질 수 있는 건가?"

니나의 말에 남자가 땅에 침을 찍 뱉으며 말한다.

"오호, 내 어빌리스가 느껴지는가 보지? 이제 이해되는가? 오늘 아가씨가 우리를 만난 게 얼마나 대단한 홀랜프의 운이 따라준 건지?"

남자가 니나의 팔을 꽉 잡으며 말한다. 그때 다른 페카터모리 무리도 모여든다. 니나는 생각보다 많아진 무리를 보며 조용히 벗어날 방법을 고민한다. 그때 도련님 같은 남자의 팔이 변한다. 홀랜프의 팔과 비슷해진다. 자신이 멋있다고 생각하는 듯 니나를 보며 계속 비열한 미소를 지으며 말한다.

"어때? 멋있지? 처음 볼 거야. 아래쪽에서 산다면 더더욱 지금 상황이 신기하겠지."

주위에 하류층과 중산층 페카터모리들이 몰려들어 남자의 팔을 부러워한다.

"신기하긴 하네. 그런데 원하는 게 정확히 뭐야?"

니나가 팔을 뿌리치며 묻자 남자는 살짝 놀란 듯하다 다시 비열한 미소를 띠며 말한다.

"오호라. 세게 나오시겠다? 마음에 드는데. 과연 내 씨를 받을 만한 여자군. 원하는 게 뭐겠어? 내 씨로 순수한 페카터모리를 탄생시키는 것이지. 홀랜프의 축복이 내려져야 하니까."

"홀랜프의 축복?"

니나가 반복하자 남자가 갸우뚱거린다.

"당연한 걸 뭘 묻나?"

"그럼 너희 사이에서도 이미 순수 페카터모리로 태어난 생물체가 있다는 거야? 그게 홀랜프의 축복이고?"

질문이 이상하다는 듯 남자가 인상을 찌푸리며 말한다.

"다른 지역에서 왔나? 이렇게 낮은 어빌리스를 가지고 어떻게 여기까지 올라온 거야? 당연한 거 아냐? 홀랜프의 축복이 임해 태어난 자녀는 홀랜프 본부로 데려가야지. 이쪽 상황을 잘 모르나 보네. 파라다이스는 세계 최고의 도시이자 곧 우주 최고의 도시가 될 곳이야. 아가씨는 지금 그 엄청난 축복을 받을 기회가 생긴 거라고. 아가씨와 나의 애들이 순수 페카터모리가 되어 홀랜프의 축복이 임해 더욱더 발전된 세상을 이끌어가는 인재가 되는 거라고."

그의 말에 니나는 홀랜프 본부를 쳐다본다.

"그렇게 태어난 생물체들이 지금 저곳에 가 있다는 건가?"

니나의 계속된 질문에 도련님 같은 남자가 자신의 모습을 완전한 상류층 페카터모리로 변환시킨다.

"너 뭐야? 매스클랜이야?"

홀랜프와 비슷해진 그의 모습이지만 눈과 코는 뚜렷이 보이고 언어를 구사한다. 그리고 인간이었을 때와는 다르게 분노가 가득하고 살기를 띤 모습이다. 다른 무리도 페카터모리로 변한다.

"매스클랜은 사라진 지 꽤 됐어! 멸종했다고!"

하류층 페카터모리 한 마리가 외친다.

"한두 명은 살아남았다고 들었는데."

다른 중산층 페카터모리가 말한다. 모두의 어빌리스가 현격히 높아진 것을 감지한 니나는 주위를 둘러본다.

"홀랜프도 어디 있는 건가?"

니나의 말에 상류층 페카터모리로 변한 도련님 같은 남자가 말한다.

"도대체 넌 누구야? 감히 홀랜프를 함부로 찾다니……."

남자는 낌새가 이상한 듯 소리를 지른다. 그 순간 니나가 그의 목을 친다.

"컥컥……."

목을 잡고 경직되어 쓰러진 그를 본 페카터모리 무리가 니나를 잡으려 달려들지만 니나는 순식간에 모두를 제압한다. 도련님 같은 남자가 일어나 니나를 잡으려 하지만 니나가 자신의 다리로 그의 발목을 강하게 쳐 쓰러트린다. 너무 세게 쳤는지 발목이 떨어져 나갔다. 쓰러진 그가 소리도 제대로 못 내며 신음과 함께 소리친다.

"너 뭐야? 도대체 누구야? 감히 나한테 이러고 무사할 줄 알아? 우리 아버지도 상류층 페카터모리인 거 몰라? 날 잘못 건드리면 무사하지 못해! 알아!"

니나는 가소롭고 어이없다는 표정으로 잠시 그를 본다.

"너희는 도대체 뭔데?"

그 말과 함께 니나는 축구공을 차듯 그를 멀리 차버린다. 상류층 페카터모리가 된 도련님 같은 남자는 꽤 멀리 날아간 후 기절한다. 쓰러져 있던 페카터모리 무리가 일어나 도망친다. 니나는 머리를 긁적이며 입술을 내밀며 혼잣말을 한다.

"인간의 본성이 사라진 게 아닌가?"

그리고 리브에게 돌아가기 위해 다른 건물로 건너간다.

3장 2절
그 아이에 그 엄마

　선우희는 오락실에 있는 게임을 구경하다 흥미가 떨어진 듯 오
락실 뒷문으로 나간다. 선우희가 사라진 줄도 모르는 세 남자아이
는 게임에 정신이 팔려 있다. 리브와 레나 그리고 경호해주는 마일
스 전사 두 명이 함께 오락실로 들어온다. 리브가 주위를 둘러보며
선우희를 찾지만 보이지 않자 해든에게 묻는다.
　"선우희 어딨어?"
　남자아이들은 하던 게임을 멈추고 당황해한다. 해든이 그제야
다급히 오락실을 둘러본다.
　"어…… 조금 전에 내 옆에 있었는데…….
　해든이 자신이 하던 게임 기계 주위를 둘러보지만 당연히 아무
도 없다. 오웬과 민수도 오락실 안을 돌아다니며 찾는다. 선우희가
오락실 안에 없다는 것을 알게 된 리브는 다급히 뒷문으로 향한다.
나가자 뒷골목이 나온다. 선우희가 그곳에 서서 안개에 갇혀 보였
다 말았다 하는 홀랜프 본부를 바라보고 있다. 선우희를 발견한 리

브가 달려와 껴안는다.

"니나 이모가 삼촌들 옆에 꼭 붙어 있으랬잖아. 여기에 왜 이러고 나와 있어?"

선우희는 대꾸 없이 안개에 덮인 홀랜프 본부를 바라본다. 그렇게 한참을 보던 선우희가 시선을 홀랜프 본부에 둔 채 말한다.

"엄마?"

리브가 상냥한 말투로 대답한다.

"응, 그래. 엄마 여기 있어. 이번에는 뭐가 궁금하니?"

선우희는 홀랜프 본부를 향해 손가락을 내민다. 리브는 선우희가 가리키는 곳을 본다. 안개가 걷히면서 홀랜프 본부의 윤곽이 뚜렷해진다.

"아……."

리브가 짧게 탄식한다. 선우희의 행동이 무슨 의미인지 안다는 표정이다.

"나 저기……."

선우희는 계속 홀랜프 본부를 가리키며 말한다.

"저기?"

리브가 묻자 선우희가 고개를 끄덕인다.

"우리 희 저곳으로 가야 해?"

선우희는 다시 고개를 끄덕인다. 그리고 입을 연다.

"저기야. 엄마하고 아빠하고 같이 가야 하는 곳. 나 가고 싶어."

리브는 홀랜프 본부를 다시 본다. 그리고 주위를 둘러보며 아무도 없는 것을 확인한다. 리브가 선우희를 안으며 속삭인다.

"아빠는 어디 있니?"

선우희는 대답이 없다. 리브에게서 몸을 뺄 뿐 시선은 홀랜프 본부에 가 있다. 리브는 다시 부드럽게 물어본다.

"혹시 저기에 들어가면 어떻게 되는지 엄마한테만 살짝 말해줄 수 있어? 그러면 엄마가 더 잘 도와줄 수 있을 것 같은데."

리브가 묻지만 선우희는 여전히 홀랜프 본부만 쳐다본다. 리브는 더 이상 묻지 않고 함께 홀랜프 본부를 본다.

3장 3절
그 아이에 그 아빠

건물 사이를 뛰어다니며 리브가 있는 곳을 찾아다니던 니나가 뒷골목에서 홀랜프 본부를 멍하니 바라보는 리브와 선우희를 발견한다. 그리고 그 뒤편에는 아까 만난 도련님 같은 남자가 더 많은 무리와 함께 언제 내려왔는지 지면에서 분주하게 돌아다니고 있다. 니나를 찾고 있는 듯하다. 남자의 끊어졌던 발목이 다시 붙어 있다. 그들이 리브와 선우희를 발견하고는 그쪽으로 향한다. 니나는 더 속력을 내 건물 밑으로 내려간다.

이미 페카터모리로 변해 리브와 선우희에게 다가가는 남자와 그 무리에는 모든 등급이 섞여 있다. 그들의 목과 얼굴 주위에는 돌기가 튀어나와 있고 상류층 페카터모리는 등에 작은 날개뼈가 양쪽으로 튀어나와 있다. 리브는 냉정한 표정으로 그들을 보며 선우희를 자신의 뒤에 서게 한다. 도련님 같은 남자가 다시 인간의 모습으로 변신한 후 리브에게 다가온다.

"뭔가 새로운 인간들이 보인다 싶더니 여기 이렇게 내 씨를 받을 만한 이쁜이가 또 있었네."

그가 리브의 손등에 붙어 있는 블랙코드를 본다.

"이상하네. 블랙코드만 우선 받아놓은 건가? 아까 그 아가씨도 그렇고 어빌리스는 엄청나게 약한 거 같은데 내가 방심한 틈을 타서 공격도 하고. 뭐, 그런 화끈한 아가씨여야 내 씨를 받을 만하지 않겠어?"

남자가 뒤의 무리를 쳐다보며 비열하게 웃는다.

"저 아가씨도 홀랜프의 운이 따라주는 것 같군. 인간이 이렇게나 많은 상류층 페카터모리를 보다니 말이야."

다른 페카터모리들도 웃으며 고개를 끄덕인다.

"우리가 아까 그 아가씨한테 당한 걸 홀랜프가 알면 꽤 난처해진단 말이지. 그렇지만 오늘 우리가 이런 아가씨 같은 괜찮은 숙주에 씨를 뿌릴 수만 있다면 생물체 통일에 더 빨리 도달할지도 모르니 모든 게 용서되겠지."

남자가 비열하게 웃으며 다시 상류층 페카터모리로 변한다. 뒤의 페카터모리 무리는 침을 흘리면서 좋아한다. 상류층 페카터모리가 된 도련님 같은 남자가 리브를 만지려고 다가온다. 리브는 선우희를 잡고 도망치려고 뒤를 돌아본다. 하지만 이미 페카터모리 무리가 리브를 포위하고 있다. 상류층 페카터모리가 된 도련님 같은 남자는 리브를 잡아먹으려는 듯 입이 양 갈래로 더 벌어지고 눈은 백상아리와 같이 새까맣게 커지며 코와 귀에서 더 많은 돌기가 튀어나온다. 양 날개뼈도 더 나오더니 목에서 아담스 애플이 확연히 튀어나온다.

"가만히 있으면 내가 예뻐해줄 테니 아까 그 몸매 좋은 이쁜이처럼 굴지 말라고 흐흐흐. 그러면 내가 정말 죽일지도 몰라. 우리가 즐기는 게 더 낫지 않겠어? 그 결과가 바로 홀랜프가 되는 길인데 말이야."

남자는 침을 흘리며 다가오고 리브는 뒤로 물러서지만 다른 페카터모리들이 막고 있어 멈춘다. 리브는 냉정한 표정으로 모두를 본다.

"우선 지금 너하고 홀랜프의 축복을 받자고. 그 몸매 좋은 이쁜이도 곧 찾아야지. 흐흐흐흐."

침이 주르륵 흐르며 남자가 리브를 만지려고 손을 뻗는다.

"우리가 차례대로 씨를 뿌릴 테니 기대하라고."

뒤에 있는 페카터모리들이 한마디씩 한다. 그들이 점점 좁혀오자 리브는 선우희를 본다. 아까부터 무표정하게 그들을 바라보던 선우희가 손등이 가려운지 긁기 시작한다. 리브가 선우희의 손등을 만져주며 블랙코드 스티커를 뗀다.

"뭐야! 저건?"

상류층 페카터모리가 된 도련님 같은 남자가 놀라 외치고 뒤의 무리가 리브를 잡는다. 그리고 리브와 선우희를 떼어내려 한다. 리브는 벗어나려고 하면서 선우희를 꼭 붙잡는다. 그들은 침을 흘리며 리브의 몸을 더듬는다.

"이것들 이제 보니까 다 불법으로 여기 들어온 거잖아? 소문이 사실이었네. 날파리 같은 스파이들이 종종 보인다고 그랬는데. 흐흐흐. 잘됐어. 그럼 죽여도 상관없는 것들이니까. 즐거워서 기분이 좋아지면 특별히 이곳에 살 수 있게는 해주지."

상류층 페카터모리가 된 도련님 같은 남자는 쾌락을 느끼는 듯 흐르는 침을 닦으며 페카터모리가 된 손을 뻗어 리브의 가슴을 만지려 한다. 리브가 피하려다 옷이 걸려 당겨진다. 리브의 어깨 쪽 옷깃이 약간 벗겨지면서 하얀 살이 드러난다. 페카터모리들이 포효하며 다들 리브를 만지기 시작한다. 리브는 이런 와중에도 냉정한 표정으로 그들을 쳐다본다.

옷을 벗기면서 리브의 몸을 만지던 페카터모리들은 씨를 뿌리려는 듯한 행동을 시작한다. 니나가 그 장면을 보면서 더 빠른 속도로 내려가 리브가 있는 곳에 거의 도착할 때 즈음 어디선가 어두운색의 후드가 달린 로브를 입은 사람이 나타나 페카터모리 무리를 공격한다. 발을 이용해 세 마리의 목을 순식간에 꺾으며 그들의 아담스 애플을 빼버린다. 자신에게 달려드는 다른 무리를 도리어 반격하며 그들의 갈비뼈 부분을 강타해 쓰러트린 다음 얼굴을 밟아 뭉개더니 아담스 애플을 제거한다. 순식간에 일어난 싸움에 그 남자의 후드가 벗겨지지만 죽은 페카터모리의 시신들이 연기로 변하면서 남자의 형상이 그림자처럼 보인다. 연기가 사라지면서 마치 피에 물든 듯 빨간 그의 머리카락이 얼굴을 가린다. 니나는 얼굴을 확인하고 싶지만 벗겨진 후드와 연결된 마스크가 입을 가리고 있어 확인할 수가 없다. 하지만 니나는 본능적으로 그가 누군지 안다.

"매스."

매스가 남은 페카터모리들의 몸통과 머리를 발차기로 분리한다. 떼거리로 덤비지만 페카터모리들은 순식간에 살육되고 남은 무리도 도망치려다 잡혀 죽는다. 뒷골목에 있던 무리가 순식간에 죽어 연기가 되었다. 상류층 페카터모리로 변한 도련님 같은 남자만 남아 벌벌 떨며 매스를 공격하려 한다.

"너 이 새끼! 너구나! 혼자 살아남은 비겁한 매스! 너 내가 누군지 몰라? 우리 아버지 몰라? 너희 매스클랜을 몰살시킨……."

그의 말이 끝나기도 전에 매스가 주머니에서 무엇인가를 꺼내 남자에게 던진다. 그건 아담스 애플이다. 상류층 페카터모리로 변한 도련님 같은 남자는 그것을 보고 더 떨기 시작한다.

"아버지? 너 감히 우리 아버지를!"

남자가 매스를 노려보며 공격하려 할 때 매스의 로브에서 중세 시대 때나 볼 법한 검의 손잡이인 글래디우스 그립이 나온다. 그리고 순식간에 상류층 페카터모리로 변한 도련님 같은 남자에게 달려간다. 손잡이에서 검이 튀어나오는 동시에 남자의 목이 잘린다. 상류층 페카터모리로 변한 도련님 같은 남자는 괴로워하며 아직 완전히 터지지 않은 아담스 애플을 지키려는 듯, 한 박자 느리게 자신의 목을 부여잡는다. 매스가 그의 입 안에 발을 집어넣더니 다른 발로 차버려 머리와 몸을 분리시켜버린다. 간신히 잡고 있던 아담스 애플이 땅에 떨어지고 매스는 그와 그의 아버지의 두 아담스 애플을 한참 보다가 밟아 짓이긴다. 연기가 심해지고 모든 페카터모리가 죽은 것을 확인한 매스가 다시 후드를 쓰고 재빠르게 그 자리를 피하려고 할 때, 니나가 나타나 매스를 붙잡는다. 매스는 곧바로 니나의 손을 뿌리치고 도망가려 하지만 니나가 다시 잡으려 한다. 두 사람은 건물 벽을 타며 격투를 벌인다.

니나가 매스의 빨간 머리칼로 발을 뻗자 그로 인해 매스의 후드가 벗겨진다. 매스의 얼굴을 확인한 니나가 의미심장한 미소를 짓는다. 매스는 재빨리 후드를 쓰고 높이 점프해 반대편 건물로 넘어가 사라진다. 니나는 매스가 간 방향을 보다가 리브에게 온다.

"괜찮아?"

옷을 고쳐 입은 리브가 선우희를 꼭 안은 채 매스가 사라진 방향을 본다.

"방금 저 사람……."

니나가 고개를 끄덕이며 대답하려 하는데 경보음이 울리기 시작한다. 활기차고 즐거워 보이던 파라다이스에 고막을 찢는 경보음이 나면서 잿빛에 가까운 어둠이 깔린다. 파라다이스에 있던 사람들이 페카터모리로 변하고 모든 가게의 문이 닫힌다. 그리고 무리를 지어 리브가 있는 곳으로 향한다. 상류층 페카터모리를 중심으로 중산층과 하류층 페카터모리들이 줄지어 걸어간다.

니나가 그들의 어빌리스를 감지하며 리브와 선우희를 데리고 반대 방향으로 향한다. 페카터모리 무리가 샅샅이 골목을 뒤지며 침입자들을 찾는다. 니나는 상황을 지켜보며 리브와 선우희를 이끌고 파라다이스 입구로 조심히 향한다. 가는 길에 그녀가 골목에서 나타나는 페카터모리들을 조용히 처리한다. 아까 매스가 보여준 것처럼 아담스 애플을 제거하자 페카터모리는 색감 가득한 연기를 내며 사라진다. 그렇게 천천히 입구로 향하다 박 사령관과 아이들과 마주친다.

"차로 향한다."

박 사령관의 주도로 조용히 가려다 입구를 지키고 있는 페카터모리 무리를 마주친다. 니나는 다른 출구가 있는지 찾아보지만 이미 높은 벽이 가로막고 있다.

"다른 곳으로 나가면 죽는다. 저 입구가 유일한 통로야."

박 사령관이 말하고 뒤를 돌아본다. 홀랜프 본부에서 무엇인가가 나온 듯하다. 니나와 서 집사, 박 사령관은 페카터모리와 비교가 되지 않을 정도로 높은 어빌리스를 감지한다.

"내가 길을 만들어줄 테니 지체하지 말고 차가 있는 데까지 뛰어라!"

박 사령관이 몸에 지니고 있던 쇠막대기를 꺼내며 달려간다. 두 전사가 그 뒤를 따라가고 서 집사와 아이들도 그 뒤를 따라간다. 페카터모리 무리가 빛을 쏘며 달려들자 박 사령관은 쇠막대기로 그 빛을 다 막으면서 무자비하게 쇠막대기를 휘둘러 공격한다. 두 전사는 어디서 구한 판때기로 빛을 막아낸다. 페카터모리의 목이 분리될 정도로 강하게 내리치는 박 사령관의 무지막지한 가격에 놀란 아이들이 입구를 지나 주차장으로 향한다.

"지체하지 말고 끝까지 가라!"

박 사령관은 입구에서 두 전사와 함께 페카터모리 무리를 상대한다. 군용차 두 대가 이미 와 있다. 아이들과 서 집사가 차에 탄 후 페카터모리를 거의 다 응징한 박 사령관과 두 전사도 타자마자 파라다이스를 떠난다. 파라다이스로 올 때 앞에 있던 군용차가 이번에는 뒤따르며 페카터모리 무리에게 총을 쏜다. 목이 아닌 다른 부위에 총알을 맞은 페카터모리는 잠시 쓰러졌다가 다시 일어난다. 총을 맞은 부위는 이내 회복이 된다. 페카터모리도 들고 있던 총으로 차를 향해 쏜다. 빛이 사정없이 차로 쏟아진다. 그때 군용차에서 총을 쏘던 한 마일스 전사가 멘사보드를 들고 방패처럼 그들의 총격을 막는다. 빛은 멘사보드에 맞자 연기처럼 사라진다.

그렇게 방어와 공격을 오가며 군용차 두 대가 무사히 파라다이

스를 빠져나온다. 그러자 페카터모리 무리가 사용하던 총을 변형
시킨다. 마치 마녀가 타는 빗자루를 타듯 페카터모리들이 양발을
벌려 탑승한다. 그리고 두 발을 총에서 나온 발판에 올리고 손잡이
로 변한 부분을 잡고 공중에 뜨더니 쫓아온다.

3장 4절
전투

뒤쪽 군용차가 아이들을 태운 앞쪽 군용차를 앞지른다. 두 차량이 낼 수 있는 최대 속도로 울퉁불퉁한 도로를 달린다. 하지만 심하게 파손된 도로를 빨리 달리기가 쉽지 않다.

"아무래도 모리스틱Moristick을 속도로 이기기는 힘들겠지."

박 사령관은 빠르게 따라오는 페카터모리 무리를 쳐다보며 말한다. 민수가 쳐다보자 박 사령관은 뉴컨밴드를 머리에 장착하며 말한다.

"홀랜프의 또 다른 선물. 바로 저 모리스틱이라 불리는 가장 빠른 운송 수단이지."

그들은 마녀의 빗자루를 마치 오토바이를 타듯 양손으로 손잡이를 잡고 거기에 달린 총을 쏘며 빠르게 다가온다. 공중에 떠서 오기에 그 속도가 군용차보다 현저히 빠르다.

두 군용차가 뒤에서 쏴대는 총을 피해 이리저리 피하며 도로를 달린다. 하지만 이내 페카터모리를 태운 모리스틱에 따라잡히기 직전이다.

"병력을 요청한다! 페카터모리가 공격해온다!"

"방금 출발했으니 현지 병력으로 버텨라!"

박 사령관의 뉴컨밴드에서 김 중령의 목소리가 들린다. 차는 바로 뒤까지 쫓아온 페카터모리의 총을 피하려 하지만 차 한쪽에 맞으면서 파편이 날아간다. 그러자 차를 덮고 있던 천도 날아간다. 차는 급격히 흔들린다. 폐허가 된 세상을 흔들리며 달리는 차에서 긴장된 표정으로 페카터모리 무리를 쳐다보는 아이들에게 박 사령관이 윙크한다.

"너무 걱정하지 말게나. 종종 이런 일도 생기고 그래. 하하하. 저 정도면 우리만으로도 해치울 수 있으니 괜찮아. 홀랜프만 나타나지 않으면 돼."

박 사령관은 아까 리브를 호위하던 두 전사에게 지시를 내린다. 걱정하지 말라고 했지만 박 사령관의 표정은 사뭇 진지하다. 두 마일스 전사가 등에 멨던 멘사보드를 꺼낸다. 한 전사는 손목에 차고 있던 뉴컨밴드를 머리에 착용하고 다른 전사는 목에 걸어놨던 뉴컨밴드를 머리에 착용한다. 그들의 뉴컨밴드에서 화려한 불빛이 나온다. 그리고 그들이 꺼낸 멘사보드와 연결된 듯 멘사보드에도 불이 들어온다. 아이들이 연습하던 나무 재질 멘사보드와 달리 강철이 곁들여져 있다. 그 중앙에는 사람의 손이 들어갈 만한 손잡이가 두 개씩 달려 있다. 아이들과 서 집사는 멘사보드에 탑승하며 나가는 두 전사를 지켜본다. 그들의 손에는 길이 조절이 가능한 칼과 소형 기관총이 들려 있다.

"우리가 해치운다!"

"내가 앞쪽을 맡을 테니 자네가 후방공격을 해!"

박 사령관이 뒤에서 소총을 장전하며 말한다.

"내가 엄호해주겠다."

해든은 밖으로 나가는 두 전사와 그들에게 맹렬히 다가오는 페카터모리 무리를 본다. 그리고 총을 겨누는 박 사령관에게 말한다.

"페카터모리가 많은 것 같아요. 저희도 돕게 해주세요."

박 사령관이 해든의 말에 확신하는 말투로 대답한다.

"그래봤자 페카터모리일 뿐이다. 여기서 우리 전사들의 실력이나 구경해라. 전투를 보면서 마지막 전쟁 때 어떻게 해야 할지 생각해보거라."

상류층 페카터모리는 지금껏 감지해본 어빌리스 중 가장 높은 전투력을 보인다. 하지만 해든은 저들을 상대로 충분히 이길 수 있을 것 같다. 만약 이 정도 어빌리스를 가진 적들과 전쟁한다면 충분히 승산이 있어 보인다. 저 두 전사의 어빌리스는 상류층 페카터모리와는 비교가 되지 않을 만큼 높다.

"홀랜프가 얼마나 강한지는 몰라도 저 둘의 어빌리스 정도가 되지 않을까?"

해든이 아이들에게 말한다. 니나와 민수는 대답 없이 두 전사의 전투를 지켜본다.

"왜 그래?"

해든이 묻지만 니나는 아무 말이 없다. 민수도 이전과 다르게 차분히 전투를 지켜본다. 해든이 민수를 툭 친다.

"왜 그러는 거야 너마저?"

민수는 해든을 한 번 보고는 다시 전투로 눈을 돌린다.

"몰라. 어빌리스는 그렇다 쳐도 기분이 너무 꺼림칙해. 이상해 뭔가."

민수의 말에 해든은 뒤로 보이는 파라다이스를 본다. 그러고 보니 시끄럽게 울린 경보음치고는 너무 적은 병력이 공격하고 있다. 페카터모리가 떼를 지어 기술력으로 발전된 무기를 가지고 전투하지만, 저 두 전사에게는 턱없이 부족한 실력이다. 상류층 페카터모리가 강하다 해도 상대가 안 될 것이라는 걸 홀랜프가 몰랐을까 싶다. 조수석에 있던 성철이 이런 일을 자주 겪은 듯 박 사령관 옆으로 와서 함께 총을 겨누면 사격한다. 한 페카터모리가 모리스틱에서 떨어지고 그에 부딪힌 다른 페카터모리도 모리스틱에서 떨어진다.

"오! 일거양득!"

오웬이 자기도 모르게 소리친다. 박 사령관이 그런 오웬을 보고 윙크해준다. 해든은 그런 오웬과 박 사령관을 보다가 침착하게 전투를 지켜보는 니나와 민수를 본다.

"이런 직접적인 전투가 처음이니까 기분이 이상한 거 아냐?"

해든이 묻지만 니나와 민수는 여전히 전투에만 시선이 고정되어 있다. 해든도 잠시 생각하다 전투를 지켜본다.

두 전사는 멘사보드를 타고 높이 뜨지 않은 채 가지고 있던 소형 기관총과 길이 조절이 가능한 검을 이용해 페카터모리 무리와 더 격렬한 전투를 벌인다. 페카터모리들은 모리스틱을 타고 공중을 돌며 전사들과 접전을 벌인다. 엄호하는 박 사령관과 성철 덕분에 금세 페카터모리가 모리스틱에서 떨어지지만, 다시 일어나 모리스틱을 타고 따라온다. 빠른 속력이라 금방 쫓아온다. 그들의 아담스 애플을 제거하지 않는 한 그들은 계속 다시 일어난다. 결국 전투를 벌이던 두 전사가 기관총과 검을 손에서 놓친다. 오웬이 다급히 외친다.

"안 돼!"

박 사령관을 보니 그는 여전히 안정된 미소로 고개를 끄덕이며 다시 전투를 보라는 제스처를 한다.

공격해오는 페카터모리를 피하는 두 전사가 멘사보드의 앞판과 뒤판이 벌어지게 다리를 벌리자 하나였던 멘사보드가 분리돼 양발에 걸쳐진다. 앞판과 뒤판을 이어주는 중앙판에는 날카로운 검이 양쪽으로 달려 있다. 중앙판에 달린 손잡이를 잡고 나누자 전사들의 양손에는 검과 방패가 들린 듯하다. 이전에 빛을 막은 중앙판이 방패와 같은 역할을 해주고 그 위로 솟아난 검으로 공격한다. 펜싱에서 쓰는 칼의 손잡이처럼 중앙판을 잡은 두 전사의 손등과 팔이 중앙 멘사보드 판에 보호된다. 그들의 양발에는 두 개의 작은 멘사보드가 달려 있고 그들은 공중에서 계속 전투를 이어간다.

"멘사보드에 저런 기능이 있던 거예요?"

해든이 흥분하며 말한다.

"저 설계를 완성했군!"

서 집사 역시 흥분하며 박 사령관을 쳐다본다.

"그래! 저걸 보여주고 싶었어! 우리가 최신형으로 개조하는 데 성공했다네! 듀얼멘사보드Dual Mensa Board야!"

오웬 역시 흥분한 상태로 두 전사의 전투를 보며 말한다.

"저 두 분 정말 강하네요!"

박 사령관이 고개를 끄덕이며 다시 페카터모리를 총으로 쏜다.

그리고 더 많은 페카터모리가 이제는 부대 규모로 나타나는 걸 보게 된다.

"1번 부대 출격한다."

박 사령관이 뉴컨밴드에 대고 말한다. 그러자 앞에서 달리던 군용차에서 멘사보드에 탑승한 전사들이 나와 합세하여 페카터모리 부대와 전투를 벌인다.

"어떠한가? 우리 전사들도 나쁘진 않지?"

박 사령관이 서 집사를 보며 말한다. 서 집사는 고개를 끄덕인다. 해든과 오웬은 어빌리스가 강한 마일스 전사들의 전투 실력에 흥분한다. 하지만 니나와 민수는 여전히 심각한 표정으로 전투를 바라본다. 레나는 거친 군용차의 움직임에 거의 실신 상태이고 리브와 선우희는 그런 레나의 손을 잡은 채 두 눈을 감고 있다. 민수는 리브와 선우희를 보다가 다시 전투를 본다. 리브와 선우희는 무엇을 기다리는 듯한 분위기다.

운전하던 형진은 룸미러로 뒤를 주시하면서 페카터모리가 쏘는 빛을 피하고 있다. 다시 조수석으로 돌아온 성철은 창밖으로 몸을 내밀어 적재함에서 총을 쏘는 박 사령관의 지시에 맞춰 페카터모리 부대에 총을 쏜다. 그리고 더 많은 페카터모리 부대가 모리스틱을 타고 떼지어 몰려오는 걸 보게 된다. 그들은 빠른 속도로 군용차를 추격한다. 늘어난 페카터모리로 전투 중인 전사들은 벅차기 시작한다.

"도대체 어디서 이렇게 나타나는 거야?"

서 집사가 바깥에 즐비한 폐건물들에서 페카터모리가 나오는 것을 보며 말한다. 그때 김 중령이 보낸 마일스 전사 부대가 도착해 전투에 참여한다.

"생각보다 빨리 왔네."

그들은 듀얼멘사보드로 이미 전환한 상태이다. 마치 중력을 거스르듯 자유자재로 공중을 돌며 페카터모리 부대를 휩쓴다.

"저들도 엄청나게 강하네요!"

오웬의 외침과 함께 마일스 전사 부대가 페카터모리 부대를 순식간에 처리한다. 모두가 기뻐할 때 박 사령관의 뉴컨밴드에서 다급한 김 중령의 목소리가 들린다.

"모두 그 자리에서 철수해! 빨리 본부로 돌아와!"

박 사령관은 멀리서 50여 마리의 소형 홀랜프가 달려오는 걸 본다.

"저건……."

해든도 소형 홀랜프 무리를 본다. 서 집사는 자신의 몸이 살짝 떨리고 있음을 느낀다.

"소형 홀랜프다! 철수한다!"

박 사령관이 밖에서 전투를 마무리하는 전사들에게 소리친다. 전사들은 떼거리로 모여 쏜살같이 몰려오는 소형 홀랜프를 본다.

"우리도 이전보다 강해졌어! 이제는 소형 홀랜프의 어빌리스보다 우리가 훨씬 높아!"

"철수 명령이 떨어졌잖아!"

"어차피 저들이 본부로 무사히 가려면 우리가 여기서 막아야 해!"

"예전처럼 허무하게 당하지 않아! 우리는 강해!"

마일스 전사들은 빠르게 달려오는 소형 홀랜프를 보며 말한다.

"안 돼……."

박 사령관은 자신의 명령을 어기고 소형 홀랜프와 전투하려는 전사들을 보며 말한다.

"왜 저들이 자네의 말을 듣지 않는 건가?"

"임프롭Improv 태세이기 때문에……."

"뭐?"

서 집사는 이해 못 한다는 듯 묻지만 지금 그런 건 중요하지 않다. 그리고 서 집사는 깨닫는다. 지금 전사들이 도망친다면 소형 홀랜프 부대가 아이들을 태운 군용차를 공격할 것이다. 박 사령관이 형진에게 말한다.

"최선을 다해 아이들을 본부로 무사히 보낸다!"

형진이 룸미러로 박 사령관을 보며 말한다.

"저희 전사들은 어떡합니까! 놔두고 갈 수 없습니다."

"임프롭 태세로 전환했다. 우린 우리 방식으로 살아남는다!"

다급히 외치는 형진에게 박 사령관이 단호하게 말한다.

마일스 전사들은 합을 맞춘 듯 삼각형 구도를 만들어 군용차를 보호하려는 듯 멘사보드를 뒤로 가게 한다. 그러면서도 눈은 다가오는 소형 홀랜프 부대를 향하며 군용차를 따라간다. 소형 홀랜프 부대가 금세 따라잡아 그들과 전투를 벌인다. 전사들은 30여 마리의 소형 홀랜프의 공격에 맞서 싸운다. 그리고 남은 스무 마리의 소형 홀랜프가 합세하자 페카터모리와의 전투와는 다르게 하나둘 죽기 시작한다.

"어빌리스가 그닥 높지도 않은데……."

오웬이 그렇게 말하지만, 전사들은 점점 더 죽어간다. 소형 홀랜프는 빠르게 공격한다. 크기는 전사 한 사람보다 작지만 공격은 맹렬하다. 박 사령관은 잠시 동안 아이들을 쳐다본다. 몸이 떨리는 서 집사와 달리 아이들은 침착하다. 특히 그들의 어빌리스는 변화 없이 일정하다. 서 집사가 박 사령관을 쳐다본다.

"아이들은 강해."

박 사령관은 운전석과 조수석 사이에 있는 조그마한 박스를 본다. 그리고 다시 전투를 벌이는 전사들을 본다. 페카터모리와는 비교적 쉽게 전투를 벌인 전사들은 몇 마리의 소형 홀랜프는 감당할 수 있지만 떼로 몰려드는 소형 홀랜프에는 속수무책으로 당할 수밖에 없다. 전투 중인 마일스 전사들이 몰살당하기 시작한다. 조수석에서 죽어가는 마일스 전사들을 지켜보던 성철은 총을 재정비한다. 운전하던 형진이 겁에 질린 표정으로 성철에게 묻는다.

"이봐…… 어떻게 된 거야? 우리 전사들이 이전과 다르게 강해졌는데 여전히 저들에게 당하잖아!"

성철은 그런 형진을 한 번 보고 사이드미러를 통해 전투 중인 전사들이 소형 홀랜프에 죽어나가는 것을 보며 아이들을 가리킨다.

"저 아이들. 저 아이들이라면 어떻게 할 수 있을 거야!"

성철의 말에 형진이 감정 섞인 소리로 말한다.

"정신 차려! 사람들이 홀랜프에게 가는 것을 늦추기 위해 만든 예언서잖아! 그냥 허구일 뿐이라고!"

"아니야! 아이들의 어빌리스가 감지되지 않아? 뭔가 특별하잖아! 특히 니나라는 여자아이…… 지금 전투 중인 전사들보다 월등히 높아. 저 친구 한 명으로도 지금 상황을 종결시킬 수 있어! 그리고 우리가 모르는 뭔가가 더 있을 거라고!"

확신에 차 외치는 성철을 보며 형진이 혀를 차더니 다시 운전에 집중한다.

"어쨌든 난 자네 말에 동의하지 않아. 지금은 명령대로 무사히 본부로 돌아가는 게 내 임무야."

형진의 말이 끝나자 박 사령관은 운전석과 조수석 사이에 있는 박스를 가지러 온다.

"그래! 무슨 일이 있어도 이 아이들을 무사히 본부로 이송시켜 주길 바란다."

박스를 가지고 박 사령관이 적재함으로 온다. 박스를 열자 뉴컨밴드 네 개가 보인다. 서 집사에게 하나를 건네준다.

"자네와 내가 함께 나가세. 아이들은 피신시키자고."

서 집사가 뉴컨밴드를 받아 자신의 머리에 장착한다. 서 집사는 나머지 세 개를 꺼내 니나에게 준다.

"너희는 살아남아야 한다. 상황을 잘 판단해서 행동하면 된다!"

서 집사의 뉴컨밴드에서 불빛이 나오고 군용차 바닥에 있던 멘사보드가 서 집사 쪽으로 다가온다. 도약하여 탑승한 서 집사가 박 사령관과 함께 밖으로 나간다. 박 사령관은 의외로 멘사보드를 잘 타지 못해 나가면서 넘어진다.

"이봐!"

멘사보드를 탄 서 집사가 박 사령관에게 다가온다. 박 사령관은 쑥스러운지 머리를 긁으며 일어난다.

"곧 따라가겠네. 내가 다른 건 모르겠는데 이 보드가 좀 안 맞아."

박 사령관은 웃으며 다시 올라탄다. 두 사람은 멘사보드를 타고 소형 홀랜프와의 전투에 합류한다.

해든은 리브와 니나를 보며 어찌해야 할지 고민한다. 니나는 방금 받은 세 개의 뉴컨밴드를 보다 해든에게 하나를 건넨다. 뉴컨밴드를 받은 해든이 리브를 본다. 리브는 선우희를 꼭 안은 채 자신에게 기대고 있는 레나를 감싸준다. 레나는 두려운 눈빛으로 서 집사와 박 사령관의 전투를 지켜본다.

3장 5절
꿈의 실현

민수는 전투 중인 서 집사를 보다 나가려고 준비한다.

"사부님!"

민수는 외치더니 니나에게 손을 내민다.

"나도 뉴컨밴드 줘! 나가서 사부님을 도와드려야 해!"

가만히 지켜보던 해든이 민수를 말린다.

"기다려! 너무 성급하게 굴지 마! 우린 아직 상황을 더 지켜봐야 해!"

"뭘 지켜봐? 지금 같은 상황에서 한 명이라도 더 도와야지!"

민수는 해든의 만류를 뿌리치려다 아이들의 표정을 본다.

"지금 꿈에 관련된 얘기야?"

해든이 민수를 보다 헷갈리는 듯 고개를 젓는다.

"몰라. 너무 많은 일이 한꺼번에 일어났어. 지금은 우리가 나서지 말고 집사님 말씀대로 피하는 게 우선이야."

"그럼 확실한 거였네! 내 예상이. 너희는 앞으로 일어날 상황을 미리 꿈으로 보는 거였어."

해든은 대답 없이 민수를 애처롭게 쳐다본다.

"뭐야? 그 기분 나쁜 눈빛은? 장난하지 마라. 이런 상황에서는."

민수는 당연히 해든이 장난치는 줄 알고 다른 아이들을 본다. 선우희를 포함해 모든 아이가 자신을 해든과 같은 눈빛으로 본다.

"뭐야? 왜 그래?"

그러다 뒤를 돌아 고전 중인 서 집사를 보더니 다시 아이들을 보며 말한다.

"너희는 그 아이들이라 불리며 높은 사람들이 신으로 모셔줄 수 있어도 나는 아니야. 나는 너희와 달라. 내가 사부님과 함께 시간을 끌 테니 너희는 명령대로 도망가."

민수의 말에 해든이 오웬을 본다.

"그런 말이 어딨어! 형도 우리하고 함께하는 거야!"

오웬이 외치며 민수를 잡는다. 민수는 잠시 멈칫한다. 그리고 해든을 본다. 해든은 고개를 끄덕이며 말한다.

"지금 말로 설명하기에는 내 머릿속이 너무 복잡해. 그냥 내 말대로 우리하고 함께 있어. 집사님은 그렇게 쉽게 당하지 않아. 뭔가 확실해지면 알려줄게."

민수는 소형 홀랜프에게 거의 전멸된 마일스 부대를 본다. 한 마일스 전사가 소형 홀랜프의 공격을 피해 민수가 있는 차로 도망온다. 모든 무기를 뺏기고 멘사보드도 망가져 듀얼보드 중 한쪽만 남은 채 겨우 차로 다가온다. 민수가 그를 도우려고 손을 뻗는다. 그러나 민수의 손에 닿기도 전에 소형 홀랜프가 전사를 날카로운 앞발로 죽인다. 그러고는 시체가 된 전사의 몸을 타고 민수에게 다

가오자 뉴컨밴드를 장착한 니나가 민수를 뒤로 밀치고 그 소형 홀
랜프의 몸을 도리어 타고 올라가 군용차 밑에서 나오는 멘사보드
로 점프한다. 곧이어 그녀가 멘사보드로 소형 홀랜프를 쳐낸다. 소
형 홀랜프는 땅에서 몇 번 구르다 다시 일어나 니나를 공격하러
달려온다. 니나가 아까 마일스 전사들이 했던 것처럼 멘사보드를
듀얼멘사보드로 전환해 중앙보드에서 나온 검으로 소형 홀랜프의
목을 베어버린다. 소형 홀랜프가 방어하려는 듯 목을 막아보지만
니나가 빨랐다. 아담스 애플을 제거하자 소형 홀랜프는 이내 연기
가 되어 사라진다. 니나는 재빠르게 듀얼보드를 일체형 멘사보드
로 변형시켜 서 집사와 박 사령관의 전투에 참여한다.

순식간에 벌어진 니나의 공격에 민수는 잠시 어안이 벙벙한 표
정으로 쳐다본다. 다른 전사들은 니나의 실력에 감탄도 하지 못한
채 잠시 멍하니 쳐다본다. 해든과 오웬도 뉴컨밴드를 착용하고 차
에서 나오려고 한다. 해든이 나가면서 민수에게 말한다.

"너는 여기서 지켜줘. 우리가 나가서 막을 테니까."

민수가 해든의 팔을 붙잡는다.

"나가도 내가 나가야지. 오웬보다는 내가 낫잖아. 너희 둘 다 나
가서 죽으면 어쩌려고 그래!"

"뉴컨밴드가 더 없어. 너는 우선 여기를 빠져나가!"

해든과 오웬이 민수를 뒤로하고 니나와 합세해 전투를 벌인다.
민수는 당황하며 리브를 본다.

"무슨 꿈인데 이래! 나한테는 말해줘도 되잖아!"

답답해하는 민수를 보며 리브는 선우희와 레나를 꼭 안은 채 말
한다.

"우선 여기 있어. 지금 너는 나가지 마. 아직 시기가 아니야."

"무슨 시기?"

민수가 묻지만, 리브는 말없이 전투를 지켜본다. 민수는 답답해하며 박 사령관이 놔둔 총을 들어 바깥을 향해 겨눈다.

*

박 사령관과 서 집사는 소형 홀랜프를 상대로 접전을 벌인다. 박 사령관은 지면에 내려 멘사검으로 소형 홀랜프를 처부순다고 할 정도로 과격하게 공격하고 있고 서 집사는 그런 박 사령관에 맞춰 멘사보드를 타며 소형 홀랜프를 공격한다. 여전히 수적으로는 소형 홀랜프가 우세하다. 그들과 전투했던 마일스 전사 대부분이 죽었고 얼마 남지 않은 인원으로 함께 소형 홀랜프 부대를 상대한다. 그때 니나가 가세하여 뛰어난 무술 실력으로 소형 홀랜프 부대를 제압하기 시작한다. 박 사령관은 멘사보드를 타는 것만 서투를 뿐 힘이 세서 그가 휘두르는 멘사검에 소형 홀랜프 몇 마리가 떨어져 나간다. 서 집사 역시 전투 중에 점점 더 실력이 발휘된다. 해든과 오웬은 처음에 잘 적응 못 하다가 점점 멘사보드에 익숙해지면서 전투에 큰 도움을 준다.

"자네도 대단한 실력이긴 한데 멘사보드 타는 실력은 너무 어이없는데?"

서 집사가 소형 홀랜프의 목을 베는 박 사령관에게 비꼬듯 말한다.

"그게 참…… 어이없어 나도. 아마도 나는 다른 쪽으로 더 발달

했나 봐."

박 사령관도 무안한지 웃으며 말한다.

"생각보다 강하지만 상대해볼 만하네."

서 집사가 숨을 가쁘게 내쉬면서 말하지만, 박 사령관의 표정이 달라진 것을 본다. 서 집사는 자신의 뒤를 쳐다보는 박 사령관의 눈빛에 자신도 뒤돌아본다. 멀리서 그날 벙커에 들어가기 전에 봤던 중형 홀랜프 부대가 모리스틱을 타고 먼지를 일으키며 다가오고 있다.

"김 중령! 병력이 더 필요해!"

박 사령관이 다급히 말하지만, 뉴컨밴드에서 김 중령이 망연자실하게 외치는 소리가 들린다.

"더는 도와줄 병력이 없어! 싸우지 말고 도망치라고 했잖아! 여기로 오지 말고 잠시 숨을 곳을 찾아! 곧 올 수 있는 루트를 찾아서 알려줄 테니."

"알았어! 실드 칠 준비도 해줘!"

박 사령관이 김 중령과 교신할 때는 뉴컨밴드에서 다른 색의 불빛이 나온다. 다른 전사들과 교신할 때는 또 다른 불빛이 나온다. 박 사령관은 다른 불빛을 내는 뉴컨밴드에 대고 말한다.

"남은 전사들은 모두 들어라. 임프롭 태세는 멈춘다. 지금 당장 철수한다. 반복한다. 우리는 철수한다. 숨은 후 다음 명령을 기다린다."

박 사령관의 말에 서 집사가 말한다.

"나와 아이들이 상대할 수 있다네!"

박 사령관이 대답한다.

"만약 아이들 중 하나라도 죽는다면 일이 더 커져. 내가 저들을 막을 테니 자네도 아이들을 데리고 가까운 건물에 숨게."

*

액셀을 있는 힘껏 밟으며 운전하던 형진은 옆에서 총을 쏘는 성철에게 말한다.

"이 이상 속도가 나질 않아. 더는 무리야. 근처에 숨을 만한 곳을 찾아봐!"

성철이 다가오는 중형 홀랜프를 본다. 잠시 생각하던 성철이 형진에게 말한다.

"자네가 여기 남은 아이들과 함께 숨어. 나는 사령관님과 함께 시간을 끌어볼게."

성철의 말에 형진이 소리친다.

"아직도 그 소리야! 저 아이들 때문에 굳이 자네 목숨까지 걸겠다는 거야? 자네 실력은 홀랜프에 한참 못 미치잖아! 사령관님의 명령도 함께 철수하라는 거였어! 자네도 함께 숨어야 한다고!"

두 사람의 언성에 리브와 민수가 그들을 본다. 형진은 소리를 지르며 말하지만, 성철은 차분하게 말한다.

"지금 내가 저들을 막지 못하면 우리 차량이 당할 거야. 아이들의 어빌리스를 감지해봐. 우리나 홀랜프의 어빌리스와는 달라. 나는 확실히 안다고 할 순 없지만 믿을 수는 있다고."

"난 자네처럼 그런 허황된 예언을 믿지 않아!"

"자네가 믿든 안 믿든 예언이 이루어지고 있다는 것이 중요해."

형진은 잠시 감정을 가라앉히고 앞서가는 군용차에 맞춰 방향을 바꾼다.

"자네 말이 맞을 수도 있겠지. 하지만 자네가 죽으면 아무 소용 없어. 예언이 이루어지는 것을 보려거든 살아남으라고! 지금은 살아남는 게 가장 중요해!"

점점 더 격앙되는 형진에게 성철이 고개를 끄덕인다. 그리고 모리스틱을 타고 바로 옆까지 쫓아온 중형 홀랜프를 총으로 쏜다. 중형 홀랜프가 모리스틱에서 떨어진다.

"지금 가장 중요한 건 내 목숨이 아니라 아이들이야."

성철이 말을 마치고 차에서 뛰어내린다.

"이봐 성철!"

형진이 차를 멈춘다. 넘어진 중형 홀랜프가 일어나 다시 모리스틱을 타고 성철에게 날아온다. 그 뒤로 다른 중형 홀랜프들이 따라온다. 성철이 총을 장전하고 중형 홀랜프 무리를 향해 쏜다. 앞선 중형 홀랜프가 모리스틱으로 성철을 공격하려 할 때 니나가 나타나 중형 홀랜프의 아담스 애플을 제거한다. 서 집사도 나타나 뒤에서 오는 중형 홀랜프 무리와 전투를 벌인다. 박 사령관과 남아 있는 전사들이 리브가 탄 차에서 얼마 안 되는 거리에서 다른 중형 홀랜프 무리와 전투를 벌인다.

그때 하늘에서 알 수 없는 빛이 떨어지고 앞서가던 군용차가 그 빛에 맞아 터진다. 형진은 앞에서 사라져버린 군용차를 보며 소리 지른다.

"우리 식량!"

형진이 좌석 밑에서 총을 빼더니 차에서 내린다. 성철은 리브,

레나, 선우희, 민수를 데리고 차 옆으로 피한다. 그들은 함께 하늘을 쳐다본다. 대형 홀랜프 한 마리가 상공을 가로지르며 입에서 빛을 뿜어내고 있다. 폭발한 군용차 조수석에 있던 전사가 피를 흘리며 기어 나오지만, 대형 홀랜프가 한 번 더 빛을 쏴 완전히 죽인다. 그리고 마치 용이 날아다니듯 공중에서 떠돌던 대형 홀랜프가 리브를 발견하고는 날아간다. 리브가 있는 군용차로 빛을 쏘지만, 전사들이 나타나 멘사보드로 막아낸다. 비행기보다 큰 대형 홀랜프는 자신의 빛이 막히자 괴성을 지르며 다시 공중을 돌기 시작한다. 해든이 리브가 있는 곳으로 와서 말한다.

"젠장! 저건 또 뭐야!"

서 집사와 박 사령관 그리고 남은 전사들까지 리브가 있는 차로 와서 날아다니는 대형 홀랜프를 향해 총을 쏜다. 중형 홀랜프 부대는 리브가 있는 군용차로 달려오기 시작한다. 상공과 지상에서 동시에 공격 당하는 전사들과 아이들은 좁혀오는 홀랜프의 공격에 리브를 가운데에 두고 멘사보드로 벽을 쌓아 막는다.

"이렇게 죽는 건가?"

한 전사가 겁에 질려 말한다. 오웬은 그 전사를 안타까운 표정으로 보다 고개를 들어 대형 홀랜프를 쳐다본다. 대형 홀랜프의 어빌리스 역시 아까 전투했던 소형 홀랜프와 비슷하다. 하지만 크기와 하늘을 난다는 강점이 있기에 처리가 수월하지 않을 듯하다. 게다가 지상에서는 중형 홀랜프 부대가 빛을 쏴대며 가까이 오고 있다. 또한 아담스 애플이 남은 채 쓰러져 있던 소형 홀랜프들도 일어나 달려오기 시작한다.

"리브를 보호해!"

해든이 외친다. 아이들은 여전히 포기하지 않은 듯 사방팔방으로 빛을 쏴대는 홀랜프의 공격에 맞서 어떻게든 리브와 선우희를 보호하겠다는 의지를 보인다. 그때 대형 홀랜프가 리브를 낚아채려는 듯 독수리처럼 앞발을 내밀고 날아온다. 그 모습을 본 민수가 리브에게 몸을 던지며 눈을 감는다. 순간 커다란 괴성과 함께 대형 홀랜프가 옆으로 날아간다. 그 위에서 후드를 쓴 매스가 대형 홀랜프의 목을 비틀고 있다. 그리고 함께 땅에 떨어진다. 쓰러진 대형 홀랜프의 머리를 그가 발로 강하게 내려치자 대형 홀랜프가 혀를 내밀며 기절한다.

매스가 그 머리를 발판 삼아 공중으로 뛰어오르더니 공격해오는 중형 홀랜프의 모리스틱을 뺏어 타고 리브 주위의 중형 홀랜프 부대를 삽시간에 죽이기 시작한다. 그 속도가 너무 빨라 민수의 눈에 제대로 보이지 않는다. 중형 홀랜프 부대가 반격하자 매스가 타고 있던 모리스틱이 부서지지만 그 파편을 이용해 여러 중형 홀랜프의 몸에 상처를 낸다. 잠시 주춤거리던 중형 홀랜프들의 아담스 애플을 매스가 순식간에 제거하고는 뒤에서 달려드는 소형 홀랜프 무리와 전투를 벌인다.

"매스!"

성철이 외친다.

"저 사람이?"

형진은 매스의 전투를 보며 믿을 수 없다는 표정이다. 모두가 매스와 홀랜프의 전투를 지켜본다. 빠른 스피드로 남은 소형 홀랜프 무리의 아담스 애플을 제거하며 터져 나오는 연기를 이용해 몸을 숨겨 중형 홀랜프 부대를 공격한다. 중형 홀랜프가 모리스틱을 타고 공중으로 날아가려 할 때 그 목에 올라탄 매스가 자신의 발과 무릎을 이용해 중형 홀랜프의 목을 꺾는다. 그리고 옆에 있던 중형 홀랜프의 모리스틱까지 빼앗고 한 대는 탑승하고 다른 한 대는 다시 무기로 삼아 남아 있는 중형 홀랜프 모두를 모리스틱에서 떨어 트린다. 지면으로 떨어진 중형 홀랜프들은 매스와 전투를 벌인다.

매스가 발을 이용해 중형 홀랜프의 머리를 부수거나 완전히 일어나지 못하도록 밟아버린다. 그의 발차기가 너무 빨라 중형 홀랜프가 반응도 하기 전에 그들의 머리가 땅에 떨어진다. 매스는 그들의 아담스 애플을 밟아 없애는 것으로 마무리한다. 사체가 반짝거리는 입자가 되면서 연기로 피어오르고 매스는 남은 마지막 중형 홀랜프의 목을 잡아 비틀어 죽인다.

땅에서 혓바닥을 내밀며 쓰러져 있던 대형 홀랜프가 포효하며 다시 일어나자 매스가 공중에 떠 자신의 무릎을 이용해 대형 홀랜프의 머리를 짓밟아 누른 후 손으로 아담스 애플을 뜯어버린다. 괴상한 소리를 지르던 대형 홀랜프의 거대한 아담스 애플이 매스의 손에서 꿈틀대며 움직이다 손에 짓이겨진다. 대형 홀랜프의 몸 역시 수많은 입자가 되어 반짝거리다 연기가 되어 사라진다.

순식간에 모든 적을 몰살시킨 매스가 모리스틱에 탑승하고 떠나려 하지만 멘사보드에 탄 니나가 그를 공격한다. 갑작스러운 공격에 매스는 타고 있던 모리스틱에서 떨어진다.

"뭐 하는 짓이야?"

민수가 급히 니나에게 말하면서 말리려는 듯 다가가려 하자 해든이 지켜보라고 하며 잡는다. 민수는 해든, 오웬, 리브가 이 상황을 예상했다는 표정으로 니나와 매스의 격투를 지켜보고 있다는 것을 깨닫는다.

매스가 다시 모리스틱에 탑승하더니 공중에서 격투한다. 니나의 멘사보드와 매스의 모리스틱이 서로 부딪히며 공중에서 이리저리 움직인다. 매스를 잡으려는 니나와 달리 매스는 피하려고만 한다. 한참 공중전을 벌이던 니나의 뉴컨밴드에서 강한 불빛이 나기 시작한다. 니나의 멘사보드가 듀얼보드로 전환되고 중앙보드에서 나온 멘사검을 매스의 목에 들이댄다. 피하려던 매스가 다시 모리스틱에서 떨어진다. 매스의 후드가 벗겨지고 얼굴을 가린 장발의 붉은 머리카락이 나온다. 머리칼 사이로 매스의 얼굴이 보이지만 여전히 입 주위는 가려져 있어 누군지 분간하기가 어렵다.

"오랜만이네, 선우필."

니나가 멘사보드에서 내리면서 말한다. 지면에 떨어진 매스는 놀란 듯 니나를 쳐다본다. 박 사령관 역시 놀란 눈치로 매스에게 말한다.

"자네가 선우필이라고?"

멘사보드에 올라 공격하려 했던 서 집사도 내리면서 기쁜 표정으로 다가온다.

"선우필! 자네가 이렇게 강해지다니!"

선우필은 아무 대꾸도 하지 않고 긴장된 표정으로 모두를 쳐다본다. 리브와 선우희를 제외한 모든 사람이 선우필 주위로 몰려든다. 민수는 선우필에게 다가가 반가워하며 어색하게 껴안는다.

"선우필! 역시 살아 있었어!"

민수 뒤의 리브를 보는 선우필의 표정이 복잡해 보인다. 민수가 그런 선우필을 데리고 리브에게 다가간다. 리브와 선우필은 서로를 처다볼 뿐 별다른 행동을 하지 않는다. 리브가 반가운 기색을 잠깐 비쳤지만 이내 감정을 숨긴다. 민수는 리브와 선우필의 표정이 비슷하다는 것을 발견한다.

"어서 가세! 이제는 확실해졌어! 선우필 자네가 정말 살아 있다는 것은 지금 우리 인류에게 가장 필요한 소식일 거야! 어서 본부로 돌아가서 얘기하세. 곧 더 많은 홀랜프 부대가 여기로 몰려올 거야. 자네들 손등에 붙은 블랙코드 스티커를 다 떼어내게."

아이들의 스티커를 회수한 전사들이 선우필과 아이들을 차에 태운 후 주위에 떨어진 모리스틱을 주워 싣는다.

차 안에서 선우필은 말없이 리브와 선우희를 본다. 선우희가 활짝 웃으며 선우필을 본다. 리브는 불안한 표정을 지으며 무언가를 기억해내려는 듯 선우필을 본다. 그러다 선우필과 눈이 마주치자 고개를 돌린다.

ACT 2

HOLLAND

4장 1절
예언서

82본부로 돌아온 선우필과 아이들은 성철과 형진을 비롯한 마일스 전사들이 죽은 전사들의 시체를 소각장으로 옮기는 모습을 본다. 본부의 민간인들이 그곳에 모여서 슬픔을 나눈다. 본부 의료진은 다친 전사들의 상태를 점검하고 부상이 심각한 전사는 의료실로 데려간다. 팔다리가 잘려 있기도 하고 피가 심하게 흐르기도 하는 전사들이 저마다 고통을 호소하고 있다. 리브가 그들을 안타깝게 보다가 선우필을 본다. 선우필은 고개를 푹 숙인 채 박 사령관의 얘기를 듣고 있다. 본부에 있던 전사들은 아이들을 노려보며 수군댄다. 마치 이 모든 일이 아이들 때문에 벌어진 것 아니냐는 소리가 여기저기서 들린다. 리브는 그들의 소리를 듣지 않으려는 듯 선우필처럼 고개를 푹 숙이고 있다. 옆의 레나도 니나의 품에 안겨 귀를 틀어막는다.

박 사령관은 아라와 아이들과 함께 사령탑으로 향한다. 선우필을 본 전사들의 수군거림이 더 커진다. 거기에는 아이들에 대한 원망도 담겨 있다.

"저 아이들 때문에 우리 동료들이 죽은 거야."

"저 사람이 매스라고?"

"어빌리스가 안 느껴져."

"그만큼 강하단 말이야? 어빌리스를 숨기는 능력이 있는 거잖아."

"강하면 뭐해? 우리가 다 죽게 생겼는데."

"그럼 예언이 이루어지는 거야?"

"매스가 저 아이의 아버지라잖아. 그럼 예언서의 내용하고 같잖아."

"그 예언서 때문에 우리가 이 고생하는 거잖아. 아이들이 나타난 지 얼마나 됐다고 우리 동료들이 저렇게나 희생돼?"

"조용히 해라! 지금 너희들이 아무리 떠들어봤자 죽은 동료는 돌아오지 않는다."

가만히 지켜보던 김 중령의 말에 다들 조용해진다. 오웬은 김 중령의 한마디에 모두 조용해지는 것에 흥미를 느낀다.

선우필을 포함한 아이들이 박 사령관과 함께 사령탑으로 들어가고 그 뒤로 서 집사와 김 중령이 들어간다. 사령탑의 문이 굳게 닫힌다.

사령탑 안에 들어온 박 사령관은 말없이 서 집사에게 예언서라고 쓰인 책을 건네고는 하이퍼 컴퓨터를 켠다. 생각보다 두꺼운 예언서를 받은 서 집사가 책을 넘기며 읽는다.

'인류의 아이들이 어른이 되면서 겪는 위기를 순수한 마음으로 헤쳐나간다. 아버지가 되고 어머니가 되면서 함께 가는 형제들과

적들을 물리친다. 꿈과 상상과 믿음이 구원의 열쇠가 될 것이다.'

서 집사의 눈에 가장 먼저 들어오는 문장이다. 서 집사가 아이들
을 잠시 바라본다. 그러고는 책을 넘기면서 계속 읽어본다. 최 박
사가 손으로 쓴 글씨와 수식이 군데군데 잘 정리되어 있다. 서 집
사가 이전에 봤던 최 박사의 수많은 노트를 편집해놓았다.

"세상이 썩어가는 거 같아. 내가 우리 아이들만이라도 썩어가는
세상에 물들지 않게 해줘야지. 세상을 바꿀 수는 없어도 아이들은
지킬 수 있어."

최 박사가 벙커를 만들다 쉴 때 서 집사에게 했던 이야기다. 그
때 최 박사는 서 집사가 만든 술을 맛보며 쉬고 있었다.

"그러려면 먼저 다 부수고 없애야 해. 기존에 있던 모든 걸 버리
고 새롭게 시작해야 한다는 말이지. 자네도 새 술은 새 부대에 담
아야 좋다고 하지 않았나?"

최 박사는 다 마신 술의 컵을 보며 말했다. 최 박사는 술을 못하
지만, 정신력을 시험해본다면서 가끔 서 집사의 술을 한잔하기도
했다. 서 집사는 말없이 최 박사의 빈 컵에 술을 따랐다. 최 박사가
고맙다는 듯 술잔을 위로 들더니 음미하며 말했다.

"나는 말이지. 생물체는 자연스러워야 하는 게 정답이라고 생각
해. 여자와 남자 사이에서 생명체가 태어나는 그런 자연스러움. 그
게 맞는다는 거야. 자연스러움을 거부하면 무엇이든 간에 결국 망
하지. 인간이 자연에 개입하면서 망쳐놓은 이 세상처럼 말이야."

'정답', '자연'. 이 두 단어를 최 박사가 사용한 건 이례적이었다.
최 박사가 만든 움스크린은 평생의 연구 동안 실패에 실패를 거쳐
세상에 나온 기계였다. 전 세계의 인재들에게서 생식세포를 받아

기존의 인재들보다 뛰어난 인재들을 만들어 세상을 발전시키려는 목적이었다.

"현실적인 이유로 자신의 꿈을 이루지 못한 사람들이 세상에는 수두룩하지."

최 박사는 자신이 젊을 때 가르쳤던 한 인재가 술과 마약에 중독되어 결국 삶을 망친 일을 생각하며 말했다.

"길을 잡아줄 사람을 못 찾은 거야. 환경도 그랬고, 본인의 방향을 못 찾은 그는 결국 그렇게 사라진 것이지."

최 박사는 안타까운 심정으로 말했다. 그 후 최 박사는 인재들을 찾아 그들의 생식세포를 받아오는 일을 진행했다.

"우리가 이렇게 인재들의 세포를 움스크린에 넣어본다면 언젠가는 썩은 세상을 구원할 메시아도 나오지 않겠어?"

장난스럽게 말하는 최 박사였지만 서 집사는 지금 읽고 있는 예언서로 인해 그 말이 진심이었다는 것을 깨닫는다. 예언서에는 최 박사가 서 집사와 나눴던 농담까지 들어 있었다. 비밀리에 나눴던 매스클랜과의 대화, 낙서라고 생각했던 노트의 내용도 가져와 예언서에 넣었다. 결론은 결국 아이들에 의해 세상이 새로 창조된다는 내용이다.

"그럼 홀랜프를 무찌르면 새로운 세상이 온다는 것인가?"

서 집사가 박 사령관에게 묻는다.

"하늘의 도시에서는 그렇게 해석하고 있지."

예언서를 읽다 보면 일곱 아이의 이야기, 아이들의 능력, 아이들의 출생까지 마치 신화처럼 빼곡히 쓰여 있었다. 읽다 보니 아이들을 신으로 볼 수도 있겠다는 생각이 들 정도로 예언서는 아이들의 신화를 잘 편집해놓았다. 다만 이름이 분명히 나와 있지 않아 리브의 이야기인지 선우필을 말하는 건지 불분명하다. 최 박사가 만나본 사람들이고 최 박사의 꼬리표처럼 따라다니는 아이들을 만나본 그들이니, 하늘의 도시에서 리브와 아이들을 중심에 두고 이 예언서를 해석하는 이유를 알게 되었다. 아이들이 실제로 나타남으로써 살아남은 사람들은 예언서에 대한 믿음을 더욱 굳히게 된 것이다.

재미있는 것은 예전에는 최 박사의 이야기 중 상당 부분이 난잡하고 횡설수설하는 헛소리라고 생각했던 점이다. 당시만 해도 후원자들이나 매스클랜은 그런 최 박사의 헛소리는 걸러 들으라는 말이 나올 정도였다. 이제 그런 최 박사의 헛소리마저 중요한 메시지가 되어 예언서에 들어가 있다.

서 집사가 예언서를 읽는 동안 오웬은 사령탑의 창문을 통해 보통 전사들과는 다른 느낌의 전사 부대가 어떤 방에서 나오는 걸 본다. 그들의 어빌리스가 다른 전사들보다 강하다는 것을 감지한 오웬이 김 중령에게 묻는다.

"저 전사들은 누구죠?"

오웬의 말에 사령탑을 나가려던 김 중령이 멈추고 대답한다.

"우리 본부에서 가장 강한 특수부대 전사들, 특전사다. 저들은 전 세계에서도 몇 손가락 안에 드는 뛰어난 전사들이다. 몇 달 동안의 훈련을 마치고 오늘 나왔다."

김 중령이 말을 마치고 사령탑을 나간다. 그는 특전사들에게 가서 뭔가 지시를 내리는 듯 그들과 말을 섞는다.

"우리는 몇 달 동안 어빌리스가 뛰어난 전사들을 모아 훈련실에서 따로 훈련하게 했지. 조만간 홀랜프 3차 대전을 위한 우리의 전략을 위해서라네."

박 사령관이 말을 마치고는 돌아서서 하이퍼 컴퓨터의 키보드를 두드린다. 화면에서 신호가 잡히기 시작한다.

"홀랜프 3차 대전은 한꺼번에 파라다이스로 쳐들어가 공격한다는 건가요?"

민수가 묻는다. 박 사령관이 키보드를 두드리다 엔터를 누르고는 화면에 뜨는 신호를 기다리며 뒤돌아 아이들을 쳐다본다.

"아까 홀랜프의 어빌리스를 감지해봐서 알 걸세. 우리 전사들이 아무리 훈련해도 그들의 어빌리스에는 한참 못 미치지. 수적으로도 우세한 그들을 어떻게 이기겠나? 이대로 쳐들어가면 자살행위나 마찬가지지. 김 중령이나 니나 같은 친구가 수천 명은 있어야 가능하지 않겠나? 그렇지 않다면 전략적으로 그들의 뒤통수를 치는 수밖에 없어. 그리고 전략을 성공시키기 위해선 자네들이 필요하고. 특히 이제는 매스…… 아니, 선우필 자네가."

선우필은 멍하니 리브를 쳐다보다 자신의 이름이 들리자 화들짝 놀란다. 리브는 선우필이 자꾸 자기를 쳐다보는 시선이 싫지는 않지만 불편한 표정이다. 리브는 선우필을 쳐다보는 대신 선우희를 붙들고 있고, 선우희는 선우필을 보며 리브한테서 떨어지려고 한다.

"신호가 잡히면 하늘의 도시 사령관님이 자네에게 이것저것 물어볼 걸세. 자세히 알려드리길 바라네. 이전 매스클랜이 전멸했던 일이 다시는 일어나지 않아야 하지 않겠나?"

박 사령관은 선우필에 대해 안다는 듯 말하지만 선우필은 대꾸도 없이 대형 스크린을 쳐다본다.

"그렇게 가만히 있지 말고 대답을 좀 해달란 말일세."

박 사령관의 말에 선우필은 고개를 돌려 다시 리브를 본다. 리브는 자신을 보는 걸 느끼지만 굳이 고개를 돌리지 않는다. 그러다 고개를 확 돌려 선우필을 본다. 선우필은 리브를 보고 깜짝 놀라 고개를 돌린다.

"대답해. 그렇게 멍청하게 서 있지만 말고."

답답한 듯 리브가 선우필에게 말한다. 선우필이 놀라 자동으로 말을 하려는 듯 입을 여는데 화면에서 하늘의 도시 사령관들이 픽셀로 보인다. 그들은 회의를 하는 듯 분주해 보인다. 그들을 보는 선우필의 표정이 좋지는 않다.

"제가 어느 정도……."

"됐네. 급하니 내가 직접 말하겠네."

박 사령관의 말을 끊으며 빨간 픽셀의 사령관이 선우필을 보며 말한다.

"매스…… 아니, 선우필이라고 했지? 아이의 아버지."

선우필을 아는 듯한 말투로 빨간 픽셀의 사령관이 선우필과 선우희를 가리킨다. 선우필은 빨간 픽셀의 사령관을 무심히 쳐다볼 뿐 대답이 없다. 역시나 빨간 픽셀의 사령관도 아무 말 없이 선우필을 본다. 사령탑에 긴 정적이 흐른다.

"그래. 여왕을 직접 만났다고?"

빨간 픽셀의 사령관이 먼저 말을 꺼낸다. 선우필은 대답 대신 화면만 쳐다본다. 옆에서 리브가 와서 팔꿈치로 선우필의 옆구리를 치며 속삭인다.

"답답하게 굴지 말고 빨리 대답하든지 아니면 고개를 끄덕이든지 해."

리브의 말에 선우필이 움찔거리며 고개를 끄덕인다.

"네……."

선우필의 대답에 화면 안에서 다른 픽셀의 사령관들이 수군댄다. 선우필을 보고 있던 민수는 선우필이 이전보다 냉정하고 차분해졌음을 느끼지만, 리브에 대한 반응에는 다시 예전의 그 어리바리함이 나타난다. 리브는 선우필을 오랫동안 알았던 사람처럼 대한다. 마치 오랜 여자친구가 벽을 허물고 대하는 남자친구처럼 두 사람의 모습이 자연스러워 보인다. 선우희 역시 리브의 손을 꼭 잡으며 선우필을 보는데 신나 보인다. 나갔던 김 중령이 들어온다. 그리고 조용히 팔짱을 끼고 꾸부정한 자세로 책상에 걸터앉는다.

화면에서 보이던 빨간 픽셀의 사령관 뒤로 남색 픽셀의 사령관이 말한다.

"우리들의 예상이 맞았네요. 파라다이스에 여왕이 있다면 공격해도 좋을 듯해요. 신기하군요. 그저 전설이라고만 생각한 내용이 그대로 이루어지고 있다니."

다른 색 픽셀의 사령관들도 동의하듯 고개를 끄덕인다.

"얼마 전까지만 해도 저희더러 저 친구가 속한 매스클랜이 페카터모리가 됐다고 하지 않으셨습니까?"

김 중령의 말에 픽셀의 사령관들이 당황한 듯 웅성거린다.

"그땐 상황이 그랬잖나? 그리고 저 친구가 페카터모리라면 지금 여기서 저러고 있겠나?"

녹색 픽셀의 사령관이 당황함을 넘기려는 듯 재빨리 대답하지만 김 중령은 아랑곳하지 않고 말을 이어간다.

"이전에 매스클랜이 모두 멸종하여 페카터모리가 됐다고 단정하고는 다른 본부에도 그렇게 알리셨잖습니까? 왜 지금 갑자기 저친구의 말을 믿으시는 건가요?"

황색 픽셀의 사령관이 나와 선우희를 가리키며 말한다.

"그건 말입니다. 우리가 최 박사의 예언서와 현실을 함께 반영한 연구에 초점을 두다 보니 다양한 결과가 나왔을 뿐입니다. 그중 가장 확률이 높은 정보를 전달해줬던 것입니다. 최 박사의 예언서대로 지금 저 아이가 자신의 아버지, 어머니와 함께 한자리에 저렇게 버젓이 있는 것을 목격했으니 매스가 페카터모리가 아니지 않겠습니까? 우리는 여전히 매스클랜이 페카터모리가 되었다고 생각합니다."

이상한 말투로 말하는 황색 픽셀의 사령관이 불편한 듯 선우필은 인상을 찌푸린다. 선우필의 어빌리스가 점점 높아지는 걸 감지한 민수가 선우필을 본다. 그리고 또 다른 어빌리스가 그와는 비교가 힘들 정도로 높아진 것을 감지한다.

"어이, 매스, 아니 선우필. 소란을 피우고 싶다면 파라다이스에 가서 피우라고. 여기는 우리가 열심히 가꾸고 만든 장소여서 이 이상 망가지면 곤란해. 아니면 저기 하늘의 도시로 가서 소란을 피우든지. 여기서는 가만히 있어."

김 중령이 차분히 말한다. 김 중령의 어빌리스였다. 민수는 놀란다. 니나는 물론 선우필의 어빌리스와는 비교도 안 되게 높다.

"이보게 뭐 하는 짓인가? 홀랜프가 감지하겠어. 진정하게."

박 사령관의 말에 김 중령이 화면을 노려보다 바닥으로 시선을 내린다.

"박 사령관, 특전사를 투입하기 전에 선우필이 알고 있는 모든 정보를 제공해주게. 세계 모든 본부의 마일스 전사들이 파라다이스로 모일 걸세. 이제 우리가 홀랜프를 몰살할 날이 다가왔어! 마지막 전쟁에서는 반드시 이겨보세!"

"네, 알겠습니다."

박 사령관은 대답하며 화면을 끄려 한다. 선우필은 긴장된 표정으로 화면을 계속 쳐다보고 있다. 빨간 픽셀의 사령관이 그런 선우필을 보며 천천히 입을 뗀다.

"그리고 한 가지 더 물어보고 싶은 게 있네."

키보드의 버튼을 눌러 화면을 끄려던 박 사령관이 멈칫한다. 빨간 픽셀의 사령관은 아이들을 둘러본다. 김 중령과 서 집사도 화면을 쳐다본다. 빨간 픽셀의 사령관이 말한다.

"자네들이 어떤 꿈을 꾸고 있는지 말해줄 수 있겠나?"

4장 2절
꿈의 능력

빨간 픽셀의 사령관 말에 아이들이 놀라 화면을 응시한다. 민수역시 기다렸다는 표정으로 쳐다본다. 해든, 오웬, 아라, 니나는 리브와 선우필을 보고 리브와 선우필은 서로를 보며 짧은 정적이 흐른다. 그리고 선우필의 입을 통해 그 정적이 깨진다.

"저희는 계속 꿈속에서 만나 지내왔습니다. 그리고 꿈속에서의현상이 현실에서 벌어졌고요."

선우필이 말을 시작하자 민수는 서 집사의 표정을 보게 된다.

"사부님……."

민수가 서 집사를 조용히 부른다.

"우선 선우필의 얘기를 들어보자. 자네가 궁금해하는 모든 것,나 역시 궁금했다네. 얘기가 끝날 때까지 우선 참아보자."

민수가 고개를 끄덕이며 선우필을 본다.

레나는 아무것도 모른다는 표정이지만 그다지 지금 상황을 궁금해하지는 않는 듯하다.

"저희의 꿈이 어떻게 현실이 되는지는 모르겠습니다. 저희가 꿈을 조정하는 건지 아니면 현실에 일어날 일을 미리 꿈에서 보는 건지 잘 모르겠지만, 상황이 닥치면 꿈에서 본 듯한 데자뷔 현상이 나타납니다."

빨간 픽셀의 사령관이 두 손을 모아 얼굴을 잠시 가리더니 뒤돌아 다른 사령관들과 대화를 나눈다. 그리고 다시 손을 책상에 얹고는 말한다.

"자네들에게는 꿈을 조정할 수 있는 능력이 있다네. 최 박사는 그 능력을 스위븐Sweven이라고 불렀지. 자네들에게 심어둔 능력이라고 말해주었네. 너희 일곱 명의 아이들이 꿈속에서 다양한 상황을 연출하면 현실에서 그대로 이루어지는 것이지. 하지만 그 꿈을 너희들이 조종한다는 건 우리로서는 미지의 세상에서 일어나는 일 같다네. 최 박사가 헛소리한다고 생각했을 뿐 실제로 그런 능력이 가능하다고는 생각하지 못했지."

빨간 픽셀의 사령관 말에 민수와 서 집사는 놀라 서로를 본다. 박 사령관과 김 중령 역시 사뭇 놀라는 눈치다.

'일곱 명?'

민수가 순간 레나를 보며 생각한다.

"기껏해야 5년 남짓 스위븐을 경험한 셈이니 아직 능력이 서투르겠지. 스위븐을 연구하고 있는 우리도 그렇지만 한 가지 확실한 것을 찾았다. '꿈과 상상과 믿음이 구원의 열쇠가 될 것이다.' 여기서 첫 번째 단어인 꿈은 스위븐을 말한다. 우리 생각이지만 최 박사 역시 스위븐 프로젝트를 진행하다 난관에 부딪혀 미완성으로 남겼다고 본다. 아마도 너희와 벙커에서 지내며 스위븐에 관한 연구를 진행하려 했을지도 모르지. 자네들의 꿈이 현실과 어느 정도 일치한다는 사실만으로 우리는 스위븐이 존재한다는 것을 알게 되었다. 앞으로 더 확실하게 꿈을 알게 되면 알려주게. 우리는 그 때까지 최 박사의 문서들을 찾아보면서 더 연구해볼 테니. 그리고 박 사령관?"

생각에 잠겨 있던 박 사령관이 빨간 픽셀의 사령관이 부르자 놀라 쳐다본다.

"네…… 네?"

빨간 픽셀의 사령관이 불만 가득해 보이는 김 중령을 한 번 보더니 박 사령관에게 말한다.

"이제 홀랜프와의 전쟁이 끝날 때까지 음성으로만 통화하겠네."

박 사령관은 벽에 걸린 빨간 전화기를 본다. 빨간 픽셀의 사령관이 다시 말한다.

"조만간 연락할 테니 특전사 부대를 대기시켜주게. 이상."

화면이 꺼진다. 서 집사는 하이퍼 컴퓨터를 정리하는 박 사령관에게 묻는다.

"이보게, 앞으로 어떤 식으로 진행한다는 건가? 스위븐이라는 건 도대체 뭔가? 박사님의 프로젝트는 내가 다 안다고 생각했는데……."

박 사령관이 컴퓨터 전원을 끄면서 서 집사에게 말한다.

"들은 대로야. 전 세계 연구원들도 연구 중이지만 최 박사님이 우리한테도 비밀로 한 프로젝트였다네. 우리와 함께 매스클랜을 창립하기 전부터 진행하신 프로젝트라고 하더군."

박 사령관이 말을 마치고 아이들을 본다.

"스위븐과 관련해 자네들은 생각나는 대로 알려주면 돼. 하늘의 도시에서는 자네들의 스위븐과 박사님의 문서를 맞춰보며 미래를 예측할 계획이고, 홀랜프 3차 전쟁을 어떻게 치를지 작전을 짤 거야."

박 사령관이 말을 마치고 자리에서 일어난다.

"여왕이 파라다이스에 있다는 것이 확인되고 자네들이 그 여왕에 대한 꿈을 알려준다면 바로 특전사 부대를 보낼 걸세. 그리고 그들이 직접 여왕이 있다는 것을 확인한 후 전 세계 마일스 전사들이 파라다이스를 총공격할 계획이네."

박 사령관이 키보드가 놓인 책상을 정리하며 말한다.

골똘히 생각하던 리브가 선우필을 본다. 선우필은 서 집사가 읽던 예언서를 보다가 리브가 쳐다보자 책을 덮는다.

"홀랜프와 관련된 꿈이 있긴 했어요."

리브가 말한다.

"스위븐에 대해 자세히 말해봐. 도대체 어떻게 하는 거야?"

김 중령이 뒤에서 통명스럽게 묻는다. 리브는 선우필에게서 눈을 떼지 않은 채 말한다.

"쟤가 말한 것처럼……."

리브는 말을 하려다 헛기침을 한다.

"선우필이 말한 것처럼 저희는 같은 꿈을 꿨어요. 그리고 꿈에서 선택한 행동으로 한 인생을 살게 되고요. 저희가 죽으면 꿈에서 깨어나기도 하지만 서로가 깨워주기도 했어요. 그리고 꿈을 꿀 때마다 저희가 선택한 방법으로 또 다른 인생을 살기도 하고요. 일어나면 꿈이 생각나지 않을 때도 있지만 데자뷔 같은 현상이 일어나기도 해요. 저희는 꿈속에서 선택할 뿐 조종을 한다는 생각을 한 적은 없어요."

"그래서? 홀랜프 여왕에 대한 꿈은?"

김 중령이 묻는다.

"지금 기억나는 건 리브와 선우필 그리고 선우희까지 이렇게 세 사람이 여왕 앞에 서 있던 장면이에요. 여왕의 모습이 정확히 그려지진 않지만, 느낌상 여왕이었어요."

아라가 대신 대답한다. 해든과 오웬은 고개를 끄덕인다. 리브가 짧은 한숨을 내쉬고 선우필은 쑥스러운 듯 얼굴이 약간 빨개진다. 김 중령은 선우필을 데리고 리브와 선우희 옆에 나란히 세운다.

"이렇게?"

마치 가족사진을 찍으려는 듯 서 있는 선우필과 리브 그리고 선우희를 보며 박 사령관은 웃는다.

"가족이 한데 모이니 보기 좋네. 허허허!"

호탕하게 웃는 박 사령관을 보며 리브의 얼굴도 빨개진다.

"그럼 하늘의 도시에서 나온 가설이 맞는 거잖아! 자네들은 굳이 현실에서 마주치지 않아도 꿈속에서 늘 만났다는 말인가?"

김 중령이 묻는다. 아이들은 대답 대신 리브와 선우필을 본다.

"늘 만났는지는 잘 모르겠어요. 만날 때도 있고 아닐 때도 있고……."

해든이 말한다.

"근데 아마 얘네 둘은 처음에 먼저 만나고 그 후로도 매일 만났을 거예요."

해든이 리브와 선우필을 가리키며 놀리듯 말한다. 오웬도 옆에서 피식댄다. 선우필은 다시 예언서를 읽다가 깜짝 놀라며 리브를 본다. 리브는 해든과 오웬을 째려본다.

"그럼 같은 장면을 꾸는 꿈이 있고 따로 꾸는 꿈도 있다는 건가?"

김 중령이 말한다.

"여기 리브하고 아이가 여왕을 만나게 해야 합니다."

선우필의 말에 김 중령이 선우필을 본다.

"만난다는 게 무슨 말이냐고? 정확히 얘기해봐."

김 중령의 질문에 선우필이 리브와 선우희를 보며 말한다.

"리브하고 아이가 파라다이스에 있는 홀랜프 본부로 들어가 여왕을 마주해야 합니다."

김 중령은 한숨을 내쉬며 박 사령관을 쳐다본다. 박 사령관은 선우필의 말이 흥미롭다는 듯 잠시 생각한다.

"그러고 나서는?"

선우필은 대답 대신 리브를 본다. 박 사령관과 김 중령은 리브를 본다.

"아무나 아는 사람이 대답하면 돼."

김 중령이 참지 못하고 입을 연다. 서로 바라보고 있는 리브와 선우필은 눈빛으로 비밀을 공유하는 듯하다.

"연애하지 말고 대답을 하라고."

김 중령이 말한다.

"모르겠습니다."

리브가 대답한다.

"모르는 건가? 기억이 안 나는 건가? 아니면 대답해주기 싫은 건가?"

김 중령이 짜증 난 듯 묻는다. 리브는 아무 대답 없이 선우필을 본다. 박 사령관이 가만히 두 사람을 지켜보다 김 중령에게 그만 물으라는 제스처를 보낸다.

"그럼 자네들과 직접 파라다이스로 가보면 알게 된다는 말이지? 어차피 하늘의 도시에서도 아이와 어머니를 전투에 투입하라 했다네."

박 사령관의 말에 김 중령이 한숨을 쉰다.

"전투 중에 걸리적거릴까 봐 그러는 거지. 이 꼬맹이도 그렇고 꼬맹이 엄마도 그렇고 어빌리스가 어느 정도 있기는 하지만 전투할 정도의 실력은 아니잖아."

"제가 지킬 것이니 그런 걱정은 안 하셔도 됩니다."

니나가 조용히 말한다. 해든과 오웬 그리고 민수는 '오, 멋있어'라고 입으로만 말한다. 김 중령은 별다른 반응 없이 선우필에게 말한다.

"그 외에 우리가 알아야 할 것이 있다면 지금 빨리 말해. 우리 특전사 부대가 곧 파라다이스로 침투할 거란 말이야. 자네가 말을 안해서 소중한 우리 인재들이 생명을 잃게 하지 말라고."

선우필은 말귀를 알아들었는지 모르는지 그저 고개를 숙인다. 민수가 선우필 옆에 있는 예언서를 펼쳐 읽어본다. 정말 알 수 없는 글로 가득 차 있다. 민수가 한숨을 쉬더니 예언서를 덮는다. 배에서 꼬르륵 소리가 난다.

"다 끝났으면 저희는 돌아가서 식사를 하고 싶은데요."

니나의 말에 김 중령은 황당하다는 듯 말한다.

"지금 이 상황에서?"

김 중령은 선우필과 리브를 본다. 그들 역시 이 자리에서 나가려는 듯하다.

"나 참, 전쟁 통에도 사랑과 배고픔은 존재한다더니 너희를 두고 하는 말인네."

김 중령의 말에 선우필과 리브는 당황한 듯 고개를 떨군다.

"저희가 오늘 아무것도 먹지 못해서요."

니나가 대신 대답한다. 레나는 니나의 말에 뜨끔한 표정이다. 아까 파라다이스에서 먹은 음식 냄새가 나지 않게 손으로 입을 살며시 가린다. 레나는 조심스레 함께 먹었던 리브를 쳐다본다. 리브는 선우필을 보고 있는데 선우필 역시 지금 상황에서 어찌할 줄 몰라 쭈뼛거리고 있다. 박 사령관이 미소를 짓는다.

"이봐 김 중령, 아무리 꿈에서 매일 만났다 하더라도 저 두 사람이 현실에서 만난 건 오랜만일 텐데 그만 보내주지?"

김 중령은 고개를 흔들며 사령탑 밖으로 나가려 한다.

"음식 담당하는 분께 말해서 자네들에게 줄 음식을 좀 해놓으라 그러겠네."

박 사령관의 말에 리브가 황급히 대답한다.

"아뇨. 저희가 아까 구해 온 재료로 음식을 만들면 돼요."

그리고 아라를 보며 묻는다.

"전력은 받아놨어?"

리브의 질문에 아라가 나가려는 김 중령을 가리킨다.

"응, 특별히 쓸 수 있게 받아놔 주셨어."

김 중령은 아라의 말을 듣고는 숨을 크게 내쉰다. 그리고 박 사령관에게 말한다.

"그럼 이 친구들은 자기네 벙커로 가서 잠시 쉬라 해. 군용차 타고 다녀오라 하고. 우리 전사들도 몇 명 붙여줄 테니 먼저 가 있으면 돼. 선우필에게는 내가 물어볼게. 좀 더 있다가 곧 보내줄 테니 염려하지 말고 남편에게 줄 요리를 준비하면 돼."

박 사령관은 김 중령의 말투에 웃는다. 배려라고 하기에는 강압적인 말투다. 리브는 부끄러운 듯 얼굴을 붉힌다.

"아니요. 그런 게 아니라……."

리브는 괜히 선우희를 꼭 잡으며 말한다. 니나가 리브를 잡더니 가자는 시늉을 한다.

"가자. 요리하는 데 시간도 걸리니까."

리브가 니나를 따라나서고 선우필을 제외한 다른 아이들도 따라 나간다. 선우필을 지나치며 리브가 조용히 속삭인다.

"이번엔 늦지 마."

"으……응……."

아까는 서로 눈을 마주치며 오랜 연인처럼 굴던 리브와 선우필이 지금은 만난 지 며칠 되지 않은 연인처럼 수줍게 행동한다.

"뭐야 쟤네들 정말."

김 중령은 짜증 난다는 듯 일부러 소리 내서 말한다. 리브가 급히 사령탑을 나간다. 민수는 어디로 가야 할지 갈팡질팡하다 서 집사를 본다.

"먼저 가 있게. 나도 여기 조금 있다가 선우필과 같이 갈 테니."

민수는 서 집사에게 인사하고는 선우필의 어깨를 툭 친다.

"이따 보자."

선우필을 제외한 아이들이 모두 나간다.

김 중령은 파라다이스 지도를 가지고 와 책상에 펼친다. 서 집사는 예언서를 계속 읽고 있다. 박 사령관이 선우필의 어깨에 손을 올리며 말한다.

"좋을 때야. 자네 부인이 쌀쌀맞은 것 같아도 속마음이 깊어."

선우필이 부끄러운 듯 어쩔 줄 몰라 한다.

"물어보신다는 건……?"

선우필이 묻자 박 사령관이 김 중령에게 말한다.

"자네가 얘기할 거지? 나는 예언서에 대해 조금 더 할 얘기가 있어서."

박 사령관이 예언서를 읽고 있는 서 집사를 가리킨다.

"알겠네."

김 중령은 시큰둥하게 말한다. 박 사령관과 서 집사는 예언서를 가지고 옆에 있는 조그만 창고 방으로 들어간다.

"사람들을 위한 예언서가 있고 마일스 전사나 연구원을 위한 다른 외경이 있다네. 그걸 좀 보여주고 싶어."

박 사령관이 말한다.

"예언서에 들어가지 못한 내용을 말하는 건가?"

서 집사의 질문에 박 사령관이 고개를 끄덕인다. 그 둘을 보던 김 중령이 펜을 파라다이스 지도 위에 던진다.

"자네가 홀랜프 본부에 침입한 유일한 인간이니 지도에다가 생각나는 대로 그려봐. 파라다이스 내부와 취약점 같은 것을."

선우필은 파라다이스 지도를 보며 펜을 집는다.

4장 3절
붉은빛

아이들이 지하 벙커로 들어온다. 전등은 어느새 켜져 있고 벙커의 전류가 정상적으로 흐른다.

"그럼 이 전력을……."

리브의 질문에 아라가 머뭇거리다 말한다.

"김 중령님하고 몇몇 마일스 전사분이 자신들의 뉴컨밴드를 이용해 전력을 만들어주셨어."

리브는 잠시 무안한 듯 입술을 삐쭉 내민다.

"그래도 중령인데 내가 너무 심하게 굴었나?"

리브가 말한다.

"아니야. 중령이긴 한데 너무 밥맛이야."

아라가 아무렇지도 않게 대답한다.

리브는 파라다이스에서 구한 음식 재료를 들고 부엌으로 가 요리를 시작한다. 뭔가에 쫓기듯 빠르게 요리 기구를 사용하며 소스를 만들고 재료들을 볶기 시작한다. 해든이 옆으로 와서 리브가 만든 소스를 손가락으로 찍어 먹어본다.

"평상시보다 더 열심히 만들겠네?"

리브는 별 반응 없이 다 된 요리가 담긴 그릇을 해든에게 전해 준다. 해든이 그릇에 담긴 음식을 살짝 맛본다.

"그거 선우희하고 먹고 있어. 쓸데없는 소리 하지 말고."

리브가 선우희를 가리키며 말한다. 선우희는 의자에 앉아 발을 동동거리며 손으로 책상을 치면서 들뜬 표정이다. 해든이 그릇을 가지고 선우희 옆에 앉는다.

"드디어 아빠하고 밥 먹는 거야?"

선우희가 묻자 리브는 미소 지으며 고개를 끄덕인다. 선우희는 좋아하며 손바닥으로 책상을 또 치기 시작한다. 해든이 옆에서 선우희를 보며 말한다.

"어떠냐? 꿈에서만 보던 아빠를 직접 만난 소감이?"

민수와 오웬도 선우희 옆으로 온다. 선우희는 계속 발을 동동거리고 손으로 책상을 치며 말한다.

"응! 좋아! 매일 봐도 아빠 엄마는 좋아."

"응? 매일?"

민수의 질문에 선우희가 갑자기 책상 밑에서 책을 꺼내 읽는다. 해든과 민수는 황급히 일어나 선우희에게서 떨어진다. 오웬은 이미 멀찌감치 떨어져 앉아 있다.

레나는 리브 옆에서 요리를 돕는다. 니나는 새로 받은 멘사보드와 무기들을 시험해보고 있고, 아라는 하이퍼 컴퓨터를 작동시켜 자신이 받아 온 정보를 입력해 분석하고 있다. 그리고 동시에 니나가 건네는 기구들을 받아 펜던트 목걸이를 만들고 조립한다. 해든이 아라와 니나 옆으로 간다.

"뭘 만드는 거야?"

아라가 계속 조립하며 말한다.

"방어막."

오웬도 옆으로 와서 본다.

"오! 적들이 공격하면 막아주는 거지?"

오웬이 좋아하며 외친다.

"그럼 좀 더 전투하기 편하겠다!"

해든이 말한다.

"그냥 시험 단계일 뿐이야. 한 개밖에 못 만들어."

"에잇. 우리 게 아닌 거잖아 그럼."

아라가 조립하면서 말하자 해든이 뒤돌아 리브를 보며 아쉬워
한다. 그리고 요리하는 리브의 뒷모습을 보다가 다시 입을 연다.

"근데 아까 정말 선우필이 맞는 거야? 훨씬 강해진 것 같은데?"

해든의 말에 식탁에서 책을 읽는 선우희를 보던 민수가 우쭐대
며 말한다.

"내가 말했잖아. 그 녀석의 잠재력이 깨어난 거라니까. 우리하고
선우필이 함께 전투하면 홀랜프 따위는 반드시 무찌를 수 있다고!
선우필에 대한 예언이 사실이었어!"

해든은 잘 모르겠다는 표정을 지으며 말한다.

"강해진 건 사실인데…… 선우필의 어빌리스가 뭔가 색다르지
않아?"

민수가 해든을 본다.

"뭐가 색달라? 그냥 어빌리스가 강하니까 그런 거지."

"아니야. 전투 실력이 뛰어나기보다는 그냥 힘과 기술만 좋은 그런 느낌? 그리고 사람에게서 감지되는 그런 어빌리스가 아니야."

"그렇다고 홀랜프나 페카터모리의 것도 아니잖아. 매스클랜이어서 그런 거지!"

민수가 반박한다. 해든은 니나를 본다.

"너도 이상하지 않아? 선우필의 어빌리스가?"

니나는 대답 대신 멘사보드와 무기를 점검하는 동시에 아라에게 필요한 물품을 건네준다.

"무슨 말을 하고 싶은 거야?"

민수가 묻는다. 해든은 민수를 보다 리브에게 묻는다.

"왜 선우필이 저렇게 다르게 보이는 거지? 꿈속에서도 저런 모습이었나?"

"불그스름한 머리카락 색은 기억나."

오웬이 뒤에서 말한다.

"그게 리브 아녔어? 나는 줄곧 리브라고 생각했는데."

해든이 말한다. 민수는 리브의 머리카락을 바라본다. 어느새 선우필과 같은 붉은색 머리칼이 되었다.

"리브의 머리카락 색이 저렇게 빨갰나?"

민수가 묻자 해든도 리브의 머리를 쳐다본다.

"그러고 보니까 색이 더 짙어진 거 같은데?"

칼질하던 리브가 멈춘다.

"내 뒤통수 좀 그만 볼래?"

남자아이들은 화들짝 놀라며 시선을 돌린다.

"뒤에 눈이 달렸나?"

민수가 조용히 묻는다. 리브는 한숨을 내쉬더니 말한다.

"우리끼리 이래봤자 아무 소용없었잖아. 우리 꿈이 스위븐이라고 불리는 능력이란 것도 오늘 처음 안 거고. 그런 우리가 백날 떠든다고 지금 답이 나오겠어? 선우필이 돌아오면 맛있게 밥을 먹고 그다음에 어떻게 적들을 이길지 생각해. 선우희를 저들에게 데리고 가야 하는데 그걸 더 신경 쓰란 말이야."

리브의 말에 해든이 대답한다.

"그런데 말이야. 선우필이 만약 페카터모리가 된 거라면 어떻게 해? 매스클랜이 인류를 배신했잖아. 정말 그런 거라면 어떻게 하냐고?"

"선우필은 내 친구야. 선우민 사부님의 아들이라고. 절대 배신할 일은 없다."

민수가 해든을 쳐다보며 확신에 찬 대답을 한다.

"선우필이 네 친구고 선우민 사부님의 아들인 것은 홀랜프의 공격 전 이야기야. 지금은 다른 세상인데 뭐든지 의심해야지."

해든의 말에 민수가 잠시 생각한다.

'게으른 인간들이 쉽게 어빌리스를 얻으려는 행위인 셈이지…….'

김 중령의 말이 떠오른다. 선우필은 그렇게 부지런한 친구가 아니었다. 그런 본성이 남아 있다면 자신의 잠재력을 빨리 일으키기 위해 쉬운 길을 택했을지도 모른다. 더군다나 하늘의 도시에서 아무 근거 없이 매스클랜이 홀랜프로 넘어갔다는 결과를 내지는 않았을 것이다.

"그런데 하늘의 도시에서도 어쨌든 선우필은 적이 아니라고 하잖아."

민수는 아까보다 덜 확신에 찬 모습으로 말한다.

"솔직히 누가 우리 적인지 아닌지 모르겠어. 간단히 홀랜프만 우리의 적이다라고 하면 쉽겠는데."

오웬이 씁쓸히 말한다.

"난 선우필이 페카터모리였던 꿈을 꾼 게 생각났어."

해든이 말한다. 민수는 그 말에 벌떡 일어난다.

"어떻게? 자세히 좀 말해봐."

해든은 민수를 쳐다본다. 그 표정이 뭔가 심각하다. 다른 아이들의 표정도 심각해진다.

"뭔데? 정말 아까부터 왜 나를 그렇게 쳐다보는 거야?"

민수가 답답한 듯 묻는다. 해든이 민수를 계속 쳐다보다 잠시 바닥을 본다. 그리고 숨을 짧게 내쉬며 말한다.

"이건 어디까지나 꿈이고 어쨌든 실현되지 않았어. 스위븐이 아닌 그냥 꿈이었을 수도 있다는 의미니까 내 말을 오해하지 말고 잘 들어."

"아, 그러니까 뭐냐고. 그냥 좀 말해줘 제발. 답답하게 굴지 좀 말고."

민수는 답답한 듯 소리친다. 해든이 조심히 입을 뗀다.

"내 꿈에서 선우필이 페카터모리가 되더라고. 그냥 페카터모리가 아니라 페카터모리의 왕이 된 거야. 그래서 선우희를 다치게 하고 리브를 뺏어 간 후 우리 모두를 죽이더라고."

"나도?"

민수가 자신을 손가락으로 가리키며 말한다.

150

"응. 너도."

해든이 간결하게 말한다.

"설마?"

"꿈이라고 했잖아."

"그럼 너희들 꿈에서 실제로 현실화한 것이 뭐가 있는지 맞춰보면 되잖아."

민수가 말하지만 아이들은 별 반응이 없다. 해든이 대표해서 말한다.

"꿈인지 뭔지도 헷갈려 죽겠는데 어떻게 현실화한 것을 맞춰보냐고. 우리가 꿈을 조종한다고 하는데 그게 마음대로 되는 게 아니야. 물론 우리가 꿈을 선택한 적도 있지만 실제로 그런 상황들이 일어나지 않기도 하고 실제로 일어난다고 해도 깨달을 땐 이미 늦은 거 아니겠어? 상황이 일어나기 전에 우리가 행동을 취할 수 있어야 하는데 그 상황이 언제 일어나는지는 모르겠단 말이야."

해든의 말에 민수가 고개를 끄덕인다.

"그러면 리브는? 꿈속에서 선우필을 매일 만났다는 건 무슨 말이야? 선우희와 함께 여왕을 만나야 한다는 말은 또 뭐고?"

민수가 리브를 보며 말한다.

"나도 그게 궁금해. 나는 최근 한동안 선우필을 거의 못 만났는데, 아까 그건 무슨 말이야? 너희 둘이 꿈속에서 우리 빼놓고 따로 만난 건 맞잖아. 설마 그런 건 조종한 거 아니야?"

해든이 반 농담 식으로 말한다. 리브는 아무 말 없이 듣더니 다시 칼질을 한다. 레나는 옆에서 도통 무슨 이야기인지 모른다는 표정으로 그저 리브가 건네달라는 재료를 건넨다. 요리하던 리브가 조용히 말한다.

"이제 그런 얘기는 그만해. 내가 만들어주는 요리를 먹고 힘내서 싸우면 돼. 선우희를 어떻게 여왕에게 무사히 데리고 갈 수 있을지만 고민하라고."

민수가 리브에게 다가간다.

"다른 건 모르겠다고 그러는데 여왕 앞에 가야 하는 건 확실한가 보네. 혹시 여왕을 만나면 안 좋은 결과가 나오는 거야? 지금 네가 하는 이 요리가 마지막 요리라는 뜻으로 하는 말이야?"

민수의 말에 해든이 니나를 본다. 니나는 멘사보드를 꼭 쥔 채 아라를 본다. 아라는 리브를 잠시 보다 다시 컴퓨터 모니터를 본다.

레나가 민수의 말에 울먹거리더니 리브에게 묻는다.

"언니? 정말이야? 이게 마지막이야?"

민수는 심각한 분위기를 느끼면서 다시 리브에게 묻는다.

"네가 모른다고 했잖아……. 여왕을 만난 후에는 어떻게 될지 모른다고. 그 말은 너도 그렇고 선우필도 그렇고 여왕을 만난 꿈을 꾼 후 아무 꿈도 못 꾼 거지? 그 후로 모든 것이 끝난 거지? 인류가 실패해서 멸종되는 꿈. 맞지?"

떨리는 목소리로 민수가 말하는데 선우희가 실수로 책을 떨어트린다. 리브가 뒤돌아서 책을 주워준다. 그리고 선우희의 머리를 쓰다듬는다. 민수가 일그러진 표정을 지으며 말한다.

"설마 선우희가 희생하는 거……?"

리브가 민수를 째려봐 말을 끊는다. 레나가 리브를 뒤에서 껴안는다.

"언니! 우리 다 죽는 거야? 헤어지는 거야?"

리브는 돌아서서 레나를 안아준다.

"아니야. 그럴 일은 없을 거야. 함께 있으면 우리는 못 하는 게 없잖아. 안 그래?"

상냥하게 웃으며 말하는 리브를 보며 레나는 금세 활짝 웃으며 눈물을 닦는다. 그때 선우필과 서 집사가 벙커로 들어온다.

"형부!"

레나가 선우필을 보더니 반갑게 달려가 팔짱을 낀다. 선우필은 당황해하며 어쩔 줄 몰라 하고 리브도 당황해서 자기도 모르게 소리친다.

"레나야! 무슨 말이야 그게?"

해든은 웃으면서 장난기 가득한 소리로 말한다.

"와! 빠르네! 벌써 형부야? 그럼 나는 뭐라고 부르나? 매제라고 하면 되나?"

오웬도 재미있다는 듯 옆에서 말한다.

"나는? 나는 뭐라고 불러?"

"너는 형님이라고 불러."

니나가 옆에서 말한다. 민수는 갑작스럽게 달라진 아이들의 행동에 당황한다. 심각했던 분위기가 선우필이 들어옴으로써 화기애애해졌다. 마치 아까 나눈 대화는 없었던 일처럼 대하는 아이들의 행동이 자연스럽게 연기하는 듯 보였다. 붉은 머리의 선우필을 보던 민수는 순간 붉은색의 무언가가 떠올랐다.

죽으면 연기가 되어 사라지는 홀랜프와 페카터모리와는 다르게 사람은 피를 흘리며 죽는다.

4장 4절
무법천지

민수는 자신을 쳐다보는 선우필을 보며 어떤 반응을 할지 몰라 어색하게 선우필의 어깨를 툭 치며 말한다.

"선우필! 살아 있을 줄 알았다. 다 괜찮은 거지?"

아이들의 행동이 연기하는 것 같다고 생각했는데 자신도 어느새 생각과 다른 행동을 선우필에게 하고 있다. 선우필의 근육은 더 커지고 키도 더 커진 것 같다. 그런 선우필에게서 알 수 없는 위압감이 느껴진다. 피처럼 붉은 머리카락이 어깨까지 내려오고 답답할 정도로 긴 앞머리가 얼굴을 가리고 있다. 거리에서 마주치면 몰라봤을 것이다. 민수를 보던 선우필은 쑥스러운 듯 고개를 살며시 끄덕인다.

"응. 괜찮아. 그리고……."

뭔가 말하려는 듯한 선우필을 보며 민수가 고개를 갸우뚱한다.

"응? 뭐?"

민수가 되묻지만 선우필은 어색하게 웃으며 고개를 떨군다. 민수는 그런 선우필이 귀엽다는 듯 등을 톡톡 치며 말한다.

"왜 그래? 싱겁게. 우리 사이에 뭐가 그렇게 쑥스러우냐? 그건 그렇고 너 엄청나게 강해졌는데? 머리카락도 빨개지고 말이야. 꿈에서 리브하고 같은 미용실을 간 건가?"

민수의 농담에 선우필은 자신의 머리카락을 넘기고 묶는다.

"언제부터 이렇게 변하더라고……."

선우필은 이전과는 상당히 다른 분위기다. 어리바리함이 여전히 남아 있기는 하다. 하지만 머리카락 색 때문인지는 몰라도 쉽게 다가가기 힘든 묘한 분위기를 낸다. 리브에게서 나타나는 분위기와 비슷하다. 민수에게 친절하게 대해주지만 민수는 리브에게 다가가기가 힘들다. 다른 아이들과 달리 리브와는 말도 쉽게 섞지 못한다. 지금 눈앞에서 아까 전투했던 모습 그대로 입고 있는 로브도 벗지 않은 채 머리를 묶고 있는 선우필에게서도 그러한 분위기가 잔뜩 풍긴다. 선우필의 손을 감싸고 있는 장갑도 불편해 보이기만 한다. 자꾸만 어색해지는 것이 싫어 민수는 선우필의 어깨를 다시 살짝 치며 다른 아이들을 본다.

"아까 다들 봤지! 홀랜프를 한 방에 다 조져버리는 거! 그 기술이 이전에 선우민 사부님이 보여주셨던 초고급 발차기 기술이었어. 알고는 있나 모르겠네."

민수는 선우필에게 어깨동무를 하며 친한 척한다. 해든은 마음에 안 든다는 표정으로 선우필을 쳐다본다.

"나도 그 정도는 할 수 있어. 그렇게 어려운 기술은 아니야."

해든의 말에 민수가 빈정댄다.

"내가 보니까 넌 제대로 싸우지도 못하던데."

"뭔 소리야! 첫 전투인데도 내가 죽인 홀랜프가 몇 마리였는데."

"왜 굳이 나더러 전투에 나가지 말라는 이유를 인제야 알겠네그려. 내가 더 잘 싸울까 봐 쪽팔려서 그런 거지?"

민수의 도발에 해든이 화를 내려다 멈칫한다. 선우필은 해든을 보다 뭔가가 떠오른 듯 민수를 본다.

"다들 앉아. 다 됐으니까."

그때 리브가 레나와 함께 해든과 민수 사이를 가로질러 식탁에 음식을 내려놓으며 말한다. 마치 그들의 대화를 끊으려는 듯한 행동이다.

식탁에 음식들이 예쁘게 차려져 있다. 리브는 멀뚱히 서 있는 선우필을 힐끗 보며 말한다.

"너도 앉아."

선우필은 쭈뼛댄다.

"으응……."

대답은 하지만 어디에 앉아야 할지 모른다. 오웬과 민수는 그런 선우필의 모습이 재미있는지 킥킥대며 자리에 앉는다. 해든은 불만인 표정이다. 레나는 리브 옆으로 선우필을 앉힌다. 예전의 상황이 기억나는지 아이들은 다시 측은하게 선우필을 본다. 지난번과는 다르게 이번에는 리브의 오른쪽에 선우희, 왼쪽에 선우필이 앉아 있다.

선우희가 선우필을 빤히 쳐다보지만, 선우필은 선우희를 보지 않고 어두운 표정으로 앉아 있다. 선우필은 아무 반응 없이 그저 식탁에 놓인 음식을 볼 뿐이다. 선우희가 계속 관심을 끌려고 손으로 책상을 쳐도 그는 아이를 보지 않는다.

니나가 리브와 선우필을 보다가 마일스 전사들의 전술조끼를 착용한 후 앉는다. 마일스 전술조끼에는 소형 칼과 길이 조절이 가능한 소총과 쇠막대기 그리고 권총이 달려 있다. 조끼 뒤에는 멘사보드를 매달 수 있는 자석이 있다. 멘사보드를 등에 붙이면 멘사보드가 사람 인人 자 모양으로 접힌다.

뚱하게 선우필을 보던 해든이 자기 옆에 앉는 니나에게 말한다.

"밥 먹는데 굳이 그런 불편한 옷을 입고 있을 거야?"

"우린 곧 전쟁에 나가. 어떻게 될지 모르는데 늘 준비하고 있어야지."

니나는 해든에게도 전술조끼를 던져준다. 해든이 궁시렁대며 입는다. 오웬도 조용히 전술조끼를 가지고 와 입는다. 이미 전투복으로 갈아입고 훈련실에서 나온 서 집사도 식탁에 앉는다.

"야, 오늘 리브가 많이 준비했구나. 옛날 생각나네."

서 집사는 선우필의 어깨에 손을 올리며 말한다.

"오래 살 일이지. 리브가 자네를 위해 두 번이나 이런 진수성찬을 차린 걸 보다니."

선우필이 고개를 숙이고 조용히 말한다.

"네……."

"어, 그러고 보니 그러네. 언니가 외부 사람한테 이런 식으로 음식을 차려준 게 선우필 오빠가 처음이었는데 오늘도 한 상 차린 거네. 오빠는 좋겠다. 아니, 형부는 좋겠다."

레나가 신기하다는 듯 말하자 리브는 쑥스러운 듯 선우필을 본다. 선우필은 여전히 자신과 선우희에게 눈길을 주지 않는다. 어색한 기류가 흐른다. 리브가 약간 섭섭해하는 듯하다.

리브는 선우희에게 밥을 먹여주다 선우필의 팔에 자꾸 스친다. 둘은 서로 힐끗힐끗 보며 밥을 먹는다. 선우희가 알아서 먹겠다고 하지만 리브는 자꾸 대신 먹여준다. 팔을 움직일 때마다 선우필의 팔에 닿는다. 서 집사가 흐뭇하게 둘을 보며 밥을 먹는다. 한 가지 특이한 점은 리브는 계속 선우필에게 추파를 던지는 듯하고 선우필은 그런 리브가 불편한 듯 시선을 음식에만 두고 있다.

이전에 벙커를 만들 때 최 박사는 선우필과 리브가 잘 맞는 한 쌍이 될 것 같다고 말했다.

"그 친구가 제 아비와 어미의 좋은 점만 꼭 빼닮았단 말이야. 어리바리하긴 해도 위급한 상황이 닥치면 빠릿빠릿하게 머리가 돌아가는 게 꼭 제 어미하고 똑같고 지치지 않는 체력은 선우민과 똑같고. 성격은 온순한 게 고지식한 제 아비보다 나아서 딱 좋아. 우리 리브는 다 좋은데 고집이 여간 센 게 아니거든. 그런 리브를 잘 맞춰주고 다룰 수 있는 성격이란 말이야. 성향이 다르기도 해서 두 아이가 결혼하면 잘 살 것 같은데. 자네 생각은 어떤가?"

서 집사는 그때 어떤 대답을 했는지 잘 기억나지 않는다. 저렇게 남자의 관심을 끌려는 리브의 행동은 실로 놀랍다.

"그래서 선우필! 얘기 좀 해줘 봐. 그동안 어떻게 지내고 있었던 거야?"

서 집사가 옛 생각에 잠시 젖어 있을 때 민수가 신난 듯 묻는다. 선우필은 흥분한 민수와 다르게 풀이 죽은 표정으로 국을 조금 떠서 입에다 넣으며 말한다.

"아니…… 그냥……."

민수는 궁금한 듯 선우필을 보며 답을 기다린다.

"말해봐. 꿈에서도 별말 없더니, 박사님 시신은 어떻게 한 거야?"

해든의 말에 민수가 놀라 쳐다본다.

"갑자기 그런 말을 왜 해?"

순간 니나의 어빌리스가 높아진 걸 감지한 민수가 니나를 쳐다본다.

"넌 또 왜 그래?"

니나가 벌떡 일어나 자신의 조끼에 장착된 무기를 꺼낸다. 민수가 깜짝 놀라 니나를 보며 말한다.

"왜…… 왜?"

니나가 자신이 아닌 선우필을 보고 있음을 깨닫는다. 그리고 선우필의 어빌리스가 심히 높아져 있음을 감지한다.

"이봐 선우필. 정신 차리게. 악한 감정에 휩싸이면 안 돼. 자네는 페카터모리가 아니야."

서 집사가 일어나 선우필을 보며 걱정스럽게 말하지만, 손은 이미 허리춤의 권총에 가 있다. 선우필의 몸이 계속 떨리고 표정은 괴로워 보인다. 리브가 선우희와 레나를 데리고 선우필에게서 떨어진다. 리브는 긴장된 표정이지만 그다지 놀란 것 같지 않다. 마치 예상했듯이 담대한 표정이다. 선우필이 그런 리브를 본다. 리브는 아까의 표정과 달리 냉정하다. 선우필은 자신의 머리에 손을 대더니 괴로운 신음을 짧게 내고 숨을 가쁘게 몰아쉰다. 선우필의 입에서 짧은 연기가 나온다. 그러다 곧 온몸에서 옅은 연기가 새어나오기 시작한다. 해든이 전투 자세를 취하며 말한다.

"혹시나 했는데 역시 너는 페카터모리였어. 우리 박사님 어떻게 했어?"

민수가 해든을 가로막는다.

"기다려! 저건 우리가 봤던 페카터모리의 모습이 아니야!"

민수의 말에 아이들은 다시 선우필을 본다. 선우필의 몸에서 계속 옅은 연기가 새어 나온다. 신체의 변화는 없다.

"그렇다고 인간도 아니잖아! 더 큰 일이 생기기 전에 지금 죽여야 해! 안 그러면 우리 모두 죽어!"

해든의 말에 민수가 다시 선우필을 쳐다본다.

"인간들…… 자신들의 편의만 생각해서 배신하고, 이익을 위해 서로를 해치우고, 마음 맞는다는 핑계로 편을 만들어 약자를 괴롭히고. 그런 인간들은 이제 존재해서는 안 돼. 세상이 썩었어. 무법천지가 되어버렸어. 살과 피를 지니고 땅 위에서 사는 모든 사람의 삶이 속속들이 썩었어. 인간들 때문에 무법천지가 되어버린 이 땅은 멸망해야 해. 인간은 멸종되어야 해. 다 죽여버려야 해. 다 몰살시켜야 해."

선우필은 입에서 나오는 연기와 함께 알 수 없는 말을 한다. 아이들은 선우필의 말이 이해가 안 가는 듯 긴장한 표정으로 선우필을 쳐다보지만 서 집사는 기억해낸다.

"이봐 선우필…… 지금 그 말은 박사님이 나에게만 하신 말씀……."

서 집사가 말을 하다 멈춘다. 지금 선우필의 모습이 마치 최 박사가 살아 있는 듯했기 때문이다.

선우필은 잘 차려진 식탁을 보며 말을 이어간다.

"너희도 똑같아. 우리끼리만 잘 살면 된다는 그 안일한 생각. 다른 사람들이 어떻게 살든 간에 너희끼리만 편하게 모여서 이렇게 좋은 음식을 먹으면 된다고 생각하는 그딴 마음가짐."

마치 욕설을 퍼붓듯 말한다. 해든이 황당하다는 듯 말한다.

"무슨 소리를 하는 거야? 이건 리브가 너를 위해 특별히 만든 음식이야! 우리도 못 먹어본 거라고!"

4장 5절
아이

폭주하는 선우필의 모습은 참아온 분노를 터트리는 듯, 분통 터져 주체 못 하는 화를 내려는 듯 보였다.

"선우필⋯⋯."

민수가 선우필의 이름을 조심히 불러본다. 그러자 선우필은 잠시 멈춘다. 그의 몸에서 나오는 엷은 연기가 사라진다. 해든과 오웬은 긴장한 표정으로 전투태세를 하고 있고, 리브는 선우희와 레나를 붙든 채 선우필을 보고 있다. 아라도 리브와 마찬가지로 침착하게 선우필의 다음 행동을 기다린다. 니나는 선우필을 견제하며 리브 쪽으로 천천히 다가간다. 이미 머리에 장착된 니나의 뉴컨밴드가 강한 불빛을 내뿜고 있다.

그때 니나의 움직임에 선우필이 소리를 지르며 테이블을 두 손으로 잡아 들어 올린다. 테이블은 선우희 쪽으로 엎어지는데 니나가 막아선다. 선우희가 갑자기 리브의 손을 뿌리친다.

"아빠, 하지 마."

마치 안아달라는 듯 선우희는 두 팔을 벌려 선우필에게 달려 간다.

"안 돼!"

해든과 오웬이 잡으려고 달려간다. 아이를 보는 선우필의 눈빛 에 살기가 가득하다. 아까 전투 중 페카터모리의 눈빛에서 본 분 노 가득한 얼굴이다. 선우필은 아이를 때리려는 자세를 하며 소리 친다.

"이게 다 너 때문이잖아! 네가 도대체 뭔데?"

민수는 같은 말을 전에도 들었다. 아기였던 선우희에게 리브가 했던 말이다. 지금 선우필의 행동도 그날 리브의 행동과 같다.

선우필은 괴로운 듯 머리를 부여잡고 점점 자신의 의지력을 제 외한 모든 감각이 강해지는 걸 느낀다. 여러 가지 생각이 머릿속에 떠오르다가 이내 모든 장면이 선우희의 모습으로 통일된다. 결국 이성을 잃고 아이를 향해 소리 지른다.

"너만 없어지면 돼!"

가격하려는 선우필을 보며 선우희는 예상했다는 듯 눈을 질끈 감는다. 니나가 선우필의 주먹을 막는다. 선우필은 멈추지 않고 다 시 선우희를 가격하려 하고 니나는 계속 선우희를 보호하며 선우 필과 격투를 벌인다. 선우필은 정말 죽이려는 듯 연달아 공격하지 만 선명한 불빛을 내는 니나가 선우필의 공격을 모두 막는다. 그리 고 선우필의 팔을 잡고는 그의 장갑을 벗긴다. 선우필의 손등에 블 랙코드가 찍혀 있다.

"페카터모리가 맞잖아!"

해든이 재빠르게 권총을 선우필에게 겨누며 외친다. 오웬 역시 뒤늦게 총을 겨눈다. 민수는 선우필의 손등에 찍힌 블랙코드를 보며 난감해하다가 이내 선우필을 등지고 해든의 권총 앞을 가로막는다.

"너 끝까지 그럴 거야! 저기 증거가 확실하잖아!"

"분명 무슨 이유가 있을 거야! 선우필은 배신하지 않았어!"

민수가 외친다. 해든이 그런 민수의 행동에 짧게 탄식한다. 서 집사는 해든과 오웬의 총을 잡는다.

"민수 말이 맞는다. 82본부에 블랙코드 샘플을 제공하기 위해 의지력이 강한 매스들이 자원했었다고 박 사령관이 설명했다."

선우필이 진정되려다 다시 아이를 공격하려 하자 니나가 멘사 검을 빼낸다.

"그만해!"

방향을 바꿔 니나를 공격하려던 선우필을 향해 리브가 외친다. 모두가 행동을 멈추고 리브를 본다. 니나는 선우필 앞에 있는 선우희를 데려가 레나에게 넘긴다.

"너는 옳은 일을 했다고 생각하는 거야?"

리브가 말한다. 리브와 선우필의 눈에 눈물이 고여 있다. 선우필을 감싸던 연기가 사라지고 제정신으로 돌아온 듯 리브를 본다.

"홀랜프에게 블랙코드를 이식받은 후 페카터모리가 된 매스클랜이 마지막으로 남긴 노트에 적혀 있었다. '홀랜프는 인간의 약한 감정을 파고들어 자격지심을 떠올리게 하고 존엄성을 지키려는 인간의 의지력을 파괴한다. 정신이 들었을 때는 이미 난 페카터모리가 되어 있었다.' 선우필은 지금 완전한 페카터모리가 아니다. 어떻게 완전한 페카터모리가 되지 않았는지 모르지만, 블랙코드를 받은 직후 페카터모리가 되는 다음 과정에서 탈출했다고 하더구나. 선우필은 페카터모리가 되다 만 존재인 거지."

서 집사가 말한다. 그리고 아까 박 사령관이 준 예언서와 함께 다른 문서를 아이들에게 보여준다.

"아까 내가 남아서 읽어본 대목이다. 박사님의 문서를 포함해 다른 매스들이 남긴 노트도 편집했더구나."

해든이 그 문서를 들고 읽어본다.

"연기를 끝까지 못 마신 것뿐이에요."

정신을 차린 선우필이 조용히 말한다.

"하지만 저는 시간이 지나면서 점점 더 페카터모리가 될 거예요. 그리고 홀랜프가 되겠죠."

선우필이 해든을 쳐다본다.

"그럼 내가 꾼 꿈이 맞는 거라고?"

해든이 말한다. 선우필은 고개를 끄덕인다.

"우리의 육체가 이렇게 실제로 만났다는 뜻은 마지막에 가까워졌다는 거야. 홀랜프의 유혹에 빠진 인간은 그 누구도 헤어 나오지 못해. 우리가 아무리 노력한다 해도 돌아서 버린 인간은 되돌이킬 수가 없단 말이야. 우리는 실패할 거야."

"하지만 난 네가 홀랜프가 된 꿈은 꾸지 않았어."

해든이 말한다. 그때 리브가 선우필에게 다가가 선우필의 장갑을 주워서 손등의 블랙코드를 가려준다.

"이제 그만해. 아버지가 되어서 시도도 안 해보고 아들 앞에서 실패했다는 소리 하지 말랬잖아."

리브와 선우필은 오래된 부부처럼 말한다. 선우필은 장갑이 씌워진 자신의 손과 그 위에 올려진 리브의 손을 본다. 그리고 선우 희를 본다. 아이는 여전히 팔을 뻗어 안아달라고 하고 있다.

"방법이 없잖아. 저 아이가 너와 함께 여왕을 만난다면 인류는 멸망할 거야. 만약 여왕을 만나지 않는다고 해도 인간은 결국 잃어 버린 자원으로 인해 멸망할 거야. 어떠한 방법을 이용하더라도 인 류가 멸망한다는 현실은 변하지 않아."

선우필이 리브에게 말한다. 리브는 선우희를 본다.

"방법이 있어. 나와 희가 여왕 앞에 서면, 네가 우리 모두를 위해 희생되는 거야. 어차피 너는 너희 형제들과 함께 죽었어야 했잖아. 내가 말했지? 너는 나에게 아무 존재도 아니라고. 그저 선우희 때 문에 너와 함께했던 것이고 네가 살아 있는 동안에라도 가장으로 서 책임 있는 행동을 해주길 바랐을 뿐이야. 이런 식으로 감정조절 못 하고 행동할 거라면 더는 우리 앞에 나타나지 말아."

리브의 말에 선우필이 고개를 떨군다. 그러다가 고개를 들어 리 브와 선우희를 보더니 갑자기 벙커 밖으로 뛰쳐나간다.

"이보게 선우필!"

순식간에 나가버린 선우필을 부르며 서 집사가 따라 나가지만 이미 선우필은 사라졌다. 리브는 선우필이 나간 방향을 본다. 그때 움스크린에 박 사령관의 모습이 나온다.

"작동이 되는 건가? 이보게? 내 말 들리나? 지금 특전사들이 파 라다이스로 향했으니 모두 본부로 모이도록."

아라는 움스크린을 보고 놀라더니 니나를 본다. 니나 역시 같은 표정으로 리브를 본다. 여자 셋이서 말없이 서로를 보더니 이내 니나가 식탁을 세우고 리브는 일어나 세워진 식탁과 바닥을 정리한다.

"대충 치워놓고 우리도 가자."

리브가 말한다. 민수는 해든에게 묻는다.

"지금 장면도 꿈에서 본 거야?"

해든과 오웬이 고개를 끄덕인다.

"때가 된 거야".

해든이 말한다.

5장 1절
부부의 선택

　전투복으로 갈아입고 82본부에 도착한 아이들과 서 집사는 출전 준비를 하는 마일스 전사들을 본다. 연구원들은 본부 중앙에 있는 자리에 앉아 초대형 스크린을 바라보며 각자의 키보드를 분주하게 두드리고 있다. 초대형 스크린에는 파라다이스가 여러 각도의 화면으로 분할되어 보인다. 출동 준비를 하는 전사들은 무기를 점검하는 동시에 초대형 스크린을 확인하며 전술조끼를 착용한다.

　서 집사는 박 사령관과 김 중령을 찾으러 간다. 무기를 받은 아이들은 전사들을 따라 자신들의 무기를 점검한다. 열심히 키보드를 두드리던 한 연구원이 아라를 발견하고는 흰색 연구원 가운과 뉴컨밴드를 건네준다. 아라가 받아들고는 아이들을 한 번 본다. 아이들은 마치 둥지를 떠나는 어린 새를 보는 표정으로 아라를 보고 있다. 아라는 연구원 가운을 입고 뉴컨밴드를 장착한 후 연구원을 따라가 배정받은 자리에 앉는다. 연구원 모두의 뉴컨밴드에서 강한 빛이 나오고 있고 각자 앞에 놓인 키보드를 두드리며 할 일을 한다. 아이들은 연구원들이 키보드에 무엇을 두드리고 어떻게 초대형 스크린이 작동하는지 도저히 모르지만 아라는 바로 알아챈 듯 뉴컨밴드에서 불빛이 나옴과 동시에 자기 앞에 놓인 키보드를 두드린다. 초대형 스크린의 한 화면이 움직이기 시작한다.

초대형 스크린을 위쪽 정면에 두고 연구원들 앞에는 소형 모니터가 두 대씩 배치되어 있다. 그들은 자신들의 소형 모니터와 초대형 스크린을 번갈아 보며 키보드를 두드린다. 그럴 때마다 그들의 뉴컨밴드에서 나오는 불빛이 더 강해진다. 그들에 의해 필요한 정보가 초대형 스크린으로 가고 그 모든 전력이 그들의 머리와 연결된 뉴컨밴드에서 나온다.

초대형 스크린에 파라다이스가 보인다. 특전사들이 머리에 착용한 뉴컨밴드의 소형 카메라를 통해 보내지는 영상이다. 그리고 파라다이스 지상과 상공에서도 초소형 카메라들이 움직이며 촬영하고 있다. 그 모든 카메라를 연구원들이 조종하여 초대형 스크린에 영상이 번갈아가며 보이게 한다. 연구원들은 이러한 기술에 빠르게 적응한 아라를 보며 희망에 찬 미소를 짓는다. 연구원들 뒤로는 마일스 전사들이 서 있고 그 뒤로는 본부의 시민들이 걱정스러운 표정으로 초대형 스크린을 바라보고 있다. 그들이 몰려들지 않게 전사들이 일렬로 배치되어 있고 그 앞에 낮은 울타리도 있다. 본부 시민들은 리브와 아이들을 보려고 고개를 세우며 웅성거리다가 이내 초대형 스크린에서 들리는 소리에 잠잠해진다. 저화질이던 영상이 점점 선명해진다. 박 사령관과 김 중령도 전술조끼를 입으며 서 집사와 함께 걸어온다.

멘사보드를 등에 착용한 전사들이 있는가 하면 그냥 손으로 들거나 받침대처럼 기대기 위해 세워놓은 전사들도 있다. 그들 모두 뉴컨밴드를 손목에 시계처럼 착용하거나 목걸이처럼 목에 착용하고 있다가 김 중령과 박 사령관이 다가오자 머리에 착용한다. 그러자 블루투스가 연결되는 것처럼 멘사보드와 뉴컨밴드가 연결되면서 뉴컨밴드에서 불빛이 반짝거린다. 그렇게 두 기기가 연결된 것을 확인한 전사들은 다시 뉴컨밴드를 시계나 목걸이처럼 손목이나 목에 걸어놓는다.

뉴컨밴드를 손목에 착용한 김 중령과 박 사령관이 자신들에게 경례하는 전사들을 지나 아이들이 있는 곳으로 온다. 그리고 함께 초대형 스크린을 쳐다본다. 아이들을 보고 없어진 선우필에 대해 아무런 언급을 하지 않는 박 사령관은 다시 초대형 스크린으로 고개를 돌린다. 그러고는 머리를 뒤로 묶고 있는 연구원에게 다가가 그녀가 앉아 있는 의자 등받이를 잡고 몸을 기울이며 말한다.

"5번 캠을 줌인해주게."

연구원은 키보드를 두드린다. 그녀의 뉴컨밴드에서 불빛이 화려하게 나온다. 초대형 스크린에 있던 5번 화면이 스크린 전체를 채운다. 5번 화면에는 파라다이스에 도착한 열두 명 특전사가 서로를 촬영한 모습이 보인다. 그들은 무기를 점검하고 있다. 김 중령 역시 박 사령관 근처로 가 초대형 스크린을 쳐다본다. 오웬이 김 중령을 물끄러미 보다 조용히 묻는다.

"어떻게 파라다이스에 카메라를 설치한 거죠?"

초대형 스크린을 쳐다보던 김 중령은 손목에 장착된 자신의 뉴컨밴드를 점검하며 대답 대신 박 사령관을 가리킨다. 박 사령관이 뒤돌아서 오웬과 다른 아이들을 보며 말한다.

"우리는 몇 년 전부터 김 중령의 아이디어로 갈 수 있는 모든 지역에 카메라를 설치하기로 했지. 우리 연구원들이 눈에도 보이기 힘들 정도로 조그마한 초소형 카메라를 만드는 데 성공한 후 김 중령과 특전사들이 몇 달 동안 돌아다니며 곳곳에 카메라를 설치했다네. 목숨 걸고 한 일이었지만 덕분에 우리는 홀랜프의 동태를 파악할 수 있게 되었고 그들에 대해 더 많은 걸 알게 되었지."

"결과적으로는 최 박사의 예언서를 확신하게 된 계기였지."

김 중령이 불만스러운 말투로 되받아친다. 민수가 그런 김 중령의 말을 듣고는 궁금하다는 듯 박 사령관에게 묻는다.

"그럼 홀랜프가 초소형 카메라를 계속해서 못 찾나요?"

박 사령관은 민수의 말에 고개를 끄덕인다.

"지금까지는 발견 못 한 듯해. 저 초소형 카메라의 위치를 우리 연구원들이 지속해서 옮기기도 하니까. 무엇보다 초소형 카메라에 달린 센서는 홀랜프의 총알인 이그니스 럭스Ignis Lux를 감지하지. 이전에 이그니스 럭스에 맞은 사람들은 공중분해되었는데 이제는 우리에게 그 피해를 막아낼 수 있는 기술력이 생겼어."

"기술력은 있는데 실력이 부족해."

박 사령관은 자랑스럽게 말하지만 김 중령이 초를 치는 소리를 한다. 하지만 민수와 아이들은 대단하다는 표정으로 연구원들을 본다. 연구원들의 뉴컨밴드가 아까보다 더 강하게 빛난다. 초소형 카메라가 여기저기 움직이면서 특전사들을 다양한 각도로 찍는다. 아이들은 짧게 감탄한다.

"아, 그리고 우리의 뉴컨밴드에도 초소형 카메라가 있어. 그래서 교신도 가능하고 촬영도 가능하지. 멘사보드로 이그니스 럭스를 피할 수 있는 것도 다 저 초소형 카메라 덕분이야."

박 사령관의 말에 오웬과 민수는 자신들의 뉴컨밴드를 들어 이리저리 돌려본다. 오웬은 옆에 서 있는 김 중령을 우러러본다. 자신보다 작고 왜소한데 왠지 커 보인다. 민수는 그런 오웬을 보며 해든에게 웃으며 말한다.

"오웬도 자신의 사부님을 찾은 것 같군."

해든이 피식 웃으며 오웬에게 말한다.

"그래도 너는 민수 이 새끼처럼 오버는 하지 말아."

"뭐야!"

해든과 민수는 또 다투려 한다. 하지만 오웬의 시야에는 지금 김 중령만이 들어온다. 그는 너무 뚫어지게 쳐다보는 오웬이 부담스러운 듯하다.

"너희 최 박사가 지침서를 만들어놓은 게 있어. 그 인간이 워낙 쓴 게 많잖아. 그중 몇 개에서 착안해 만든 거야. 다 여기 연구원들의 실력과 노력이 있기에 가능했다. 그러니까 나를 너무 그런 식으로 쳐다볼 필요는 없다. 이런 난리 통에 최 박사의 글을 이해할 수 있는 사람들이 있어 다행인 거지. 더 많은 초소형 카메라를 설치했다면 인명 피해를 더 줄일 수 있었을 텐데 그게 아쉬울 뿐이다."

김 중령이 뉴컨밴드를 다시 머리에 착용한다. 겸손하기까지 하다. 오웬은 김 중령을 더욱 존경하는 눈빛이다. 김 중령은 여전히 자신을 뚫어지게 보는 오웬에게 멘사보드를 들어 보인다.

"이 멘사보드도 그렇지만 뉴컨밴드를 잘 사용하면 여러 기기를 한꺼번에 마음대로 조종할 수도 있다. 너희의 상상력을 조종하는 법을 터득하면 스위튼도 그렇고 더 많은 것을 조종할 수 있을 것이다. 게다가 멘사보드와 멘사검을 잘만 이용하면 홀랜프를 죽이는 건 그다지 어려운 일이 아니야. 멘사보드와 뉴컨밴드는 컴퓨터와 같지. 연구하면 할수록 계속 뭐가 더 나올 거야. 아직 찾지 못한 무엇이 있다면 너희가 잘 연구해서 찾아보도록 해라."

아무도 김 중령에게 설명해달라고 하지 않았다. 하지만 그는 왠지 신나 보인다. 오웬은 깊은 감명을 받은 듯 입까지 살짝 벌린다.

"저 친구가 불평불만은 많아도 자기 신념에 아주 충실한 사람이지. 그러니까 대대장인 거야. 여기 본부 사람들은 내 말보다 저 친구의 말을 더 잘 듣는다니까."

박 사령관이 김 중령을 놀리듯 오웬에게 말한다.

"와…… 맞아요."

오웬이 마음에서 우러나오는 소리로 말한다. 다른 아이들은 그런 오웬이 민수와 비교돼 웃는다.

그때 초대형 스크린에 특전사 팀장이 나온다. 그리고 화면이 분할되면서 다른 특전사들의 얼굴도 보인다. 그들의 머리에 장착된 뉴컨밴드에서 강렬한 빛이 나오고 있다.

"모든 준비를 마쳤습니다."

초대형 스크린에서 특전사 팀장의 말이 들린다. 박 사령관은 손목의 뉴컨밴드를 빼서 머리에 장착한 후 초대형 스크린을 향해 말한다.

"알았다. 곧 출동 명령이 떨어질 테니 대기하게."

"네."

특전사 팀장이 대답한다. 머리를 뒤로 묶은 연구원이 빨간 전화기를 가지고 와서 박 사령관에게 건넨다. 오웬은 초대형 스크린을 보다가 김 중령에게 묻는다.

"그럼 저 특전사분들이 파라다이스를 염탐하고 다시 돌아오는 건가요?"

김 중령은 팔짱을 낀 채 오웬에게 눈길도 주지 않고 초대형 스크린을 주시하며 대답한다.

"여왕의 존재 여부를 염탐한다지만 돌아올 수 있을지 어떨지는 모르지. 임프롭 태세로 바뀔 가능성이 크지."

박 사령관은 빨간 전화기를 귀에 대고 대답만 하고 있다. 그러다 잠시 전화기를 내려놓고 뒤돌아 아이들에게 말한다.

"자네들도 출전 준비를 하게. 곧 파라다이스로 향한다. 하늘의 도시 명령이야."

김 중령은 여전히 팔짱을 낀 채 박 사령관에게 묻는다.

"아이들을 다 데리고 갈 건가?"

"그래. 아무래도 여왕이 있다는 게 더 확실해진 것 같아. 특전사들이 여왕을 발견하면 우리가 모두 함께 공격하라는 명령이야."

박 사령관의 말에 김 중령은 오웬을 보며 말한다.

"저런 식으로 계획이 바뀌는 것이지."

"임프롭 태세?"

오웬이 묻는다.

"임프롭 태세란 상황에 따라 상부 지시에 따르지 않고 스스로 판단해서 행동하는 전략이다."

박 사령관이 대답한다.

"상부에서 그저 책임을 지지 않겠다는 얄팍한 전략이지."

김 중령이 시큰둥하게 말하자 박 사령관은 송화기를 손으로 막으며 조용하라고 다급히 속삭인다. 김 중령은 아랑곳하지 않고 키보드를 두드리던 아라를 가리키며 말한다.

"이 친구는 여기에 남아 있는 게 더 도움이 될 듯한데?"

아라가 멈추고 박 사령관을 쳐다본다. 박 사령관은 고개를 끄덕인다. 김 중령은 뒤돌아서서 레나에게 말한다.

"자네도 여기 남아 있게."

아라는 뒤돌아 레나를 쳐다본다. 레나는 이미 싫다는 표정을 짓는다.

"싫어요! 저도 언니들하고 같이 갈 거예요."

그러고는 리브의 팔을 꼭 붙잡는다. 김 중령은 대꾸도 하지 않고 주위를 둘러보며 말한다.

"그 친구가 없어져서 어떡하나?"

박 사령관은 서 집사를 본다.

"선우필이 정말 그렇게 가버렸단 말인가?"

"그래."

서 집사는 고개를 끄덕이며 대답한다.

"꽤 빠르던데 그 친구. 우리 초소형 카메라에도 제대로 잡히지 않았어. 역시 매스클랜 출신은 뭐가 달라도 달라."

박 사령관이 한숨을 쉬며 말한다. 민수가 서 집사에게 묻는다.

"선우필이 떠날 거라고 예상하셨습니까?"

서 집사도 박 사령관을 본다.

"박사님의 예언서에 있는 말이 선우필의 행동을 예언한 것이라 판단되네."

아이들이 박 사령관을 쳐다본다.

"이런 문장이야. '아버지는 어머니와 아들을 떠나 악의 구렁텅이로 들어가 자신을 희생하려들 것이다.'"

민수는 박 사령관의 말을 다시 읊어본다. 그러더니 아이들을 보며 말한다.

"너무 추상적인데? 정말로 선우필이 희생하려는 건가?"

민수가 리브를 보며 하는 말에 김 중령이 대답한다.

"최 박사의 예언서는 너희의 스위븐과 비슷해. 난해하고 추상적이어서 계속 연구하고 탐구하고 생각해야 하지. 그러다 현실로 나타나면 그제야 깨닫는 그런 이치야. 하지만 아버지를 선우필이라고 가정해봤을 때 그리고 어머니를 저 친구로, 아들을 저 꼬맹이로 가정해보면 맞아떨어지는 게 한두 개가 아니니까 그렇게 풀이하면서 지금의 계획을 짜보는 것이지. 그리고 희생이 그런 목숨의 희생이 아닐 수도 있어."

김 중령의 말에 해든이 입을 연다.

"그럼 '악의 구렁텅이'는 파라다이스를 말하는 거겠네. 박사님이 우리 게임에도 저런 문구를 넣어줬잖아."

"맞다!"

오웬이 거든다.

"중요한 건 자네들의 스위븐이야. 안타깝게도 지금은 자네들을 연구할 시간이 없어. 그러니까 리브 자네가 조금 더 노력해서 판단을 해주면 하네."

박 사령관이 리브에게 말한다. 아이들은 리브를 본다. 리브는 그런 아이들의 시선에 코웃음을 치며 선우희를 꼭 잡는다.

"왜? 내가 선우필을 쫓아냈다고 하려고?"

"나가서 죽으란 말을 했잖아."

민수가 조용히 대답하자 리브가 째려본다.

"그런데 자네의 스위븐에서는 선우필도 자네와 아들하고 함께 해야 하는 것 아니었나?"

지켜보던 박 사령관이 묻는다. 리브가 고개를 돌려 초대형 스크린을 쳐다본다.

"자네의 역할은 자네가 더 잘 알 거야. 어떻게 해야 하는지, 언제 해야 하는지를. 나는 자네들 둘의 부부싸움에는 관심이 없지만, 그것이 인류 존속에 영향을 미치는 어이없는 상황이라면 얘기가 달라지겠지? 그러니까 두 사람의 문제는 아주 신중히 잘 생각해서 해결하라고. 괜히 애꿎은 우리를 멸종시키지 말고."

김 중령의 말에 주위에 있던 마일스 전사들도 리브를 본다.

"왜 자꾸 저하고 걔가 부부라는 거예요?"

리브가 발끈하며 말한다. 김 중령은 말없이 선우희를 가리킨다. 리브는 더는 물러날 곳이 없다는 표정을 짓는다. 그리고 잠시 감정을 추스르더니 입을 연다.

"그럼 지금 저희를 파라다이스로 데려다주세요. 그들의 본부로 바로 가서 여왕을 만나겠어요."

리브의 말에 주변 사람 모두가 리브를 쳐다본다.

"그래? 그러면? 만나고 나서? 그다음 어떻게 하면 되는지 알아냈는가?"

박 사령관이 묻는다. 리브는 아무 대답도 하지 않는다.

"선우필이 죽으면 모두가 산다는 말이 여왕을 만나 해결할 수 있는 일과 관련 있는가?"

대답이 늦는 리브가 답답한 듯 김 중령이 되묻는다.

"여왕을 만나기 전까지는 아무것도 모를 거 같아요. 제 꿈에서는 여왕을 만난 선우필이 죽기도 했고 살기도 했어요. 두 꿈 모두 결과를 모른 채 깨어났고요. 꿈이고 선우필이고 모두 제가 조종할 수도 없었어요. 저렇게 제멋대로 행동하는 놈을 무슨 수로 조종해요. 그래서 여왕을 만나보겠다는 거예요."

"여왕을 만나면 자네가 죽을 수도 있지 않은가?"

박 사령관이 말한다.

"그럴 수도 있겠죠. 하지만 여왕을 만나지 않는다면 지금으로선 아무 대책도 방법도 없는 거잖아요?"

리브가 말한다.

"그래. 안타깝게도 자네들 말고는 아무 방법이 없지."

박 사령관이 허망하게 웃으며 말한다.

"그게 짜증 난다는 거야 나는!"

김 중령이 고개를 돌려 본부 입구에서 준비 중인 전사들을 안타까운 눈빛으로 본다. 박 사령관은 김 중령의 어깨를 한 번 툭 치며 말한다.

"저 친구가 박사님 첫째 손녀잖아. 피는 못 속여. 저 친구에게 맡기는 수밖에 없는 거지."

"마음에 안 들어. 최 박사도 그렇고 저 손녀도 그렇고. 정말로 신이 된 것 같잖아."

김 중령은 말을 마치고 리브를 지나치면서 본부 입구로 가 전사들과 얘기를 나눈다. 그리고 그들의 무기를 하나하나 확인해준다. 박 사령관은 그런 김 중령을 본 후 리브에게 걱정하지 말라는 윙크를 해준다. 그러고는 연구원들에게 간다.

"언니…… 우리 헤어지는 거야?"

레나가 울먹이며 리브에게 묻는다.

"괜찮을 거야. 우리 너무 걱정하지 말자."

리브가 레나의 머리를 쓰다듬으며 상냥하게 말한다. 민수는 리브부터 시작해 해든, 오웬, 니나 그리고 컴퓨터 앞의 아라의 표정을 본다. 그리고 서 집사에게 다가가 조용히 말한다.

"사부님."

서 집사가 민수를 본다.

"아직 쟤네가 숨기고 있는 내용이 있는 것 같아요."

"그래."

민수의 말에 서 집사가 대답한다. 민수는 놀란 표정이다.

"아셨어요?"

서 집사는 대답 대신 고개를 끄덕인다. 민수는 이내 씁쓸한 표정으로 말한다.

"저는 여기 왜 있는 거죠? 저에게는 꿈도 없고 아이들 같은 역할도 없어요. 저 아이들과는 너무 다르다고요. 선우필이 있으면 좋은 그림인데 제가 있는 바람에 그림을 다 망쳐놓은 것 같아요."

서 집사는 고개를 숙인 민수의 어깨에 손을 올리며 인자한 미소를 보인다.

"그런 말이 어디 있나? 나는 자네가 있어서 다행이라고 생각하는데. 선우민 사범도 많이 생각나고 자네 덕분에 힘이 많이 났어. 자네와 나의 역할이 분명히 있을 걸세. 홀랜프를 이겨 인간의 주권을 되찾으면 우리 역할도 분명 찾을 수 있을 걸세!"

서 집사의 격려에 민수는 눈물을 흘린다. 민수는 서 집사에게 허리를 구부려 인사한다.

"사부님. 저를 살려주시고 받아주셔서 감사합니다."

서 집사는 말없이 민수를 다독인다.

5장 2절
부부싸움

초대형 스크린에서는 여전히 대기 중인 특전사들의 모습이 보인다. 박 사령관은 그들을 관찰하며 자신의 뉴컨밴드가 제대로 작동하는지 한 번 더 확인한다. 버튼을 누르자 불빛이 들어왔다 꺼지기를 반복하고 머리에 착용하자 강한 불빛이 터져 나온다. 그러고는 자신의 등에 달린 멘사보드를 잡아 작동시켜본다. 그리고 멘사보드를 반으로 접어 아라 옆에 놔둔다.

"나보다는 자네에게 더 필요할 것 같기도 해."

박 사령관은 쓸쓸히 웃으며 말한다. 아라는 고개를 끄덕인다.

그때, 머리를 묶은 연구원이 빨간 전화기를 박 사령관에게 건넨다. 박 사령관은 전화기 너머로 들리는 목소리에 반응하더니 초대형 스크린을 쳐다보며 특전사 팀장에게 말한다.

"하늘의 도시에서 내린 명령이다. 여왕의 존재 여부를 확인할 수색을 곧 시작한다. 절대 인명피해가 없도록 은밀히 염탐하라는 명령이다. 자네들이 여왕을 발견하는 즉시 전 세계의 모든 본부에서 지원할 것이다."

특전사 팀장이 알겠다고 말한다. 박 사령관은 뒤돌아 마일스 전사들과 아이들을 본다.

"우리도 출발한다."

박 사령관은 김 중령이 있는 본부 입구로 걸어간다. 그 뒤를 서집사와 아이들이 따라간다. 레나가 리브를 뒤에서 껴안는다.

"나도 갈 거야!"

리브가 뒤돌아 레나에게 말한다.

"레나는 여기서 아라 언니를 도와야 해."

다른 아이들도 가다가 레나에게로 돌아온다.

"걱정하지 마라. 우리 모두 무사히 돌아올 테니까. 내가 있잖아! 네 언니 오빠들은 내가 책임지고 돌려보내마!"

민수가 자신 있게 말한다. 레나는 글썽거리는 눈물을 닦는다.

"민수 오빠가 여기 남고 대신 내가 갈래!"

민수는 레나의 말에 대견한 듯 웃는다.

"말이라도 고맙다."

니나와 해든이 레나를 안아주며 말한다.

"아니야. 레나가 남아. 걱정하지 말고. 우리가 오늘 죽을 일은 없을 거야."

본부 뒤에서 서로를 격려해주는 아이들을 보던 민간인들이 수군거린다.

"뭐라고 말하는 거예요?"

"오늘 죽을 일은 없다는 거 같아요."

"그런데 왜 저렇게 눈물을 흘리는 거야?"

"그러니까요. 답답해 죽겠어요."

"일단 지켜보자고요. 방법이 없잖아요."

"왜 방법이 없어요. 우리가 항복하면 되는 방법이 있는데."

"괴물이 되자는 거예요?"

사람들의 웅성거림이 점점 커진다. 김 중령은 그런 사람들을 보다가 서로 위로하고 있는 아이들을 보다 한숨을 내쉰다.

*

열두 명의 특전사가 잔뜩 긴장된 얼굴이다. 그들은 소름이 끼칠 정도로 고요한 홀랜프 본부를 보고 있다. 밤에서 새벽으로 넘어가는 기묘한 고요에 파라다이스의 신선한 공기와 파라다이스 밖의 피폐한 공기가 섞여 어우러져 있다. 파라다이스 도시는 암흑처럼 깜깜하지만, 홀랜프 본부는 밝은 빛을 낸다. 안개가 파라다이스 본부를 덮고 있기에 밝은 빛을 내도 음침한 분위기를 없애지는 못한다.

조금씩 불어오는 바람에 안개가 걷히더니 거대한 콜로세움과 바벨탑을 합쳐놓은 장엄한 모습이 드러난다. 홀랜프 본부는 그 위용만으로도 특전사들을 압도한다. 수많은 창살이 멋들어지게 붙은 외벽은 거대함과 위대함이 곁들어져 범접하기 힘든 모습으로 특전사들을 바라보고 있다. 어두운색의 외벽이 수많은 창문에서 뿜어내는 빛과 안개와 조화를 이룬다.

특전사들은 이전에 니나가 있던 건물 옥상에 서서 홀랜프 본부를 바라보다가 지금 서 있는 곳과 홀랜프 본부 사이의 공간을 발

183

견한다. 전투복에 숫자 4가 붙은 4호 특전사가 5가 붙은 5호 특전사와 함께 건물 옥상 끝으로 걸어가 아래를 본다.

"여기서 떨어지면 크게 다치겠는데?"

조용히 속삭이는 5호의 말에 4호가 멘사보드를 꼭 붙잡으며 대답한다.

"멘사보드에서 떨어지지만 않으면 되겠지."

긴장된 표정으로 홀랜프 본부를 쳐다보는 특전사 팀장에게 숫자 3이 붙은 3호 특전사 부팀장이 다가와 말을 건넨다.

"팀장님."

특전사 팀장이 3호를 쳐다본다.

"저희는 살아 돌아갈 계획이 아닌 거죠?"

3호의 말에 팀장은 다른 특전사들을 본다. 그리고 엄습해오는 두려움을 느낀다.

"살아 돌아갈 계획?"

팀장은 3호를 다시 본다. 그리고 최대한 감정을 숨기며 말한다.

"우리는 특수 훈련을 받은 특전사들이다. 우리가 받은 어빌리스 훈련을 견딜 수 있는 사람은 우리 말고 없어. 그런 힘든 훈련을 우리는 견뎌냈다. 왜 우리가 그랬는지 생각해보았는가? 우리는 예언서를 믿는 사람들이기 때문이다. 아이들을 보았는가? 그들이 나타난 시점과 지금 우리가 이 자리에 서 있는 시점은 확실히 계획의 일부다. 살아서 돌아가고 싶은가? 우리는 세상을 구원하기 위해 첫 단추를 끼우는 알파와도 같은 존재다. 저 아이들을 만나고서도 살아 돌아가고 싶은 생각이 드는가? 아이들은 세상을 구원할 마지막 단추인 오메가와도 같은 존재다. 우리가 믿은 예언서가 실현되는데 살아 돌아갈 생각을 미리 하는가? 그런 안일한 생각이 들면 우리가 훈련하면서 외친 말을 기억해라. '홀랜프는 쇳덩어리다! 쇳덩어리에 우리가 당한 수치와 배신, 상처, 고통, 아픔의 세월을 모두 씻어낼 것이다!' 인류는 반드시 생존해야 한다. 절대 오늘 멸망하지 말아야 한다. 과거의 실패를 교훈 삼아 미래를 더 훌륭히 가꾸어나가야 한다. 두 번 다시 다른 종에게 지배받지 않는 자유롭고 평화로운 인류를 만들어가야 한다! 그것이 오늘 우리 특전사의 계획이다!"

특전사 팀장은 한이 맺힌 듯한 목소리로 진심 어린 말을 전한다. 특전사들이 그런 팀장을 보며 두 주먹을 쥔다. 82본부에서도 특전사 팀장의 말을 초대형 스크린을 통해 듣고 있다. 한 연구원이 특전사 팀장이 말할 때 그가 화면 가득히 나오게 했다. 파라다이스에서는 특전사 팀장이 조용한 목소리로 말했지만 82본부에서는 모두에게 들릴 정도로 크게 울린다. 모두가 경청하던 중이다.

"그래. 우리는 오늘 승리할 거야. 저 아이 엄마가 말했잖아! 오늘 죽을 일은 없을 거라고!"

"오늘 우리 인류가 모든 것을 걸고 공격할 건데 오늘 죽을 일이 없다는 것은 우리가 승리할 것이라는 뜻이라고!"

"특전사들 말이 맞아! 홀랜프는 쇳덩어리야! 예언서에도 나와 있잖아! 살아남은 우리는 죄에서 벗어난 인간들이라고! 내가 얼마나 착하게 살아왔는데 인제 와서 인간을 배신하고 저 쇳덩어리에 묻혀 가겠어! 나도 싸우겠어!"

"나도요!"

본부의 사람들이 저마다 환호성을 지르며 승리의 아우성을 외치기 시작한다. 김 중령은 순식간에 다른 말을 하며 바뀌는 민간인들을 보며 초대형 스크린에 비치는 특전사 팀을 본다. 그리고 그 앞에 모여 있는 아이들을 본다.

리브는 사람들의 함성에 약간 놀란 표정이다. 그러다 초대형 스크린을 쳐다본다. 나가자고 하는 아이들에게 잠시만 기다려보자고 한다. 박 사령관은 본부 입구까지 나오다 아이들이 따라오지 않자 다시 부르러 가려고 한다. 김 중령이 박 사령관을 잡는다.

"잠시만. 잠시만 지켜봐."

김 중령의 말에 박 사령관은 무슨 일인가 싶어 김 중령의 시선을 따라 리브를 본다. 함성을 지르며 격렬히 긍정의 분위기로 바뀌어버린 82본부에서 리브를 비롯해 해든, 오웬, 아라, 니나가 고요히 초대형 스크린을 쳐다본다. 아라가 특전사 팀장의 얼굴로 가득 메운 초대형 스크린을 쳐다보다 자신의 모니터로 파라다이스 도시를 확인해보고 있다. 특전사 팀장의 얼굴을 보여주던 초대형 스크린은 다시 소리가 줄어들고 여러 화면으로 바뀐다.

"벙커의 아이들이 여왕을 만나면 모든 것이 끝날까요? 그들의 행위가 인류의 승리를 가져오는 걸까요?"

8호 특전사가 팀장에게 말한다.

"그렇다고 나는 믿는다. 우리의 최종 임무는 결국 아이들이 여왕을 만날 때까지 버티며 길을 만들어주는 것이라고 믿는다. 나의 믿음이 점점 커지고 있다는 것도 느끼고 뭔가 다 잘될 것 같다고 느낀다. 예언서는 점점 더 진실에 가까워지고 있다."

특전사 팀장은 강한 어조로 대답한다. 82본부의 사람들이 웃음을 띠고 서로를 격려한다. 박 사령관은 자신의 뉴컨밴드를 손으로 누르며 지시를 내린다.

"건물 아래 기둥이다. 기둥의 문을 이용해서 몰래 침투한다."

머리의 뉴컨밴드로 얘기를 듣던 팀장은 두려움이 어느 정도 해소되고 긴장감이 사라졌는지 심호흡을 크게 하고는 앞으로 걸어가 건물 아래를 내려다본다. 그러고는 수많은 기둥이 홀랜프 본부를 지탱하고 있는 것을 본다. 그 기둥마다 문이 달려 있는데 그중한 기둥의 문은 다른 기둥의 문에 비해 유난히 크다.

"저 기둥을 공격해 무너뜨리면 홀랜프 본부가 무너질 것이라는 연구 결과가 있었다. 지금은 우리가 저 문을 이용해 홀랜프 본부에 침투한다. 우리가 내부를 파괴하고 있으면 아군들이 와서 외부를 파괴할 것이다. 그때까지 우리의 존재를 숨겨야 하므로 어빌리스의 강도를 최대한 낮춘다. 가자."

특전사 팀장을 비롯해 모든 특전사의 뉴컨밴드에서 불빛이 나온다. 그들은 멘사보드를 꺼내 탑승하고 아래로 내려가려는 듯 천천히 움직인다. 그때 그들 앞에 선우필이 나타난다. 특전사 팀장이 멈추며 외친다.

"뭐야 자넨!"

*

초대형 스크린에서 선우필을 보고 놀라는 사람들과는 다르게 해든, 오웬, 리브, 아라, 니나는 무심히 초대형 스크린에 시선을 두고 있다. 김 중령과 박 사령관도 서 집사와 함께 다시 스크린 앞으로 걸어온다. 그때 빨간 전화기가 급히 울리고 머리에 장착한 뉴컨밴드를 손목으로 가져온 박 사령관이 받는다. 박 사령관은 한참 전화기에서 들려오는 얘기를 듣더니 끊는다. 그러고는 손목에 장착한 뉴컨밴드를 다시 빼서 머리에 찬다. 그 모습을 보던 서 집사가 리브를 한 번 보더니 다시 초대형 스크린을 쳐다본다. 리브의 표정에는 전에 보지 못했던 분노와 애석함이 섞여 있다. 저 표정은 필히 선우필 때문에 나오는 표정이다.

초대형 스크린에 비치는 선우필은 분노에 휩싸인 채 모든 것을 포기한 얼굴이다. 리브는 그런 선우필을 이제 원망스러운 눈빛으로 보며 중얼거린다.

"멍청이…… 눈치도 없는 바보 멍청이. 나하고 상의도 하지 않고 제멋대로 하면서 무슨 책임을 지겠다고."

서 집사는 리브를 쳐다본다. 리브는 마치 주위에 아무도 없다는 듯 눈물을 글썽거리며 초대형 스크린에 비친 선우필을 원망과 불안한 기색으로 본다. 리브는 늘 주위 사람들을 챙기며 신경 쓰는 아이다. 그래서 자신의 속마음을 함부로 드러내지 않는다. 하지만 지금 리브는 마치 혼자만 있는 아이처럼 말하고 시선은 오로지 선우필에만 가 있다.

파라다이스 도시의 건물 위에 있던 특전사들이 선우필에게 총을 겨눈 채 긴장된 얼굴로 팀장의 명령을 기다리고 있다. 특전사 팀장은 뉴컨밴드에서 들려오는 박 사령관의 명령을 듣는 중이다. 82본부에서는 박 사령관이 다시 빨간 전화기를 들고는 하늘의 도시에서 오는 명령을 듣고 자신의 뉴컨밴드를 통해 파라다이스에 있는 특전사 팀장에게 전달하고 있다.

파라다이스에서는 선우필이 자신에게 총을 겨누고 있는 특전사들의 행동에 별 신경을 쓰지 않은 채 홀랜프 본부를 쳐다보지만 조금씩 들려오는 특전사 팀장의 뉴컨밴드에 귀를 기울인다. 팀장은 뉴컨밴드에서 손을 뗀 후 선우필에게 말한다.

"이봐 매스. 지금 이건 우리 임무일세. 자네는 여기서 대기하고 있다가 벙커의 아이들이 이곳에 도착하면 합세하라는 명령을 내렸다네. 자네 아내도 자네 아들과 함께 온다니 조금만 대기하고 있게."

선우필은 상냥히 설명해주는 특전사 팀장의 말에 아무 대꾸 없이 홀랜프 본부만 쳐다본다.

82 아믹달라 본부에서 초대형 스크린으로 선우필을 보던 리브의 얼굴에 분노와 슬픔, 애석함과 그리움까지 섞여 보인다. 자신과 비슷한 색의 머리칼을 날리며 홀랜프 본부를 바라보는 선우필의 모습은 아까 선우희가 홀랜프 본부를 보던 모습과 비슷하다. 리브는 점점 더 불안한 기색이다. 박 사령관이 뉴컨밴드에 무슨 말을 하려는데 누가 옆에서 갑자기 소리친다.

"이 멍청아! 네가 죽는다고 뭐가 달라질 것 같아? 비겁하게 혼자 그냥 가버린다고?"

명령을 전달하려던 박 사령관이 멈칫한다. 주위 사람들 역시 리브의 갑작스러운 행동에 놀라 리브를 쳐다보다가 조용히 속닥거리기 시작한다.

김 중령이 전사들에게 조용히 하라고 한다. 박 사령관은 머리 묶은 연구원에게 자신의 뉴컨밴드 음성을 초대형 스크린으로 옮기라고 한다. 머리 묶은 연구원이 키보드를 두드리자 그녀의 뉴컨밴드에 빛이 나며 목소리가 초대형 스크린에서 들린다.

"네가 죽어서 달라질 게 뭔데! 생각 좀 하고 행동해! 쓸데없는 짓 하지 말고 거기서 기다리고 있어, 이 멍청아!"

갑자기 크게 소리치는 리브 때문에 파라다이스의 특전사 팀장은 놀라 뉴컨밴드를 머리에서 떼어낸다. 귀의 고막 쪽에 착용하지 않고, 머리뼈 구조에 맞춰 착용하기 때문에 팀장은 머리가 아픈 듯 쓰다듬는다. 그러고는 다시 급히 뉴컨밴드를 머리에 장착하며 말한다.

"그렇게 소리 지르지 않아도 다 들려. 조용히 좀 말해. 내가 남편을 바꿔줄 테니."

팀장이 뉴컨밴드를 빼서 전하지만 선우필은 받지 않는다. 리브의 말을 이미 들은 선우필의 표정은 리브처럼 분노와 슬픔, 애석함과 그리움이 섞여 있다.

선우필을 보던 특전사 3호가 말한다.

"지금 팀장님 뉴컨밴드에서 나온 목소리가 자네 아내지? 그 아이의 어머니 맞지? 자네, 아내한테 너무하는 거 아냐? 저렇게 화낼 정도면 분명 자네가 섭섭하게 한 것이 쌓인 것 같은데."

3호의 말에 특전사들이 키득댄다. 선우필은 창피한 듯 얼굴을 숙이며 말한다.

"아뇨……. 아닐 거예요……. 아내라뇨…… 참."

3호가 선우필을 툭 치며 말한다.

"나도 결혼해봐서 잘 알아. 원래 아내들이 저렇게 가끔 화도 내고 그러더라고. 다른 이유로 화가 쌓인 건데 우리 생각으로는 말도 안 되는 이유로 화를 내기도 해. 그러니까 만나면 잘해줘. 방법이 없어. 아내가 없어지면 잘해주고 싶어도 기회가 없어. 있을 때 잘

해야지. 나중에 후회한다고."

선우필은 쑥스러운 듯 3호 특전사를 쳐다본다. 분위기가 사뭇 가벼워진다. 선우필은 다시 홀랜프 본부를 바라본다. 그리고 건물 절벽을 내려다본다. 지면은 평평하게 흙으로 메꾸어놓은 듯하다. 선우필의 시선이 땅에서 기둥으로 향한다. 생각에 잠긴 선우필을 보며 특전사 팀장은 묻는다.

"저 아래에 뭐가 있지?"

선우필은 계속 아래를 내려보다 큰 결심을 한 듯 대답한다.

"무슨 일이 있어도 저 땅을 건드리면 안 됩니다. 저 땅속에 또 다른 홀랜프 종이 살고 있어요."

팀장은 선우필의 말에 무언가 기억난다는 듯 말한다.

"그럼 매스클랜이 도망치다 전멸했다는 그 정보가 그 때문인가? 지하도로 가는 도중 전멸했다고 들었는데."

선우필은 잠시 그날을 생각하려는 듯 고개를 숙인다.

"도망치다 전멸한 건 아닌데……."

말을 하려다 멈춘 선우필이 홀랜프 본부 위쪽에 있는 대형 통유리를 가리킨다.

"저 위쪽 제일 높은 곳에 있는 통유리로 들어가면 여왕이 있을 겁니다. 기둥 문으로 들어가기보다는 바로 저 위쪽으로 은폐해서 공격하는 게 나을 거예요. 어빌리스를 사용하면 들킬지 모르니 밧줄을 이용해 몰래 들어가세요."

팀장은 선우필의 말에 자신의 멘사보드를 보며 말한다.

"무슨 소리인가? 멘사보드 없이 어떻게 저 높은 곳을 올라가라고."

"홀랜프는 강합니다. 여왕은 더 강해요. 그들은 수적으로도 우세하기 때문에 잘못하다가는 아무것도 못 해보고 죽을지 몰라요. 기습공격으로 여왕을 죽여야 합니다. 그렇기에 여왕을 만나기 전까지는 어빌리스를 최대한 숨겨야 해요. 다른 홀랜프 생물체가 나타나 공격한다면 아무도 당해내지 못할 겁니다."

뉴컨밴드에 다른 불빛이 들어온 팀장이 박 사령관에게 묻는다. 박 사령관 역시 이 상황을 빨간 전화기 너머로 전달 중이다.

"확실한가?"

특전사 대장이 뉴컨밴드에서 들려오는 명령을 듣고 선우필에게 다시 한번 확인한다. 선우필은 무슨 의미인지 모른다는 표정이다.

"정말 여왕을 죽이면 홀랜프를 이길 수 있다는 게 확실하냐고 물었다."

팀장의 말에 고개를 끄덕인다.

"네. 확실합니다. 다만, 여왕을 죽일 수 있을지는 모르겠습니다만……."

선우필의 말에 팀장은 뒤에 있는 특전사들을 어깨너머로 본다.

"그건 걱정하지 말게. 우리가 여왕을 상대하겠네. 자네가 아이와 아이 엄마와 함께 여왕이 있는 곳으로 갈 때까지 우리가 어떻게든 버텨보겠네. 예언서대로 모든 것이 돌아가는 것 같군!"

"예언서의 내용은 잘 모르겠습니다."

"부딪혀보면 정답이 나오겠지."

특전사 팀장은 고개를 끄덕이며 말한다.

"그럼 제가 신호를 드리겠습니다."

선우필이 팀장 뒤로 걸어간다. 그리고 특전사들을 지나쳐 점점 멀어진다.

"이보게? 어디 가는가? 어디에 숨어 있으려고? 무슨 신호……?"

특전사 팀장은 시야에서 사라진 선우필을 보며 말을 흐린다. 그때 보이지 않게 멀리 걸어간 선우필이 다시 보이더니 있는 힘껏 뛰어온다.

"이……이봐! 뭐 하는 건가?"

선우필은 팀장을 지나쳐 홀랜프 본부를 향해 높이 뛰어오른다.

"이봐! 안 돼! 자네는 여기 남아 있으라니까! 야, 인마!"

팀장은 당황한 나머지 침착한 태도가 깨져버린다. 선우필은 홀랜프 본부의 중간 지점에 안착한다.

"바보 멍청이."

리브가 원망스럽게 혼잣말을 한다. 김 중령이 옆에서 리브를 쳐다본다. 그리고 박 사령관에게 눈짓을 보낸다. 박 사령관이 고개를 끄덕이더니 뉴컨밴드에 대고 말한다.

"선우필을 따라가라. 임프롭 태세를 취한다. 우리도 출발한다."

박 사령관은 빨간 전화기를 들고 전달한다. 그리고 전화기로 들려오는 소리를 듣는다. 박 사령관은 이제 빨간 전화기를 내려놓고는 자신의 뉴컨밴드에 대고 말한다.

"마지막 전쟁이다. 하늘의 도시에서도, 전 세계 본부에서도 모든 전사를 출발시킨다고 한다. 건투를 빈다."

"스위븐인가?"

김 중령이 리브에게 묻는다. 리브는 대답 대신 무릎을 굽혀 선우희와 키를 맞춘다. 김 중령은 짜증이 난다는 듯 니나를 보며 말한다.

"아무나 대답 좀 해봐."

"리브한테 달렸어요."

니나가 대답한다.

"우리 아들……. 이제부터 엄마 곁에서 절대 떨어지지 말고 붙어 있어야 해. 그때처럼 혼자 어디 돌아다니고 그러면 안 돼, 알았지? 엄마만 보고 있어, 알았지?"

선우희는 불안한 듯 당부하는 리브를 보지 않고 초대형 스크린 만 쳐다본다. 그러다 다시 리브를 본다.

"이제 아빠 만나러 가는 거야?"

선우희가 말하자 리브가 고개를 끄덕인다.

"모두 잘 들어라. 우리는 공격 계획대로 진행한다. 아이들을 지 켜 여왕이 있는 곳으로 향한다. 배치는 각 분대장이 이끈다. 조금 도 지체하지 말고 보이는 적은 모두 죽인다. 멸망하느냐 살아남느 냐의 사활이 걸린 전쟁이다! 신나게 적들을 쳐부수자!"

"네!"

박 사령관의 말에 마일스 전사들이 강한 의지를 보이며 대답한 다. 아라는 연구원들에게 양해를 구하고 잠시 아이들과 함께 본부 밖으로 나간다.

5장 3절
뒤틀린 계획

김 중령과 박 사령관 그리고 서 집사는 아이들과 함께 본부 밖으로 나오면서 전사들의 수군대는 소리를 듣는다.

"저 아이들이 꿈꾼 내용 때문에 인류 생존을 건 전쟁을 이런 식으로 결정한단 말이야?"

"그래도 현실과 많이 맞아떨어지잖아."

"우연의 일치일 수도 있지."

"하늘의 도시하고 다 짜고 치는 거 아냐? 괜히 아무것도 모르는 우리만 희생하는 거 아니냐고."

"매스가 죽으면 다 해결되는 거 아니었어? 예언서에 따르면 파라다이스에는 아이들만 가면 되는 거잖아. 굳이 우리까지 이렇게 나서서 목숨을 바쳐야 하는 거야?"

쑥덕거리는 전사들 사이에 성철과 형진도 보인다.

"아이들이 무사히 파라다이스로 가도록 지켜줘야지. 아이들은 예언서에 나오는 그 아이들이잖아. 최 박사님이 공들여 키우신 그 전설의 아이들이란 말이야. 이제 곧 예언이 현실이 되어 승리할 준비를 해야지 이렇게 우리끼리 떠들어서 뭐가 해결되겠어? 우리가 이럴수록 더 합심해서 이길 생각을 해야지!"

성철이 전사들을 향해 열을 내고 얘기하자 형진이 옆에서 말리며 말한다.

"이봐, 자네는 제대로 알지도 못하면서 왜 오지랖이야? 쓸데없이 나서지 말고 가만히 있어."

성철이 형진을 보며 확신에 가득 찬 얼굴로 말한다.

"저렇게 뒷담화하면서 부정적인 말만 하면 되는 일도 안 돼. 특전사 팀장님도 말씀하셨잖아. 두고 보라고. 저 아이들이 반드시 우리 인류를 구해낼 거야! 이제 곧 이 지긋지긋한 생활도 끝날 거라고!"

전사들의 대화를 지켜보던 박 사령관과 김 중령은 아이들을 쳐다본다.

"우리 전사들의 사기도 점점 떨어지고 있다. 너희가 얼마나 책임감을 느끼고 이번 전쟁에 임해야 하는지 알겠나?"

김 중령의 말을 들으며 아이들은 대기 중인 군용헬기를 쳐다본다.

"내가 먼저 출발하겠네. 파라다이스에 미리 가서 특전사들이 여왕을 발견하는 즉시 바로 침투할 거야. 자네가 아이들을 데리고 다음 부대와 함께 오게나."

박 사령관이 김 중령에게 말한다. 김 중령은 아이들을 못마땅한 얼굴로 보며 말한다.

"내 말을 귓등으로도 안 듣는 이런 애들을 데리고 가봤자 뭐하겠나? 가면 또 자기들 마음대로 하겠지."

박 사령관은 서 집사를 가리킨다.

"아이들은 이 친구에게 맡기고 자네는 사령관으로서 전체 통솔을 해봐. 가끔 내 위치에 서서 내가 당하는 고충도 알아야지."

박 사령관이 던진 농담에 김 중령은 헛웃음을 지으며 말한다.

"그러지 말고 자네가 헬기 한 대를 더 가지고 가. 한 대만 가지고 가다 뭔 일 생기면 어쩌려고?"

김 중령의 말에 박 사령관은 멀리서 어렴풋이 보이는 홀랜프 본부를 보며 말한다.

"아닐세. 어차피 다른 지역에서도 헬기부대를 보낼 것이고 더 많은 병력이 전 세계에서 올 것이니 그들과 합세하겠네. 우리에게 헬기가 세 대밖에 안 남았어. 만약을 대비해놓게."

"꼭 죽을 것같이 말하는군."

김 중령이 대답한다.

"어떻게 될지 모르잖아."

"왜 굳이 내가 후발대로 이 아이들과 가라는 말인가? 내가 멘사보드로 혼자 가면 더 일찍 도착할 거야."

김 중령은 불만 섞인 말투로 묻는다. 박 사령관은 리브를 본다.

"이 친구가 여왕을 만나야 어찌 될지 안대잖아. 특전사들도 그렇고 만에 하나 뭐가 잘못될 때 미끼가 필요해."

박 사령관의 말에 김 중령이 묻는다.

"자네가 그 미끼를 하겠다고?"

"우리 특전사들이 잘못되면 여왕의 위치를 알려줄 누군가가 필요해. 내가 없을 때 사령관을 맡을 사람은 자네밖에 없어."

"그러다가 자네도 죽을 수 있어."

김 중령의 말에 박 사령관은 리브를 보며 조용히 말한다.

"선우필이 희생되든, 여기 아이들이 희생되든 누군가는 희생되어야 여왕을 만나는 게 아닐까 싶네. 이 친구가 말을 아끼는 이유가 그것일지도 몰라. 누군가가 희생해야 하니까 말을 하기 어려운 거야. 내 말이 맞지?"

리브는 박 사령관의 말에 놀란 듯하지만 역시나 아무 대답을 하지 않는다. 리브의 반응에 박 사령관이 미소 지으며 말한다.

"내 예상이 맞았군. 그렇다면 자네 머리가 지금 꽤 복잡하겠어. 나는 어차피 이전에 죽었어야 할 목숨이니까 상관없어. 지금까지 살아 있는 게 감사할 따름이지."

김 중령은 박 사령관을 쳐다보며 헛웃음을 짓는다.

"그렇게 장엄하게 말하지 마. 자네는 사령관이야. 함부로 목숨을 내놓지 말라고."

김 중령이 짜증 난다는 듯 말한다. 박 사령관은 미소와 함께 고개를 끄덕이며 대답한다.

"명심하지."

서 집사가 박 사령관에게 말한다.

"나도 자네와 함께 가겠네. 김 중령 혼자서도 충분히 아이들과 파라다이스로 올 수 있을 테니."

서 집사의 말에 박 사령관이 말한다.

"김 중령 말이 맞아. 자네는 이 아이들과 함께 있어야 해. 자네 말고는 누구도 이 아이들을 이끌기 힘들어. 그래도 자네가 훈련시킨 아이들 아닌가? 아이들의 목적을 위해 함께 있어주게. 난 혼자 좀 멋있게 가게 해줘. 선우민 사범처럼."

서 집사는 더 이상 말하지 않는다. 김 중령은 결심한 듯 서 집사에게 말한다.

"괜한 걸 보고 따라 하는 저런 놈은 그냥 내버려 둬. 이건 인류 생존을 건 마지막 전쟁이야. 선발대가 잘못되면 나와 자네가 어떻게 해서든지 아이들을 도와야 해."

서 집사가 힘없이 고개를 끄덕인다. 박 사령관은 서 집사의 어깨에 손을 올리며 두 사람을 본다.

"내가 제조한 술이 있어. 만일 우리 모두 살아남는다면 오늘 밤새 코가 삐뚤어지도록 마셔보세. 만약 내가 없더라도 두 사람이 나를 대신해서 코가 삐뚤어지게 마셔줘. 우리 취사 담당자가 그 술 위치를 아니까 물어보면 돼. 하하하."

박 사령관이 통쾌하게 웃더니 성철과 형진을 비롯해 쑥덕거리던 전사들을 데리고 군용헬기로 들어간다. 성철과 형진을 제외하고는 전사들의 얼굴에 불만이 가득하다.

"너희 술도 있으니 얼굴들 펴라. 죽으면 내가 죽지 너희들은 죽지 않아."

박 사령관은 이미 군용헬기 부기장석에 앉아 있던 전사와 나란히 앉아 조종간을 잡는다. 쑥덕대던 전사들의 얼굴이 조금은 펴진다.

"드디어 마셔보는 거야? 사령관님의 그 잘난 제조술을?"

"이판사판 나가 보자 그럼. 술맛은 봐야지!"

"사령관님은 자기가 한 말은 다 지키시잖아!"

들뜬 대화 속에 그들은 헬기에 탑승한다. 그들의 뉴컨밴드에서 빛이 나고 박 사령관은 헬기를 띄운다.

"저 친구는 늘 저렇게 재미없는 농담을 하면서 통쾌하게 웃었지."

서 집사가 떠나는 박 사령관을 보며 말한다.

"저 말이 농담인지 아닌지는 오늘 저녁에 알게 되겠지."

김 중령이 퉁명스럽게 말한다. 군용차들이 본부 밖으로 나온다. 그리고 마일스 전사들이 차례대로 차에 탄다. 군용차들이 헬기와 함께 출발한다.

"너희는 잠시 본부 안으로 들어가 있거라. 우리는 마지막 후발대다. 박 사령관이 파라다이스에 도착한 후 우리도 출발한다."

김 중령이 아이들에게 말한다.

"저희도 미리 파라다이스 근처에서 대기하고 있는 게 낫지 않을까요?"

민수가 묻는다. 김 중령은 인상을 찡그린다.

"아까 대형 홀랜프를 만났지? 그것들이 또 언제 공중을 돌며 순찰할지 모른다. 그들을 마주치지 않는 게 가장 좋아. 박 사령관이 미리 길을 보고 안전한 경로를 알려줄 거야. 우리는 거기에 맞춰 행동한다. 선우필 같은 돌발행동은 용납하지 않는다. 어찌 되었든 간에 너희는 끝까지 살아남아야 하니까."

민수는 김 중령의 말에 멀리 사라진 박 사령관의 헬기 쪽을 본다. 하늘은 여전히 붉은 잿빛이지만 이따금 푸른 하늘도 보인다.

"선우필……."

민수가 조용히 선우필의 이름을 불러보고 아이들과 함께 본부 안으로 들어간다. 82본부 안에서는 모두가 초대형 스크린에 시선을 고정한 채 선우필과 특전사들이 조심히 홀랜프 본부 외벽을 타고 기어 올라가는 모습을 지켜본다. 민수가 조용히 아이들에게 말한다.

"선우필은 저런 배짱 때문에 포기하지 않고 끝까지 싸울 수 있는 거야. 자기가 죽을 걸 알면서도."

아이들이 민수를 보자 민수가 리브에게 말한다.

"누군가가 희생되어야만 여왕을 이길 수 있다는 말이었지? 그게 선우필이 될 수도 있고 선우희가 될 수도 있다는 거잖아. 사령관님은 차라리 본인이 희생하겠다고 한 거고. 그런데 난 너의 생각에 동의하지 않아. 아무도 죽게 내버려 두지 않을 거야. 너희의 그 스위븐지 뭔지 나는 모르지만, 너희도 잘 모르는 거잖아. 그렇게 이해도 되지 않는 것 따위에 의존하지 않아 나란 사람은. 차라리 이해되는 내 어빌리스를 믿고 싸울 거야. 그리고 이길 거야."

민수는 굳게 결심한 듯 주먹을 쥔 채 말한다. 해든이 그런 민수를 보며 말한다.

"네 말대로 되면 좋겠다."

"내 말대로 되게 만들 거야. 난 이제껏 내가 세운 목표를 이루지 못한 적이 단 한 번도 없어. 왜 그런지 알아? 목표를 이루기 위해 계속 노력하기 때문이지."

민수의 확신에 해든이 코웃음 치며 묻는다.

"네 목표가 뭔데?"

민수는 해든을 쳐다본다.

"너희 모두를 살리고 오늘 다 같이 박 사령관님이 제조했다는 술을 마시는 것."

민수의 말에 해든이 말한다.

"무슨 술이야 갑자기."

"축배를 들 거라는 뜻이야, 인마."

민수가 말한다. 민수의 말을 듣던 아이들은 잠시나마 밝아진 분위기다. 서 집사는 민수를 보며 미소 짓는다. 선우민이 당부했던 게 생각난다. 서 집사는 마음의 준비를 마친 듯 민수에게 말한다.

"그래. 민수 말이 실현되도록 우리 모두 힘내자. 어빌리스로 의지력과 지속력을 강화한다면 민수 말대로 우리가 오늘 모두 축배를 들 수 있을 것이다."

서 집사의 말에 해든과 오웬이 "네!" 하면서 외친다. 그때 빨간 전화기가 울린다. 머리 묶은 연구원이 전화를 받아 가만히 듣다가 김 중령을 쳐다본다. 전화기를 건네받은 김 중령은 잠시 전화기 너머로 들려오는 소리를 듣다 입구 바깥쪽을 보더니 전화기를 내팽개치고 나간다.

"젠장!"

서 집사와 아이들도 무슨 일인가 싶어 김 중령을 쳐다본다. 빨간 전화기를 주워 든 머리 묶은 연구원이 그 안에서 들려오는 소리를 들으며 알겠다고 하며 끊는다.

"무슨 일인 거죠?"

니나가 묻는다. 머리 묶은 연구원이 겁에 질린 채 대답 대신 키보드를 두드린다. 그 연구원의 모니터에서 화면이 전환된다. 방금 출발한 군용차들이 모두 폭발한 채 전복되었거나 불이 나고 있다. 살아남은 전사들이 군용차에서 나온다. 홀랜프가 나타난다. 그리고 전사들이 홀랜프에 처참하게 죽는다.

뉴컨밴드를 착용한 채 멘사보드를 타고 돌아온 김 중령은 어디를 급히 다녀왔는지 숨을 헐떡이며 아이들에게 말한다.

"계획이 뒤틀렸다! 너희는 지금 당장 파라다이스로 향한다!"

아이들이 김 중령의 말에 반응하기도 전에 김 중령이 머리 묶은 연구원에게 말한다.

"본부 방어막을 두 번 정도 사용할 수 있겠나?"

연구원은 자신의 두 번째 모니터를 보며 대답한다.

"한 번은 사용할 수 있지만 두 번은 모르겠습니다."

김 중령과 니나는 입구 바깥을 본다. 쓰러져 있던 소형 홀랜프의 입자가 반짝이는 것이 잠깐 보이더니 곧 연기가 되어 사라진다. 멀리서 무언가가 먼지바람을 일으키며 이곳으로 다가오고 있다. 그들 앞에 한 전사가 다가와 다급히 말한다.

"대대장님. 지금 홀랜프 부대가 떼지어 이곳으로 오고 있습니다."

단발의 연구원이 키보드를 두드리자 그 연구원의 모니터에서 홀랜프 부대가 떼지어 오는 것이 보인다. 곧이어 그것을 촬영하던 카메라가 부서진 듯 화면이 꺼진다. 김 중령은 뒤에서 여전히 선우필과 특전사들의 모습을 초대형 스크린으로 지켜보는 민간인들을 쳐다본다. 김 중령은 자신에게 보고한 전사에게 말한다.

"너는 다른 전사들과 사람들을 먼저 대피시켜라. 그리고 너, 너, 너, 너는 너희 부대를 데리고 와서 나와 함께 홀랜프를 막고 너와 너의 부대는 아이들과 함께 파라다이스로 향한다!"

김 중령은 전사들을 가리키며 배치를 한다.

지시를 받은 전사는 빠르게 자기 부대 전사들과 민간인에게 가서 대피 명령을 내린다. 사람들은 지시에 따라 분주하게 움직이지만, 그중 말을 안 듣는 사람들도 생겨난다.

"사실을 말하란 말이야! 아까 아이 어머니가 소리도 지르고 우는 것 같기도 했는데 뭐였냐고! 저렇게 잠입하는 걸 보여줘서 뭘 어쩌란 말이야! 아이 아버지는 왜 저곳에 있냐고! 예언서에는 아이들이 다 함께 있어야 한다고 했잖아! 저렇게 다 뿔뿔이 흩어져 있는데 이렇게 대피하라고만 하면 우리가 뭘 믿고 대피하라는 거야!"

김 중령은 자신의 뉴컨밴드에 대고 아믹달라 본부에 있는 모든 전사에게 명령을 내리다 소리치는 민간인의 소리를 듣는다. 그가 단발 연구원에게 말한다.

"큰 화면에 지금 상황을 다 띄워서 저들이 보게끔 해!"

잠시 망설이던 단발머리 연구원이 키보드를 두드리자 초대형 스크린에서 화면이 부분별로 나온다.

군용차들이 폭파해 뒤집혀 있는 영상, 선우필과 특전사들이 홀랜프 본부 벽을 기어가는 영상, 셀 수도 없이 많은 홀랜프 부대가 82 아믹달라 본부를 향해 오고 있는 영상.

다가오는 홀랜프 부대를 찍고 있는 화면이 여러 각도에서 보이다 이내 곧 하나둘 꺼진다. 그 장면을 보던 민간인들이 소리를 지르며 전사들의 말을 따라 대피하기 시작한다. 어떤 민간인은 본부에서 이탈해 밖으로 도망친다. 한 전사가 그를 잡으려는 듯 따라간다.

"도망가는 사람은 내버려 둬! 살려는 사람부터 살린다."

김 중령이 외친다.

본부에서 흩어진 전사들이 김 중령 앞으로 집결한다.

"너희는 저 전사들과 지금 떠나라."

아이들을 향해 김 중령은 말한다.

"평상시 이용하던 길 말고 다른 길로 돌아가라. 뒤도 돌아보지 말고 전속력으로 달려라."

김 중령이 두 전사에게 말한다. 그들은 알겠다는 말과 함께 아이들을 데리고 자신들의 부대와 함께 간다.

"이봐, 내가 자네와 함께 여기 남겠네."

서 집사가 김 중령에게 말한다.

"아이들은 자네 말만 들어. 자네가 아이들과 함께 가서 도와야 해. 자네만 할 수 있는 일이야. 당부하고 싶은 건 중형 홀랜프 중 갑옷을 입고 설쳐대는 놈들이 있어. 그것들을 조심해!"

김 중령은 최대한 침착함을 유지하며 말한다. 하지만 그의 몸이 조금씩 떨리고 있는 걸 서 집사는 본다.

"아직 박 사령관의 헬기는 무사한 것 같아. 분명 파라다이스 근처 어딘가에 숨어 있을 거야. 자네와 아이들이 파라다이스에 도착하면 어디선가 나타나 도와줄 것이니 걱정하지 말고 출발해!"

김 중령은 그렇게 말하고는 밖으로 나간다. 바깥 상황을 보던 김 중령은 뉴컨밴드에 대고 말한다.

"계획 수정이다. 아이들을 헬기에 태워 보낸다!"

본부 바깥에서 아이들과 함께한 전사들은 엄청난 먼지를 일으키며 달려오는 소형 홀랜프 부대와 모리스틱을 타고 오는 중형 홀랜프 부대를 바라본다. 아라는 조용히 리브 부모님의 사진이 있는 펜던트 목걸이를 리브에게 쥐여주면서 말한다.

"위급한 순간에 가운데 버튼을 누르면 작동해. 급하게 만들어서 길게는 작동되지 않아. 그래도 너와 선우희가 근처로 도망칠 시간은 줄 거야."

리브가 고개를 끄덕인다. 아라는 리브의 옷을 꼭 잡고 있는 선우희를 보며 말한다.

"우리 귀염둥이 씨, 저번에 이모가 읽고 있던 책이 잘 이해가 되지 않는다고 했지? 내일 이모가 그 책에 대해 자세히 설명해줄 거야. 대신에 오늘은 엄마 말 잘 듣고 있어야 해요. 알았지?"

선우희는 몸을 수그리며 자신에게 싱긋 웃어주는 아라의 얼굴을 만지며 말한다.

"이모는 내가 아는 사람 중에 가장 똑똑해."

아라는 씁쓸하게 미소 짓는다. 그리고 선우희를 안아서 들며 말한다.

"우리 곧 다시 만나자."

아라는 선우희를 꼭 안고는 리브에게 건넨다. 레나는 옆에서 울먹거리며 니나에게 안긴다.

"죽지 마! 죽으면 안 돼. 모두 살아서 돌아와야 해, 알겠지?"

다른 아이들을 보며 레나가 말한다.

"내가 말했잖아! 내가 모두를 지켜줄 거야! 걱정하지 말아!"

민수가 자신 있게 말한다.

"니나 누나가 그 말을 해야 더 맞는 거 아냐?"

오웬이 입술을 삐쭉 내밀며 민수에게 말한다. 민수가 그런 오웬의 머리를 쓰다듬으며 말한다.

"나도 강해 인마. 너네 정도는 지켜줄 수 있다고."

오웬은 미소와 함께 고개를 끄덕인다.

레나와 아라를 제외한 아이들이 군용차에 몸을 싣는다.

"언니…… 다 잘 되겠지?"

훌쩍거리며 말하는 레나의 말에 아라가 씁쓸히 미소를 지어 보이며 말한다.

"레나는 언니 옆에만 있어. 이거 목에 걸고."

아라는 또 다른 펜던트 목걸이를 레나에게 걸어준다.

"무슨 일이 생기면 여기 가운데 버튼 누르는 거 잊지 말고."

레나는 펜던트를 목에 걸며 고개를 끄덕인다. 아라는 레나를 데리고 몇몇 전사의 호위를 받으며 본부 안으로 들어간다. 자기 자리에 가서 레나가 옆에 앉을 수 있게 의자를 가지고 와 앉히고는 아라도 앉는다. 하지만 레나는 불안한지 앉았다가 일어나기를 반복하더니 이리저리 분주해 보이는 민간인들을 쳐다본다. 초대형 스크린에서 보이던 화면들이 많이 꺼져 있다. 레나는 펜던트를 손으로 잡으며 불안한 표정으로 아라가 분주히 두드리는 키보드와 아라의 손을 본다.

6장 1절
잠입

    선우필은 자신의 허리춤에 달린 줄을 이용해 걸어놓고 홀랜프 본부 외벽에 있는 틈을 잡으며 올라가고 있고 특전사들은 쇠막대기에서 나오는 줄을 이용해 올라가고 있다. 층층이 올라갈 때마다 통유리의 간격이 점점 더 넓어지는 바람에 그들이 올라갈 수 있는 공간이 좁아진다. 그때 특전사들의 뉴컨밴드에서 옅은 불빛이 켜진다. 특전사 팀장은 반대쪽 건물 옥상에서 순찰하는 두 인간을 발견한다.

    맨 마지막으로 기어 올라가던 특전사가 위에 있는 특전사들에게 신호를 보내자 모두가 자신의 몸을 벽에 바짝 붙인다. 그들의 뉴컨밴드 불빛이 꺼진다. 하지만 한 특전사의 뉴컨밴드 불빛이 꺼지지 않자 당황해서 몸을 흔드는 바람에 순찰하는 두 인간이 발견하고 총을 겨눈다.

    "누구냐?"

    특전사 팀장은 밑의 두 특전사에게 조용히 손으로 신호를 보낸다. 그러자 전투복에 숫자 4와 5가 새겨진 두 특전사가 기다렸다는 듯 멘사보드에 탑승해 순찰하는 인간에게 향한다. 두 인간이 자신들의 모습을 페카터모리로 변환시키자마자 그들의 목을 멘사검으로 베면서 아담스 애플을 파괴한다. 그들의 몸이 입자로 변하면서 반짝거리더니 아지랑이가 되어 사라진다. 선우필은 그들의 빠른 속도에 놀란다.

"4호와 5호의 속도는 아믹달라에서 최고지."

6호 특전사가 자랑스럽게 말한다.

"더 많은 페카터모리가 몰려오고 있습니다."

5호가 뉴컨밴드에 대고 팀장에게 말한다.

"저희가 해치우겠습니다."

4호의 말이 들린다. 특전사 팀장은 잘 보이지 않는 그들의 형상을 보며 뉴컨밴드에 손을 대고 말한다.

"알았다. 우리는 계획대로 계속 올라간다."

팀장이 다른 특전사들에게 말하고 그들은 계속 올라간다.

"우선 몰려오는 페카터모리를 다 해치우고 가는 게 좋겠어요. 이대로 만약 홀랜프에게 들키면……."

선우필이 말하지만 8호 특전사가 말을 끊는다.

"우리는 특전사야. 매스클랜보다 강하다고. 너희 매스가 지난날 했던 실수로 우리는 많이 배웠어. 계속 연구하고 공부해서 더는 홀랜프에게 자네들처럼 당하는 일은 없어."

8호가 확신에 찬 목소리로 자존심 상한 듯 말한다. 그리고 선우필에게 올라가라며 손으로 신호를 보내다. 선우필은 4호와 5호가 고요히 멘사보드를 타고 다가오는 페카터모리 무리를 소리 없이 해치우는 것을 본다. 실력이 워낙 깔끔해 바람 소리만 들린다. 한 페카터모리가 포효하려 할 때 4호가 급히 목을 벤다. 하지만 죽은 페카터모리의 신체가 입자로 반짝이면서 연기로 솟아오를 때 보이지 않는 한 마리를 놓친다. 그 페카터모리를 뒤늦게 죽이지만 이미 포효한 후이다. 파라다이스에 경보가 울리기 시작한다.

*

군용헬기에 탑승하려고 대기하던 니나와 해든은 홀랜프 부대가 점점 가까워지는 것을 본다.

"어서 타!"

헬기를 조종하는 전사가 아이들에게 다급히 말한다. 가까워진 홀랜프 부대를 보며 아이들은 싸워야 할지 어쩔지를 모르고 서 집사 역시 고민하는 듯 계속 82본부를 쳐다본다.

"뭐 하는 거야! 우리의 노력을 헛되게 하고 싶은가!"

김 중령이 멘사보드를 타고 나오며 소리친다.

"어서 출발해!"

홀랜프 부대가 가까워지자 김 중령은 빛처럼 빨리 그들의 아담스 애플을 제거한다. 김 중령을 따라 마일스 전사들이 나와 홀랜프 부대와 싸운다. 서 집사는 쇠막대기를 쥔 채 공격해오는 홀랜프를 때려 쓰러트린다. 니나는 리브와 선우희를 데리고 헬기에 탑승하고 해든, 오웬, 민수도 홀랜프의 공격을 방어한다.

"어서 들어가라! 우린 출발한다."

서 집사가 외치자 해든, 오웬, 민수도 헬기에 탑승한다. 다른 몇 몇 전사도 헬기에 함께 탑승하고 서 집사 역시 헬기에 들어간다.

"김 중령!"

헬기에 탑승한 서 집사가 김 중령을 부른다. 김 중령은 뛰어난 무술 실력으로 홀랜프 부대에 맞서 싸운다.

"나는 남아야겠어! 정리되면 갈 테니 먼저 가!"

김 중령이 외친다. 아이들을 태운 헬기가 뜬다. 모리스틱에 탑승한 중형 홀랜프 몇 마리가 헬기를 공격하려 공중으로 떠오르지만 김 중령이 쏜살같이 목을 베어버린다.

*

지금 파라다이스 온 도시에는 페카터모리가 깔려 있다. 그들이 특전사들이 있는 홀랜프 본부로 모여든다.

"홀랜프가 모두 아믹달라 본부로 모이는 듯하다. 어째서 그러는지 모르지만 지금 파라다이스에는 홀랜프가 없는 듯해! 여왕이 이곳에 있다면 지금이 기회야! 어서 올라가라!"

특전사 팀장은 뉴컨밴드에서 들리는 소리에 집중하다 말한다.

"6호부터 12호까지 페카터모리를 상대하라. 부팀장들과 매스 이렇게 우리 넷은 여왕이 있는 곳으로 향한다! 멘사보드에 탑승한다!"

2호와 3호 표지를 단 두 명의 특전사 부팀장이 멘사보드를 타고 홀랜프 본부 위로 향한다. 6호부터 12호까지 일곱 특전사가 멘사보드를 타고 4호와 5호의 전투에 합세한다. 그들의 어빌리스는 기존에 봐왔던 마일스 전사들과 확연히 다르다. 수많은 페카터모리가 몰려오지만 빠른 속도로 그들을 물리친다. 멘사검을 이용해 마치 자로 잰 듯 정확하고 신속하게 페카터모리의 아담스 애플을 제거한다. 반짝거리는 입자들과 아지랑이처럼 솟아오르는 연기 사이를 지나 그들은 근방의 페카터모리를 모두 제거한다.

먼저 위로 향한 팀장과 두 부팀장 역시 페카터모리의 공격에 주춤하지만 이내 쉽사리 물리친다.

"자네는 멘사보드가 없는가? 빨리 좀 따라와!"

3호가 장난스러운 말투로 선우필에게 말한다. 선우필은 3호를 보며 재빨리 외벽을 타고 기어간다. 그러다 순간 넓게 보이는 파라다이스 전체를 본다.

모든 등급의 페카터모리가 포효하며 떼지어 이곳으로 몰려오고 4호부터 12호가 그들의 공격에 대비해 진형을 갖춘다. 실로 많은 연습을 한 흔적이 보인다.

"이것들을 다 해치우면 되는 거잖아!"

"페카터모리 상류층이 홀랜프와 비슷한 어빌리스라고 하지 않았나?"

"이 정도면 총공격하기도 전에 우리가 다 해치우겠는데?"

"거창하게 무슨 전설이야? 우리가 지금 전설을 만들어버리면 되는 거지!"

특전사들은 자신들에게 달려드는 페카터모리와 전면전을 벌인다. 4호가 멘사보드를 타고 공중으로 뜬 후 뒤로 물러서자 그 뒤에서 5호가 나타나 페카터모리 부대를 공격하며 해치운다. 환상적인 호흡이다. 6호부터 12호까지도 격렬한 공격을 내뿜으며 모리스틱을 이용하는 페카터모리 부대를 제압해버린다.

멘사보드를 탄 특전사들과 모리스틱을 탄 또 다른 페카터모리 부대가 떼지어 공중전을 벌인다. 그러다 진열이 흐트러지더니 5호가 페카터모리 부대가 자신을 쫓아오게 한다. 4호가 예상했다는 듯 5호와 미소를 주고받고는 건물 사이사이로 멘사보드를 타고 빠르게 지나간다. 페카터모리 부대의 진열이 흐트러지고 한 무리가 4호를, 다른 무리는 5호를 쫓아간다. 4호는 건물 사이의 좁은 공간을 이용해 자신을 따라오는 페카터모리의 모리스틱이 박살 나게 한다. 건물 벽에 부딪히기도 하고 숨어 있다가 갑자기 나타난 4호에 멈칫하는 페카터모리를 공격한다. 때로는 저돌적인 공격으로, 때로는 고요한 공격으로 4호는 자신을 따라온 페카터모리 부대를 말살한다.

자신이 맡은 페카터모리 부대가 모두 죽은 것을 확인한 4호 특전사는 건물 아래 지면에 도착한 것을 깨닫는다. 위에서 보던 것과 달리 거대한 기둥 수십 개가 홀랜프 본부를 지탱하고 있고 아까 봤던 거대한 문을 발견한다. 멘사보드에 탑승한 채 천천히 문으로 다가가던 4호는 순간 뒤에서 상류층 페카터모리가 모리스틱을 타고 공격하는 것을 막아낸다. 페카터모리는 자신의 공격이 막히자 그르렁대며 4호를 노려본다.

"상류층이라 해서 더 대단할 것이라 생각했는데 별것도 아니면서 우리를 배신하다니 허무하구나. 너희가 허황된 생각으로 홀랜프에 굴복하며 우리 인간을 배신할 때 우리는 스스로 노력해 강해졌다."

4호가 끓어오르는 감정을 서서히 올리는 듯 몸을 떨며 말한다.

"인류를 배신하면서까지 얻은 너희의 그 어빌리스가 얼마나 어

213

리석은 짓인지 내가 가르쳐주마. 내 아내를 겁탈하고 내 자식들을 죽인 너희의 최후가 무엇인지 내가 보여주겠다!"

4호 특전사는 멘사보드를 듀얼모드로 전환해 멘사검을 쥐고 지면으로 내려온다.

"안 돼……."

선우필이 위에서 지켜보다 말한다. 2호 특전사 부팀장이 선우필의 말을 듣는다.

"걱정하지 말게. 4호는 우리 중에서 가장 뛰어난 어빌리스를 지녔어. 잠재력이 가장 높기도 해서 여전히 어빌리스가 성장하고 있지. 언젠가 우리 특전사의 팀장이 될 녀석이야."

2호의 말에 특전사 팀장이 말한다.

"그래. 저 친구의 스피드와 기술만 따진다면 아믹달라 본부에서 가장 뛰어난 인재이지. 페카터모리가 많이 소멸했으니 빨리 여왕을 찾으러 올라가세!"

특전사 팀장은 자신 있는 말투로 말하고 위로 올라가려 하지만 고지대에서나 느낄 수 있는 강한 바람과 산소 부족으로 아까처럼 빨리는 못 올라간다.

"멘사보드에서 내려서 신체의 힘으로 올라가세요. 고지대에서 뇌를 자꾸 사용하면 나중에 위험해집니다."

선우필이 말한다. 팀장과 부팀장이 서로를 보다 멘사보드를 접고 다시 줄을 이용해 선우필처럼 외벽을 타고 올라간다.

"우리도 알아."

3호가 퉁명스럽게 말한다. 네 사람은 다시 기어 올라간다.

4호가 상류층 페카터모리를 보며 멘사검을 다시 꽉 쥔다. 긴 방패와 양쪽 끝에 달린 검이 페카터모리의 목을 노린다. 페카터모리는 공격 대신 4호가 밟고 있는 지면을 본다.

"기분 나쁘게 어디를 보는 건가? 그대로 죽기를 바라는 건가?"

4호가 공격하려고 발을 지면에서 떼는데 땅이 흔들리더니 그 속에서 무수히 많은 초소형 홀랜프가 나온다. 흡사 셀 수 없이 많은 개미 떼처럼 끊임없이 땅에서 나오는 초소형 홀랜프가 4호 특전사를 공격한다. 그들의 공격을 막으며 듀얼보드로 몸을 옮긴 4호는 위로 향한다.

위에서 지켜보던 특전사 팀장이 그 모습을 보고 뉴컨밴드에 대고 외친다.

"모두 피해라! 이곳으로 집결하라!"

다른 곳에서 페카터모리와 전투를 벌이던 특전사들의 뉴컨밴드에서 빛이 난다. 그리고 4호가 있는 방향으로 고개를 돌린다.

4호는 자신을 공격하는 초소형 홀랜프를 피해 상류층 페카터모리를 공격하려 하지만 이미 사라졌다. 게다가 초소형 홀랜프가 떼지어 자신을 공격하려들자 어쩔 수 없이 공중으로 뜨면서 건물 위로 올라간다. 초소형 홀랜프들이 일제히 4호를 쳐다본 채 아무런 행동을 하지 않는다.

"저것들은 뭐야? 어빌리스는 약한데 기분 나쁘게 생겼어."

4호가 기분 나쁘다는 표정으로 말한다. 5호가 다가온다.

"저런 건 처음 보는데."

5호의 말에 4호가 홀랜프 본부 위의 선우필을 쳐다본다.

선우필은 두려움에 몸을 떨며 초소형 홀랜프를 바라본다. 특전사 팀장은 그런 선우필의 감정을 눈치챘다.

215

"이봐, 저들이 매스클랜을 전멸시켰다던 그 초소형인가? 어떻게 저들이 저렇게 살아 있을 수 있나?"

팀장이 묻지만 선우필은 말없이 쳐다만 볼 뿐이다.

"내가 듣기로는 매스클랜이 저들과 함께 전멸했다고 하는데."

4호가 말한다. 그러고는 고개를 갸우뚱한다.

"그러기에는 저것들 어빌리스가 형편없던데? 하류층 페카터모리만도 못하잖아. 너무 약해. 토치 좀 줘봐."

4호가 5호에게 말한다. 5호는 안쪽 주머니에서 손바닥만 한 조그만 기계를 꺼낸다. 4호가 받아 버튼을 누른 후 손에 끼우자 기계에서 불이 뿜어져 나온다. 화력이 아주 강하다. 뒤에서 6호부터 12호까지 모인다.

"아주 다 태워버려!"

9호 특전사가 말한다. 4호는 손에 장착한 토치로 아래를 향해 화염을 뿜는다. 그때 초소형 홀랜프가 떼지어 탑을 쌓으면서 빠른 속도로 특전사들이 있는 곳으로 올라온다. 그 속도가 너무 빨라 4호가 화염을 내뿜어도 금세 화염을 삼켜버리며 다가온다.

"피해!"

4호가 다른 특전사들에게 외치며 멘사보드와 함께 자리를 뜨려고 하지만 아까 지면에 있던 상류층 페카터모리가 어디선가 나타나 4호를 공격한다. 뒤에서 5호가 멘사보드를 듀얼모드로 전환해 멘사검으로 상류층 페카터모리의 공격을 막아내면서 아담스 애플을 쳐내 죽이지만 4호와 함께 초소형 홀랜프 떼에 잡혀버린다. 초소형 홀랜프 떼는 그물을 만들어 4호와 5호를 덮치고 그 뒤에서 6호가 멘사검으로 베어보지만, 오히려 초소형 홀랜프들이 멘사검을 타고 6호의 몸을 덮친다. 뒤에 있던 특전사들이 도와주려 할 때 남아 있던 페카터모리 부대가 공격해온다.

"이 새끼들이 날 갉아 먹고 있어!"

6호가 자신의 팔에 잔뜩 붙은 초소형 홀랜프를 떼어내며 외치지만 다른 특전사들은 페카터모리와 전투하느라 구해주지 못한다. 결국 6호의 몸이 초소형 홀랜프에 의해 덮이면서 순식간에 신체가 사라진다. 4호와 5호의 신체는 초소형 홀랜프가 잔뜩 붙은 채 건물 절벽 밑으로 떨어진다.

남은 특전사들이 페카터모리와 전투를 벌이지만 쉽게 이겼던 전과 달리 고전한다.

"이것들이 점점 강해지고 있어!"

7호 특전사가 외친다. 그때 어디선가 알 수 없는 빛이 날아와 7호의 몸이 터져 죽는다. 다른 쪽에서 중형 홀랜프 부대가 모리스틱을 타고 빛을 쏘며 빠르게 다가온다.

"이런 젠장!"

8호와 9호가 공격해오는 중형 홀랜프에 맞서지만, 페카터모리와 홀랜프의 합동 공격에 제대로 대처하지 못한 8호의 목이 그만 잘려 죽는다. 그 모습을 본 9호가 분노하며 공격하지만 결국 중형 홀랜프에 두 다리가 잘린다. 8호와 9호의 몸이 땅으로 떨어진다. 땅속에서는 초소형 홀랜프가 나와 지면에 떨어진 8호의 몸을 갉아 먹는다. 두 다리가 잘린 채 땅에서 기어가던 9호는 초소형 홀랜프를 피해 벽을 타고 올라가려고 매달린다.

"살려줘! 내가 잘못했어! 이대로 죽기 싫단 말이야! 난 가족이 있다고! 죽이지 마!"

자신이 무슨 소리를 하는지도 모른 채 본능적으로 살려고 내뱉는 9호의 외침에 더 많은 초소형 홀랜프가 모인다. 이미 뉴컨밴드도 머리에서 떨어져나간 터라 그의 외침은 들리지도 않는다. 초소형 홀랜프들은 무지막지하게 9호의 등을 파헤친다. "꺽꺽" 하는 소리와 함께 날카롭게 튀어나온 두 앞발로 계속해서 낫을 찍듯 그의 등을 파헤친다. 9호의 고통에 찬 소리가 멈추고 벽을 잡던 그의 몸뚱이가 땅으로 떨어진다. 다른 초소형 홀랜프들이 떼지어 다가와 그대로 그의 시체를 다 먹어버린다.

"사람을 먹기도 한단 말이야?"

홀랜프 본부에 매달려 그 모습을 지켜보던 특전사 팀장은 충격에 몸을 떨며 말한다. 두 특전사 부팀장 역시 몸을 떨며 말을 못 한다. 선우필은 그들을 지나쳐 계속 벽을 타고 올라가며 말한다.

"빨리 올라가세요!"

잠시 충격에 정신이 나갔던 세 특전사가 정신을 차린다. 이내 그들은 분노에 소리를 지른다.

"이렇게 된 이상 다 죽여버린다! 바로 공격한다!"

특전사 세 사람이 멘사보드에 탑승하더니 힘껏 위로 향한다.

"안 돼요!"

매서운 바람이 그들을 공격하듯 불어대지만, 세 사람은 바람을 뚫고 계속 위로 올라가다 숨이 막히는지 홀랜프 본부의 통유리창을 뚫고 홀랜프 본부 안으로 들어간다.

"안 돼……."

그들의 행동에 선우필은 고통스러운 생각에 잠긴 듯 머리를 잡고 잠시 벽에 기대 가쁜 숨을 몰아쉰다.

"조금만 더 기다렸으면……."

혼잣말하던 선우필은 이내 깨진 통유리를 향해 빠르게 기어가 그 안으로 들어간다.

홀랜프 본부 안으로 들어온 선우필은 이마가 반쯤 잘린 2호 특전사 부팀장이 온몸을 부들부들 떨며 서 있는 걸 발견한다. 팀장과 3호 부팀장은 중형 홀랜프 무리와 전투를 벌이느라 부상자를 챙기지 못한다. 게다가 두 특전사는 숨이 고르지 못해 점점 정신을 잃어가고 있다. 선우필은 이미 이곳을 와본 듯 위쪽과 아래쪽을 번갈아 본다. 아래쪽에는 끝없이 내려가는 계단이 있고 위쪽으로는 나선형의 올라갈수록 좁아지는 계단이 보인다. 마치 무아지경에 빠진 듯한 눈빛으로 전투하는 두 특전사를 보며 선우필이 말한다.

"이제는 지체하지 말고 계속 위로 올라가야 해요."

선우필은 공격해오는 중형 홀랜프 무리를 발차기로 쓸어버리며 2호 특전사 부팀장을 잡는다. 선우필의 발차기에 중형 홀랜프 무리의 목이 도미노처럼 꺾이고 아담스 애플이 터지면서 죽는다. 특전사 팀장이 놀라 선우필을 쳐다본다.

"정말 소문대로 대단하군."

마치 술 취한 사람처럼 팀장이 혀가 꼬인 채 선우필을 칭찬한다. 옆에서 3호가 몸을 겨우 지탱하면서 풀린 눈으로 선우필을 본다. 선우필은 2호를 데리고 다른 두 명과 함께 나선 계단을 올라간다.

6장 2절
여왕

선우필과 함께 나선 계단을 올라가던 팀장은 아래를 본다. 그가 끝없는 높이에 놀라 정신을 차리고 선우필을 잡는다.

"아니, 여긴 어딘가?"

선우필은 말없이 계속 팀장과 부팀장을 부축하며 올라가고 부팀장 역시 정신을 차렸는지 놀라 아래를 보며 선우필을 잡는다.

"저기 저 아래……."

부팀장의 말에 선우필이 아래를 내려다본다. 아까는 보이지 않던 소형 홀랜프 무리가 매섭게 올라오고 있다. 2호 부팀장은 더 이상 숨을 쉬지 않더니 선우필의 손에서 미끄러져 아래로 떨어진다. 소형 홀랜프 무리가 2호의 몸을 갉아 먹으며 매섭게 올라온다. 그 광경에 팀장의 얼굴이 창백해진다. 팀장은 자신의 뉴컨밴드를 손으로 잡고는 다른 특전사들의 상황을 묻는다. 하지만 아무 대답도 들리지 않는다.

세 사람은 계단 끝 마지막 지점에 도착한다.

그 끝의 통문이 그들을 가로막고 있다. 다시 아래쪽을 보자 소형 홀랜프들이 보이지 않는다.

"이 문……. 이 문 뒤에 여왕이 있다는 건가? 지금 감지되는 이 어빌리스는 무엇이란 말인가?"

선우필이 문을 열려고 하자 그를 저지하며 특전사 팀장이 반쯤 넘어간 사람처럼 묻는다. 선우필은 아무 대꾸 없이 다시 문을 열려고 손을 뻗는다. 선우필의 손이 떨리고 있다.

"이보게 매스……."

특전사 팀장은 선우필을 다시 불러본다. 선우필은 팀장과 부팀장을 쳐다보며 말한다.

"이 문을 통해 들어가는 건 저도 처음입니다."

둘이 놀라 다그치듯 묻는다.

"무슨 말인가? 자네가 여왕과 직접 만나 대결해 살아남은 유일한 인간인데."

"만나긴 했지만 대결을 한 건 아닙니다……. 게다가 우리가 대결할 상대가 여왕만 있는 게 아닙니다."

"철갑을 두른 홀랜프 부대를 말하는 건가?"

특전사 팀장이 안다는 듯 말한다.

"저번에 다른 곳을 이용해 들어갔다가 결국 모두 몰살당했습니다. 이 문으로 들어갔어야 했어요."

특전사 팀장이 선우필의 말을 듣고는 문을 보며 집중해본다. 팀장의 뉴컨밴드에서 강한 빛이 나온다. 그리고 특전사 팀장의 몸이 이전보다 더 떨린다.

"팀장님……?"

부팀장이 겁먹은 표정으로 특전사 팀장을 부른다. 팀장 역시 잔뜩 공포에 질린 얼굴로 선우필을 쳐다본다.

"공허해……. 아무것도 감지되지도 느껴지지도 않는 공허한 어빌리스야……."

선우필은 특전사 팀장을 진정시킨다.

"이 문을 열고 들어가서 보이는 적을 모두 공격해요. 원래는 넷이서 공격했어야 하는데……."

선우필은 2호 특전사 부팀장이 떨어진 아래를 잠시 내려보다 말을 잇는다.

"만약 저희 셋이서 구도만 잘 맞춘다면 가능할 거예요."

선우필의 말에 팀장은 더 넋이 나간 표정으로 고개를 끄덕인다. 옆에서 정신을 차린 부팀장이 묻는다.

"이보게…… 왜 자꾸 우리더러 여왕을 물리치라는 건가? 우리는 여왕의 존재를 발견하면 바로 자네들에게 넘기는 미션을 하러 온 거야. 여왕은 자네들이 물리쳐야 하는 것 아닌가?"

선우필이 내쉬는 숨을 고르게 하며 문고리를 본다.

"제가 꿨던 꿈입니다."

선우필의 말에 팀장과 부팀장이 잠시 아무 말 없이 선우필을 쳐다본다.

특전사 팀장이 묻는다.

"스위븐을 말하는 건가?"

"네."

선우필이 대답한다. 선뜻 대답하는 입과 달리 선우필의 몸은 문을 열려고 하지 않는다.

"무슨 꿈이었나? 말해주게. 우리가 자네들을 도와주고 싶어도 무엇을 도와줘야 하는지 알아야 하지 않나?"

특전사 팀장이 말한다. 선우필은 그런 팀장과 부팀장의 뉴컨밴드를 바라본다.

"그건……."

선우필이 말을 하려다 머뭇거린다.

"아직도 우리 모두를 믿을 수 없다고 생각하는 건가?"

팀장이 말한다. 선우필은 조심히 고개를 끄덕인다. 잠시 후 팀장이 부팀장에게 눈빛을 보낸다. 두 사람은 뉴컨밴드를 머리에서 빼낸다.

"이제 말해보게. 자네와 우리밖에 없으니까."

선우필은 두 사람을 가만히 보다 말한다.

"홀랜프가 이렇게 인류를 지배한 것도, 인류가 멸망의 길에 놓인 것도 특정한 인간들의 망상과 욕심 때문에 생겨난 일이라고 생각해서입니다. 홀랜프 지배 아래 있어도 변하지 않잖습니까?"

"그래서 기성세대가 모두 죽고 홀랜프와 함께 자네들만의 세상을 만들 거라는 건가? 페카터모리가 되어서?"

부팀장이 말한다. 팀장은 선우필을 쳐다본다.

"그런 생각을 한 적도 있지만, 아닙니다."

둘은 선우필의 다음 말을 기다린다.

"제 스위븐에서는 저를 포함해 총 네 명이 여왕을 공격했습니다. 그래서 지난 매스클랜 때도 스위븐에서 본 대로 시행해봤지만, 실패했어요. 지금 제 눈앞의 이 문고리가 기억납니다. 팀장님과 부팀장님 중 한 사람이 여왕을 암살할 시에 미래가 바뀔 것이란 생각이 들어서……."

"누가 여왕을 죽이냐에 따라 미래의 방향이 바뀐다는 건가?"

"저는 그렇게 생각합니다……."

"자네가 틀릴 수도 있고?"

팀장의 질문에 선우필은 대답하지 못한다. 팀장은 선우필의 눈을 보더니 잠시 아래를 내려다보며 생각에 잠긴다. 그리고 천천히 입을 연다.

"매스클랜이 전멸당한 것은 우리의 이기심과 무지 때문이라는 건 인정하네. 하지만……."

팀장은 이해하는 듯한 말투로 말한다.

"이 세상에 이기적인 인간이 존재한다면 배려심 깊은 인간도 존재한다는 걸 알아주면 좋겠네. 자네 아버지처럼 말이야."

팀장이 선우필의 어깨에 손을 대며 말한다. 선우필은 그런 특전사 팀장을 쳐다본다.

"그리고 무지를 깨닫고 실수를 통해 배우는 인간도 존재한다는 점. 우리 특전사들은 매스클랜 사건으로 자네 아버지가 늘 강조해오던 배려심에 대해 새삼 깨닫고 지금까지 노력해왔어."

선우필은 특전사 팀장의 눈을 쳐다본다. 팀장은 여전히 불신의 눈빛으로 자신을 보는 선우필에게 짧은 미소를 지어 보인다.

"나는 예언서를 그저 무속신앙 수준으로 믿는 게 아니라네. 이해하기 힘든 어느 정도의 기적도 있겠지만 많은 연구와 탐구 그리고 경험을 통해 믿는 거라네. 자네가 생각하는 만큼 이제는 우리가 그렇게 멍청하고 이기적이진 않아."

선우필은 짧은 한숨을 내쉰다.

"우리는 그래서 자네와 아이들이 반드시 이 세상을 구원해주리라 믿어. 설령 자네가 오늘 우리를 희생시켜 목적을 이뤄야 하더라도 최선을 다해 자네 말을 따를 걸세."

선우필은 미안한 표정으로 본다. 팀장은 괜찮다는 표정으로 고개를 끄덕인다. 대화하는 동안 팀장과 부팀장의 호흡이 안정을 되찾는다. 두 사람은 뉴컨밴드를 다시 머리에 착용한다.

문이 열리고 선우필을 필두로 특전사 팀장과 부팀장이 양쪽에 서서 들어온다. 문의 반대편에 마치 호텔 로비처럼 넓고 깔끔한 새하얀 복도가 나온다. 더 들어가자 넓은 운동장과도 같은 거실이 나온다. 걸어 들어가는 입구 앞쪽에는 깨알같이 작은 조각으로 붙인 모자이크 창문이 벽을 이루고 있고 오른쪽은 파라다이스 전체가 보이는 커다란 통유리가 붙어 있다. 흡사 중세시대와 미래 시대를 합쳐놓은 듯한 건축물이다.

왼쪽으로 돌아서는 세 사람은 거실 끝에 앉아 있는 거대한 체구의 여왕과 그 앞에 장창을 들고 서 있는 특화된 특수 홀랜프 열두 마리를 본다.

"잠입하기는 늦었지만 어쨌든 저 거구가 여왕인 건 확실한 것 같군."

부팀장이 말한다. 특수 홀랜프 열두 마리는 이전보다 강화된 갑옷을 걸치고 있고 여왕은 그들보다 몇 배는 큰 사이즈다. 뒷머리부터 등까지 달린 촉수들이 메두사의 머리처럼 꿈틀거리고 그중 가장 큰 촉수 하나가 바닥에 뿌리를 둔 듯 깊게 박혀 있다. 촉수 안에서는 바다 밑의 무엇을 계속 빨아들이는 소리가 난다.

"저것으로 우리 지구의 자원을 빨아들이는 건가?"

팀장이 말한다. 특전사 두 명은 침을 한 번 삼키고는 여왕을 계속 관찰한다.

여왕은 홀랜프와 달리 눈, 코, 입이 있지만 뚱뚱한 살에 파묻혀 처진 눈 안의 눈동자가 잘 보이지 않는다. 코는 사람이 한 명 들어갈 정도로 넓은 벌렁코이고 숨이 차는지 입을 벌린 채 가쁜 숨을 내쉬고 있다. 목은 두꺼워 거의 보이지 않고 아담스 애플이 얼굴과 상반신을 연결해주지만, 여러 겹의 턱살이 아담스 애플을 보호하고 있다. 거대한 두 유방이 밑으로 처져 있어 볼록 튀어나온 배에 닿을 정도다. 배는 심하게 접혀 있고 앉아 있을 수밖에 없는 거대한 엉덩이를 지탱하는 의자가 버거워 보인다. 의자 팔걸이에는 페카터모리처럼 올록볼록한 돌기들과 블랙코드가 낙인된 여왕의 거대한 두 팔이 걸쳐져 있다. 거대한 허벅지는 자칫 일어나 뛴다면 지진을 일으킬 것만 같다. 다리 굵기는 홀랜프 본부를 지탱하고 있는 거대한 기둥과도 같다.

"정말 거구의 여왕이군. 어빌리스는 전혀 감지되지 않는군."

팀장의 말에 선우필의 눈빛이 심하게 요동친다.

"이봐 매스? 왜 그러는가?"

선우필은 여왕을 보며 머리가 복잡한 듯 동공이 흔들린다.

"여왕이 앉아 있어요……."

선우필의 말에 팀장이 묻는다.

"그게 이상한 건가?"

선우필은 시선을 여왕에게 고정한 채 대답한다.

"여왕이 서 있었어요. 그런데 지금은 앉아 있어요……."

이해하기 힘든 말을 하자 부팀장이 선우필의 어깨를 한 번 친다.

"정신 차리게!"

"무슨 말을 하는 건가? 이제 우리가 어떻게 하면 좋겠나? 도망치나? 아니면 맞서 싸우나?"

팀장이 묻는다. 그때 그에게 여왕의 촉수가 날아온다. 팀장은 본능적으로 피한다. 선우필 역시 피하지만 그 촉수는 방향을 바꿔 부팀장의 몸을 관통하고 찢는다. 소리조차 내지 못한 특전사 부팀장의 갈라진 두 몸뚱이를 촉수가 마치 손처럼 잡아 뭉갠다. 촉수 안에서 뼈가 부서지는 소리가 들린다.

다시 공격해오는 다른 촉수를 피하며 선우필이 여왕과 특수 홀랜프에게 달려간다. 이제껏 맨손으로 전투했던 선우필의 손에 검이 있다. 길고 푸른 날을 앞세우며 검의 손잡이를 꽉 쥐자 퀼론 Quillon의 양 날개가 펼쳐진다.

특전사 팀장은 멘사보드를 듀얼모드로 전환해 탑승하고 멘사검을 양손에 쥔 채 선우필과 함께 여왕에게 날아간다. 선우필이 지면에서 특수 홀랜프와의 전투를 위해 달려가고 팀장은 공중에서 여왕을 공격하기 위해 날아간다. 그때 한 특수 홀랜프가 들고 있던 장창을 특전사 팀장에게 던진다. 그가 장창을 피하자 그 특수 홀랜프가 공중으로 떠오르더니 공격한다. 가까스로 공격을 막은 팀장은 홀랜프의 아담스 애플을 공격하기 위해 멘사검을 휘두른다. 정확히 공격했다는 확신이 들지만, 이상하게도 휘두른 멘사검이 더 나아가질 않는다. 멘사검은 특수 홀랜프의 목에 걸려 있다. 그 목에 강철로 된 보호 갑옷이 얇게 씌워져 있다. 팀장이 다음 공격을 위해 다른 손에 들고 있던 멘사검을 휘두르려는데 뭔가 따끔거린다. 돌아보니 자신의 옆구리에 깊이 관통된 여왕의 또 다른 촉수가 보인다.

지면에서는 선우필이 여왕의 촉수들을 피하며 거리를 좁혀가지만, 특수 홀랜프 부대의 공격에 쉽게 다가가질 못한다. 검을 이용해 눈으로 따라가기 힘든 전투를 벌이는 선우필은 그들의 아담스애플을 공격하려 검을 휘두른다. 하지만 그들은 다른 중형 홀랜프와 달리 방어 능력이 뛰어날 뿐 아니라 그 신체를 보호하는 갑옷은 쉽게 뚫리지 않는다. 빠른 전투를 하던 중 특수 홀랜프 네 마리가 선우필의 양팔과 두 다리를 붙잡고 그대로 공중에 떠오른다.

공중에서 허둥대는 선우필을 본 특전사 팀장의 뉴컨밴드에서 강한 빛이 난다. 두 발에 장착된 듀얼멘사보드가 발에서 떨어져 선우필의 다리를 붙잡고 있는 특수 홀랜프 두 마리를 향해 날아가 공격한다. 두 마리가 듀얼멘사보드를 막자 선우필의 두 다리가 자유로워진다. 팀장은 양손에 있는 멘사검을 그 두 마리에게 던진다. 예상치 못한 공격에 한 마리의 아담스 애플에 멘사검이 꽂힌다. 그 기회를 놓치지 않고 선우필은 자유로워진 다리로 멘사검을 찍어 그 특수 홀랜프의 아담스 애플을 파괴한다. 홀랜프의 신체 입자가 분열되며 연기로 변하고 선우필은 다른 다리를 이용해 자신을 잡고 있던 다른 두 특수 홀랜프마저 떼어낸다.

땅으로 떨어지는 선우필을 위해 특전사 대장은 자신의 듀얼멘사보드 중 하나인 모노멘사보드Mono Mensaboard를 선우필에게 가도록 한다. 선우필이 가까스로 모노멘사보드를 잡지만 땅에 떨어지기 직전에 여왕의 촉수가 공격한다. 피하지 못하고 여왕의 촉수에 연타로 가격당하며 파라다이스가 보이는 통유리 쪽으로 날아간다.

특전사 팀장은 자신의 몸에 꽂힌 여왕의 촉수를 단검으로 잘라 보려 하지만 그럴수록 더 비트는 촉수에 쏟아지는 피를 본다.

"왜 또 틀리냐고!"

울부짖는 선우필의 소리에 특전사 팀장은 선우필을 찾듯 두리 번거리지만 결국 눈을 감고 그의 뉴컨밴드 불빛도 꺼진다.

6장 3절
아이들 VI

"사라졌어."

군용헬기에서 눈을 감고 집중하던 니나가 눈을 뜨며 말한다. 리브는 니나를 보며 선우희의 조그마한 손을 어루만진다. 선우희는 별다른 표정 없이 니나를 쳐다본다. 해든은 파라다이스 방향을 바라본다.

"응. 엄청 강한 어빌리스가 순간 감지되었다가 지금 사라졌어."

해든의 말에 서 집사도 감고 있던 눈을 뜬다.

"그래. 그런데 선우필의 어빌리스도 사라진 듯하다."

민수는 서 집사를 본다.

"그럼 선우필은……?"

"정확히는 눈으로 직접 확인해봐야 알겠지만, 현재로서는 선우필에게 아무런 힘이 남아 있지 않은 셈이니 죽었을 확률이 높다."

서 집사가 말한다.

"아니면 잡혔을 수도 있죠?"

민수가 질문한다.

"저들의 특성상 그냥 잡아둘까? 페카터모리로 만들거나 죽이거나 둘 중 하나 아닐까?"

오웬이 말한다. 민수는 리브에게 고개를 돌린다.

"도대체 왜 이런 식으로 흘러가는 거야? 예언서에서는 너희가 함께 여왕을 만나는 거잖아!"

민수가 보채듯 리브에게 말한다.

"누가 그래?"

리브가 짧게 대답한다. 민수는 말문이 막힌다. 아이들은 예언서를 신뢰하지 않는다. 다수가 예언서를 믿는다기에 그저 따라주고 있을 뿐이다. 민수는 서 집사를 쳐다본다.

"지금은 너무 예언서에 집착하지 말자. 우리는 그 예언서를 접한 지 얼마 되지도 않은 데다 확실한 것이 아무것도 없는 상황이니 상황을 지켜보며 오늘 홀랜프를 무찌르는 것에만 집중하자."

서 집사가 민수에게 말한다. 니나는 아까 아라에게서 건네받은 가방을 꺼내 보통 멘사보드보다 약간 작은 크기의 멘사보드를 꺼낸다. 그리고 소형 멘사보드와 뉴컨밴드를 리브에게 건넨다.

"아까 급히 조립하느라 무기는 없고 이동하는 데만 쓸 수 있대."

"네가 우리 무기니까 괜찮아."

리브가 니나의 볼을 만져주며 미소 짓는다. 선우희도 손을 뻗어 니나의 볼을 만진다. 니나는 그런 선우희가 귀여운지 살짝 웃는다. 그 모습을 지켜보던 민수가 말한다.

"또 너희끼리만 다른 계획을 세우는구나."

해든이 민수 어깨를 살짝 친다.

"너 또 뭐 자기만 따돌린다느니 그러면서 질질 짤 거냐? 꾸미긴 뭘 꾸며? 리브도 멘사보드가 있어야 할 거 아냐."

민수는 해든을 보더니 다른 아이들도 둘러보면서 미소 지으며 말한다.

"흥, 이젠 상관없어. 너희는 이제 내 소관이야."

"누구 마음대로?"

해든이 말한다. 민수는 서 집사를 쳐다본다. 서 집사가 민수의 어깨를 잡으며 아이들에게 말한다.

"아무래도 너희 중에서도 리더가 있어야 할 듯해서 민수를 리더로 정했다."

아이들은 서 집사의 말에 살짝 미소를 띤다. 해든은 억지로 불만스러운 표정을 지으며 말한다.

"얘가요? 저보다 싸움도 못 하는 애를 왜 리더로 세워요?"

"난 학교 짱이었던 경험도 있고 너희보다는 사람들에 대한 이해도가 더 넓은 이유다. 너희는 말도 못 하고 계급사회에 대한 이해도가 너무 부족해. 완전 자기네들 멋대로에 맨날 절망적인 꿈만 꾸니까 내가 리더가 되어 희망적으로 바꾸겠다. 내 말에 절대복종하면 오늘 우리는 승리할 거야."

민수가 고개를 빳빳이 치켜세우며 마치 영화의 주인공처럼 말한다. 해든은 그런 민수의 표정을 보며 실소한다.

"하하하. 네 말에 누가 복종하냐? 얼간이들이나 그랬던 거지. 너나 잘해 짜샤!"

그러고는 민수의 등을 한 대 친다. 민수는 등이 따가운지 "아" 하며 해든의 등을 손바닥으로 친다.

"내가 지켜주마 짜식. 이 형님 옆에 잘 붙어만 있어라!"

오웬이 민수의 말에 자신을 가리킨다.

"나는? 나는!"

민수는 옆에 있는 오웬의 머리를 문질러준다.

"너는 제일 싹수없으니까 제일 먼저 지켜주마!"

민수의 말에 지켜보던 마일스 전사들이 웃는다. 잠시나마 긴장이 풀리는 듯하다.

리브는 눈을 감는다. 그리고 선우희의 손등을 자신의 엄지로 어루만지며 생각에 잠긴다. 선우희는 별다른 표정 없이 마일스 전사들을 본다. 그러다 니나와 눈을 마주친다. 니나는 살짝 웃어준다. 선우희는 수줍은 듯 눈을 깔며 몸을 비튼다. 니나는 선우희가 귀엽지만, 그에게서 느껴지는 알 수 없는 불안감을 뿌리칠 수가 없다.

"아니…… 홀랜프가 여기에도 저렇게 많다고? 그럼 아믹달라로 침공한 홀랜프 부대들은?"

파라다이스에 도착하자 한 전사가 말한다. 파라다이스에는 페카터모리 부대와 그에 비교하기 힘들 정도로 많은 홀랜프 부대가 크기별로 돌아다니고 있다.

니나는 82본부로 고개를 돌린다. 그리고 지금껏 느껴보지 못한 어빌리스를 감지한다. 김 중령의 어빌리스다.

6장 4절
아이들 V

　김 중령은 마일스 전사들과 82본부에서 조금 떨어진 야외로 홀랜프 부대를 유인해 전투를 벌인다. 소형, 중형 홀랜프가 떼지어 공격하지만 김 중령의 뛰어난 실력으로 공격을 막아낸다. 그리고 82본부로 들어가려는 홀랜프 부대에 빠르게 다가가 멘사검으로 그들의 아담스 애플을 순식간에 베어낸다.

　빠른 속도로 홀랜프를 무찌르고 있는 김 중령과 달리 마일스 전사들은 홀랜프의 공격에 대응하지 못하고 죽어간다. 김 중령에게 살려달라고 외치는 전사들을 도와주려 하지만 상대적으로 점점 더 많아지는 홀랜프가 82본부 주변을 감싸기 시작해 그러지 못한다. 전열을 만들어 홀랜프 부대를 막고 있지만 한 전사가 홀랜프의 공격에 죽는 바람에 전열이 깨진다. 홀랜프는 깨진 곳을 통과하며 82본부로 향한다. 김 중령은 뉴컨밴드에 대고 소리친다.

　"홀랜프가 들어간다! 실드를 쳐라!"

　82본부에서 머리 묶은 연구원이 키보드 안쪽에 있는 조그마한 기계를 집어 들어 화면에 비치는 홀랜프 부대를 보며 버튼을 누른다. 그러자 82본부 주변에 방어막이 만들어진다. 홀랜프가 이그너스 럭스를 쏘지만 방어막에 튕겨 나간다.

"모두 본부 안으로 들어간다!"

김 중령은 살아남은 전사들을 데리고 82본부로 향한다. 방어막을 뚫고 들어가려는 홀랜프를 모조리 죽인 다음 안으로 들어온 김 중령과 전사들은 82본부로 들어가기 전에 뒤돌아 홀랜프를 향해 총을 쏘며 외친다.

"홀랜프가 들어오지 못하게 막는다. 연구원들을 포함한 다른 대기 전사들도 전투 준비를 하라!"

홀랜프에게 총을 쏘다가 김 중령은 전사들과 함께 본부로 들어가 문을 걸어 잠근다. 연구원들은 뒤에서 총을 든 채 목에는 펜던트를 건다. 머리 묶은 연구원이 아라와 레나에게 말한다.

"우선 대피해 계세요. 여기는 저희가 막습니다."

아라가 말한다.

"저희도 도울 수 있어요."

그러자 연구원이 대답한다.

"아닙니다. 끝까지 살아남으셔야 합니다. 두 분은 민간인과 피해 계세요. 많이는 아니지만, 저 다락방에 무기가 조금 남아 있을 겁니다. 가지고 가서서 사람들과 함께 계세요. 그리고 여기……."

머리 묶은 연구원은 아까 방어막을 만든 조그만 기계와 뉴컨밴드를 아라의 손에 쥐어준다.

"때가 되거든 이 방어 장치를 사용하면 돼요. 반드시 살아남아야 해요."

연구원이 아라와 레나를 밀치고는 문을 부수고 들어온 홀랜프를 향해 총을 쏴댄다. 전사들이 홀랜프를 막지만, 모리스틱에 탑승한 홀랜프가 공중을 날아다니며 미처 대피하지 못한 민간인들을 죽인다. 본부의 문에서부터 막으려고 했던 의도와 달리 홀랜프가 공중으로 날면서 멘사보드에 탑승해 공격을 막던 전사들의 전열을 깨부순다. 연구원들이 펜던트의 버튼을 누르자 보호막이 주위에 형성된다. 홀랜프의 공격이 보호막에 막히자 연구원들이 쏘는 총과 마일스 전사들의 합동 공격으로 홀랜프를 죽인다. 하지만 82본부에 들어오는 홀랜프의 숫자가 점점 많아진다.

아라는 레나를 데리고 머리 묶은 연구원이 말한 조그만 다락방에 들어간다. 그 안에 총 몇 자루와 멘사검, 쇠막대기와 뉴컨밴드가 있고 그 밑에는 손에 들어갈 만한 조그마한 기계가 하나 있다. 아라는 그것이 무엇인지 단번에 알아차렸다. 아라가 꿈속에서 수십 번 시도해본 최 박사의 무기다.

"레나야. 목걸이 버튼을 눌러."

아라는 옆에서 울음을 꾹 참고 있는 레나의 머리에 뉴컨밴드를 끼워주며 말한다. 뉴컨밴드에서 빛이 나오고 레나가 고개를 끄덕이며 펜던트의 버튼을 누르자 보호막이 주위에 형성된다.

"네가 원하지 않는 이상, 이 보호막이 뚫리지는 않을 거야. 다만 너무 많은 공격을 받으면 뚫리니까……."

아라가 조그만 기계를 레나의 손에 쥐어준다.

"그럴 때는 이걸 사용하도록 해. 이 충격기 때문에 너를 제외한 주위 모든 생물체가 죽거나 기절할 거야. 결정적인 상황일 때만 눌러야 해."

아라는 다른 펜던트를 꺼내 자신의 목에 걸며 버튼을 누른다. 보호막이 형성되어 아라의 주위를 감싼다.

"언니는 지금 상황을 살펴보고 다시 데리러 올게. 그때까지 여기서 기다리고 있어."

아라가 나가려는데 레나가 아라의 손을 붙잡으며 고개를 흔든다.

"아니야, 언니. 같이 갈래. 나 혼자 두고 가지 마."

레나의 눈에 머금은 눈물이 또르르 떨어진다. 아라는 레나를 보다가 82본부에서 죽어가는 전사들과 연구원들을 본다. 그들을 보호하고 있던 보호막은 계속되는 홀랜프의 공격에 깨진다. 아라는 바깥에서 82본부를 감싸는 방어막이 점점 얇아지는 것을 보며 자신이 받은 방어 장치를 쳐다보다 주머니에 넣는다.

"그래. 같이 가자."

아라는 레나를 데리고 남은 무기들을 들고 다락방에서 나간다. 총 두 자루를 각기 자신과 레나의 뉴컨밴드에 접속시킨다.

"이전에 연습해봤지? 이 총 들고 언니 잘 따라와야 해. 여기 이렇게 누르면 장전이 되어서 총알이 나갈 거야. 홀랜프에게 바로 쏘면 돼."

아라는 레나를 데리고 연구원을 죽이려는 홀랜프에게 총을 쏘며 다친 연구원들을 데리고 민간인이 대피한 곳으로 향한다. 레나 역시 다친 전사들을 챙기며 따라간다. 아라와 레나는 홀랜프의 이그니스 럭스를 맞지만, 보호막에 다치지 않는다. 하지만 보호막이 점점 얇아진다. 대피실로 연구원들과 전사들을 데려다준 후 레나는 다른 방향을 본다.

"언니, 저기……."

레나가 가리킨 곳에 이전에 잠시 본 의료진들이 쓰러져 있다.

"저분들이 중요합니다……."

쓰러진 연구원이 아라에게 말한다. 아라는 대피실 문을 닫으려다 의료진이 있는 곳으로 향한다. 홀랜프의 공격에 맞으며 의료진들이 있는 곳으로 간 아라의 보호막은 결국 사라진다.

"언니!"

레나가 아라가 있는 곳으로 달려간다. 홀랜프가 칼을 들고 아라에게 다가오고 다친 의료진 옆에 있던 아라는 홀랜프에게 영락없이 당하려 한다. 칼을 들고 공격하려는 홀랜프에게 레나가 총을 쏘면서 달려오지만, 레나의 보호막마저 홀랜프가 휘두른 칼에 사라진다.

"레나야!"

아라는 의료진을 뒤로하고 급히 레나를 보호하러 달려간다. 홀랜프가 그녀들에게 칼을 휘두르려 하고 레나가 가지고 있던 충격기를 아라가 사용하려 할 때 김 중령이 나타나 순식간에 홀랜프의 아담스 애플을 제거한다.

"어이 천재 아가씨, 그거 사용해서 우리 모두를 죽일 작정이야? 그게 왜 여기 있는 거야?"

"저기 다락방에서……."

아라가 다락방을 가리킨다. 김 중령은 아라에게서 충격기를 받은 후 머리 묶은 연구원을 쳐다본다.

"또 몰래 빼냈구먼. 저 친구도 참."

머리 묶은 연구원은 약간의 부상이 있기는 하지만 멀쩡해 보인다. 82본부에 들어와 있던 홀랜프 부대가 모두 소탕되었다.

"자네들은 움직일 수 있는가?"

김 중령이 부상당한 의료진에게 말한다. 대부분 부상자이지만 거동은 가능하다.

"그럼, 여기 부상자들과 생존자들을 데리고 나가. 지금 저 괴물들이 더 몰려오니까 모두 다른 본부로 이동해야 한다."

의료진은 김 중령의 말에 아픈 몸을 이끌고 일어난다. 대피실에 숨어 있던 사람들도 모두 나온다.

"이 충격기는 다음 홀랜프 부대에게 먹여줄 테니 잘 지켜봐. 이런 걸 여기 내부에서 사용하다가는 큰일 난다고."

김 중령은 충격기를 잡고 이리저리 손으로 굴리면서 말한다. 그리고 아라와 레나를 초대형 스크린으로 데리고 간다. 머리 묶은 연구원을 비롯해 살아남은 몇몇 부상당한 연구원이 키보드를 꺼내 두드린다.

화면에는 82본부로 오고 있는 홀랜프 부대가 보인다. 그리고 대형 홀랜프가 하늘에서 맴돌고 있다. 김 중령은 뉴컨밴드에 대고 소리친다.

"이봐 박 사령관! 여기 상황이 좋지 않아! 자네들은 어떻게 된 거야?"

박 사령관의 헬기는 대형 홀랜프와 전투 중이다.

"우린 대기하고 있다가 대형에게 공격받았어. 지금 파라다이스로 홀랜프가 모두 집결하고 있어!"

김 중령은 박 사령관의 말에 짜증을 내며 옆 책상을 친다. 그때 빨간 전화기가 울린다. 아라가 전화를 받고는 김 중령에게 전해준다. 그는 달갑지 않은 표정으로 수화기를 귀에 댄다.

ACT 3

HOLLAND

7장 1절
만들어지는 전설

홀랜프에 의해 어디론가 끌려가는 선우필은 몸을 주체하지 못할 정도로 엉망진창이다. 여기저기 뼈가 부러졌고 온몸이 피투성이에다 옷은 갈기갈기 찢겨 있다. 마치 맹수에게 사냥당한 짐승 꼴이다. 고통에 소리도 못 내고 겨우 숨을 쉬고 있을 뿐이다. 홀랜프가 그런 선우필의 팔을 잡고 마치 무거운 짐가방을 끌고 가듯 어디론가 데려간다. 갈비뼈가 다 드러날 정도로 찢겨 있어 팔을 들때마다 크게 숨을 쉬려고 노력하지만 제대로 쉬어지질 않는다.

홀랜프는 선우필을 잡고 통유리로 된 배럴barrel에 집어넣는다. 이전에 연기가 나와 사람을 페카터모리로 변환시킨 가스통이다. 선우필은 겨우 고개를 들어 통유리 배럴이 배치된 챔버chamber를 쳐다본다. 거기에는 이런 통유리 배럴이 여러 대 있다. 다른 배럴에는 이미 진한 연기가 나오는 중이며 아까 전투를 벌이다 죽었다고 생각한 특전사들이 들어가 있다. 홀랜프는 다른 특전사의 손등에 블랙코드를 새긴 후 통유리 배럴로 집어넣는다. 그 전에 들어갔던 특전사들은 반응이 오는지 포효하는 소리가 들린다. 그리고 연기가 다 사라지면서 보이는 윤곽은 상류층 페카터모리다. 반으로 잘렸던 8호의 두 몸뚱이 역시 배럴에 들어가자 상류층 페카터모리로 변화한다. 선우필은 아까 자신에게 농담을 던지며 웃던 특전사들의 얼굴이 떠오른다. 아내에게 잘하라는 특전사의 말이 귀에서 맴돌다가 리브의 모습이 떠오른다. 여전히 움직이지 못하는 선우필은 간신히 눈을 뜨려 노력하지만 이내 힘에 부치는지 고개를 숙인다.

통유리를 사이에 두고 죽은 듯 쓰러진 특전사 팀장을 보고 선우필은 고개를 들고 손을 뻗는다. 팀장의 배럴에 있던 연기가 모두 그의 몸속으로 들어가고 잠시 후, 몸을 비틀기 시작하는 팀장의 뚫린 옆구리에 살이 붙기 시작한다. 그리고 눈을 뜨는 그가 페카터모리로 변환된다. 포효와 함께 일어나는 특전사 팀장은 다른 특전사들과 마찬가지로 나오려는 듯 통유리를 계속 가격한다.

선우필은 자신의 배럴에서 나오기 시작하는 연기를 본다. 가쁜 숨을 내쉬던 그는 눈을 감고 자신에게 다가오는 연기에 입을 닫고 숨을 참는다. 부서진 뼈와 상처들로 숨을 참는 행동조차 기절할 정도의 고통으로 다가온다. 가스가 선우필의 코로 들어가려 하지만 선우필은 팔을 힘겹게 들며 손가락으로 코를 막는다. 그럼에도 가스는 점점 선우필의 콧속으로 들어가려 한다. 선우필의 입이 열리고 기침을 시작한다. 선우필은 포기한 듯 눈을 감고 바닥에 드러눕는다.

"그렇게 나약한 정신상태로 우리를 지키겠다고?"

리브의 목소리에 눈을 뜬다. 달빛을 배경으로 서 있던 리브가 다

그치듯 말한다.

"넌 정말 사람을 성가시게 만들어. 짜증 나 죽겠어! 너만 생각하면."

리브는 선우필이 아무 반응이 없자 답답한 듯 발바닥으로 바닥을 친다.

"내가 이러면 넌 맨날 미안한 척만 하지? 남자가 자신감도 없이 뭘 하려고 하지도 않고."

리브는 눈물까지 글썽이며 선우필에게 다그친다. 그리고 눈물을 닦으며 창피한 듯 뒤돌아선다.

"우린 이제 어른이 되는 거야. 그러니까 철없는 행동 그만하고 함께 책임지는 행동을 하면 좋겠어."

지금 리브가 보고 싶다는 생각이 솟구쳐 올라온다. 페카터모리가 된다면 리브를 마주하지 못할 것이다. 지금 선우필의 머릿속은 리브로 가득하다.

선우필은 전기충격을 받은 듯 몸을 떨더니 통유리를 주먹으로 치기 시작한다. 선우필과 마찬가지로 특전사였던 페카터모리들이 소란을 피우며 통유리 배럴을 깨부수기 시작한다. 그들은 인간이 었을 적 기억이 사라진 듯 언어 대신 포효한다. 홀랜프가 나타나 페카터모리가 된 특전사들을 제압한다. 죽이는 대신 쇠사슬로 목을 묶는다. 그때 페카터모리가 된 특전사 팀장이 홀랜프의 무기를 빼앗아 자신의 부하였던 페카터모리들의 아담스 애플을 모두 쳐 내 죽인다. 소형 홀랜프 부대가 페카터모리가 된 특전사 팀장을 공격하지만 역시나 아담스 애플을 쳐 소형 홀랜프 부대도 몰살시킨다. 그리고 선우필을 보며 아까 했던 말을 반복하듯 입이 움직이지만, 홀랜프의 소리만 나올 뿐 사람의 말은 나오지 않는다. 중형 홀랜프가 나타나 칼을 들고는 페카터모리가 된 특전사 팀장의 목을 쳐낸다. 그의 목이 선우필에게 떨어지고 입자가 되면서까지 자신의 마지막 메시지를 전하려는 듯 입이 뻥끗댄다.

선우필은 아지랑이가 된 특전사 팀장의 몸을 보면서 알 수 없는 분노가 치밀어오른다. 자신의 깊은 곳에서 역류하는 힘과 살아나는 몸이 느껴진다. 선우필이 주먹을 내지르자 통유리가 깨진다. 중형 홀랜프들이 달려들자 이전에 느꼈던 그들의 세포가 감지된다. 자신에게 달려드는 홀랜프의 칼을 피하면서 선우필은 창문 너머로 보이는 파라다이스에서 마일스 전사들이 탑승한 헬기와 군용차를 본다.

7장 2절
3차 대전

파라다이스는 어느새 동이 트기 시작한다. 마일스 전사들과 홀랜프 부대의 전투가 이어지고 있다. 하류층 페카터모리들은 인간의 모습으로 변환해 숨느라 정신없지만, 그들 모두 마일스 전사들에게 죽는다.

"배신자와 쇳덩어리들은 한 마리도 살려두지 않는다! 모두 처단한다!"

승리를 잡듯 외치는 전사들은 중산층과 상류층 페카터모리마저 찾아내 죽인다. 하지만 홀랜프가 나타나 전사들을 도리어 죽이면서 전투가 치열해진다.

다른 쪽에서는 페카터모리를 죽이지 못한 채 안절부절못하는 전사도 보인다.

"너 살아 있던 거야? 날 모르겠냐고!"

전사는 가지고 있던 멘사검을 내려놓으며 다가가지만, 페카터모리는 다른 페카터모리 떼와 함께 그 전사를 죽인다. 마일스 부대의 부대장이 그 모습을 보고 전사들에게 알린다.

"페카터모리는 더는 인간이 아니다. 사사로운 감정은 모두 버리고 죽여라!"

마일스 전사들은 페카터모리 떼의 아담스 애플을 모조리 쳐낸다. 페카터모리는 전사들을 피해 도망치기 시작하고 대신 홀랜프 부대가 나타나 마일스 전사 부대와 전투를 벌인다. 소형, 중형 홀랜프 부대가 합세하여 공격하지만, 마일스 전사 부대도 만만치 않게 상대한다.

"우리 어빌리스가 향상되었다는 증거다! 이제 홀랜프와 맞서 싸울 정도야!"

전사들의 사기가 높아지며 홀랜프를 상대하지만, 수적으로 밀리면서 죽어간다.

"절대 물러서지……."

마일스 부대장 역시 강하게 밀어붙이며 전사들에게 말하다 홀랜프에 의해 무참히 살해당한다. 강한 외침과는 다르게 점점 홀랜프 부대에 밀리기 시작하는 전사들은 겁에 질린다. 자신들의 어빌리스가 조금 강해졌다고 자만했던 순간이 무색할 정도로 홀랜프의 어빌리스 또한 강해진다. 그때 하늘에서 박 사령관의 헬기가 홀랜프 부대를 공격한다. 헬기 안에서 기관총으로 지면에 있는 홀랜프를 쏘면서 파라다이스를 상공한다. 한 홀랜프가 모리스틱을 이용해 헬기로 다가오자 성철이 멘사보드에 탑승하더니 공중전을 벌인다. 그리고 헬기에 있던 다른 전사도 합세해 두 전사가 홀랜프의 아담스 애플을 제거한 후 다시 헬기로 돌아와 기관총을 잡는다.

그리고 다른 홀랜프가 모리스틱을 타고 헬기를 공격한다.

"이번엔 나만 나갈게! 저 정도는 혼자 상대할 수 있어! 자네는 엄호만 해!"

성철과 함께 나갔던 전사가 말하며 다시 멘사보드에 탑승해 홀랜프와 싸운다. 그 전사의 실력이 출중하다. 홀랜프의 아담스 애플을 제거한 후 헬기에 있는 전사들에게 엄지를 들어 보이며 돌아가려고 한다. 그때 뒤에서 대형 홀랜프가 나타나 그 전사를 공격해 죽인다.

헬기 안에 있던 성철과 형진을 비롯한 전사들은 기관총으로 대형 홀랜프를 공격한다. 박 사령관은 헬기를 조종하며 피한다. 그때 성철이 파라다이스로 날아오는 헬기를 향해 외친다.

"아이들이 도착했습니다!"

박 사령관은 성철이 가리키는 방향을 본다. 다른 지역에서 온 군용차들과 헬기들이 아이들을 태운 헬기를 경호하며 파라다이스에 도착한다. 여러 헬기 안에서 멘사보드에 탑승한 마일스 전사들이 나와 홀랜프와 전투를 벌인다. 군용차 안에서도 전사들이 대거 나와 전투에 참여한다.

"전사들은 모두 아이들이 여왕에게 가도록 목숨 걸고 엄호한다!"

*

아이들을 태운 헬기를 조종하던 헬기부대 편대장과 부편대장이 대형 홀랜프의 이그니스 럭스를 피한다. 편대장이 부편대장과 대화하더니 일어나 말한다.

"지금 아이들과 보호자는 우리 엄호를 받아 여기서 탈출합니다. 준비하십시오!"

니나가 잠시 잠들어 있던 리브의 허벅지를 흔들어 깨운다. 리브는 깊은 꿈을 꾸고 있었는지 흠칫 놀라 잠에서 깬다.

"이제 나갈 때야."

니나의 말에 리브는 주위를 둘러보면서 상황을 파악한다. 그리고 선우희를 본다. 전사들은 멘사보드에 두 발을 대고 말한다.

"아이들을 엄호한다."

"아이들을 여왕에게 무사히 데리고 간다."

"할 수 있다!"

헬기를 조종하는 부편대장을 제외한 편대장과 여섯 명의 전사들이 서 집사와 아이들을 자신들 뒤로 배치하고 헬기에서 뛰어내릴 준비를 한다.

아이들 역시 뉴컨밴드를 착용하고 멘사보드에 탑승한 채 긴장한 표정으로 서 집사의 지시에 맞춰 헬기에서 뛰어내릴 준비를 한다. 니나는 리브와 선우희가 소형 멘사보드에 제대로 탑승했나 확인한다. 리브는 선우희를 자신의 무릎에 앉히고 소형 멘사보드에 타고 있다. 리브의 뉴컨밴드에서 강한 불빛이 나오고 선우희의 조그마한 뉴컨밴드에서도 불빛이 나온다.

"저런 꼬마도 어빌리스를 갖고 있다니……."

한 전사가 신기한 듯 말한다.

"예언서의 아이잖아."

"전설이 실현되고 있다고!"

"출발하자!"

전사들은 흥분하여 멘사보드를 타고 헬기에서 뛰어내린다. 그러자 모리스틱을 탄 홀랜프 부대에 세 명의 전사가 즉사한다. 다시 나타난 대형 홀랜프가 아이들을 향해 이그니스 럭스를 발사하자 다른 전사가 대신 맞아 죽는다. 하지만 그 파편에 맞은 헬기의 꼬리날개가 터지면서 추락한다.

"뛰어내려라!"

서 집사가 아이들에게 외치자 모두 멘사보드를 타고 뛰어내린다. 아이들과 함께 나온 남은 두 전사가 대형 홀랜프의 꼬리에 맞고는 추락한다. 대형 홀랜프는 헬기를 끝까지 추격해 파괴한 후 유유히 어디론가 날아간다.

아이들과 함께 대형 홀랜프의 공격을 피한 서 집사는 재빠른 공격으로 모리스틱을 탄 중형 홀랜프들을 죽인 후 아이들의 행방을 확인한다. 니나는 리브와 선우희를 데리고 근처 건물로 피신했고 남자아이들은 새로운 멘사보드에 아직 적응을 못 하는지 공중에서 어설프게 돌고 있다. 홀랜프 부대가 그들을 공격하자 서 집사가 방어한다.

"집중해라. 감각을 더 깨워."

서 집사가 남자아이들에게 말한다. 그들은 다시 멘사보드에 똑바로 서서 공중을 날아다닌다.

"알아요! 저희가 이제 상대할게요!"

해든이 자신 있다는 표정으로 다가오는 홀랜프 부대에게 다가간다.

"저 멍청이!"

니나가 건물에서 해든을 보며 외친다. 해든은 자신 있게 멘사보드를 타고 홀랜프 부대에 다가가다 양옆으로 공격해오는 다른 홀랜프 부대를 마주하고 당황한다.

"앗!"

해든을 공격하려 하자 양옆으로 민수와 서 집사가 나타나 그들의 아담스 애플을 순식간에 제거한다.

"너는 이 형님이 지켜줘야 한다고 했잖아!"

민수가 치아가 다 드러나도록 웃으며 말한다. 해든은 자신의 부러진 치아를 혓바닥으로 훑더니 불만인 듯 민수를 쳐다본다.

"너희 괜찮겠냐?"

서 집사가 약간 떨어져 있는 니나를 보며 말한다.

"저희는 걱정하지 마시고 앞쪽에서 봐요."

니나가 말한다. 해든은 약간 떨어져 있는 니나를 보더니, 민수를 보며 쇠막대기와 권총을 꺼낸다.

"이제부터니까 잘 지켜봐라!"

"너를 잘 지켜보는 게 아니라 내가 널 지켜주는 거라니까."

민수 역시 쇠막대기와 권총을 꺼내며 말한다. 오웬도 형들을 따라 쇠막대기와 권총을 꺼낸다.

"이건 시합이 아니야."

그렇게 말하는 서 집사를 중심으로 남자아이들은 홀랜프 부대와 전투를 벌인다.

처음에는 용맹스럽게 잘 싸우며 결국 거의 모든 페카터모리 부대를 퇴치했던 전사들은 홀랜프 부대가 떼지어 나타나자 점점 진용이 흐트러진다. 그리고 처참하게 죽어나가는 전사들이 늘어난다. 사라진 대형 홀랜프도 어디선가 다시 나타나 전사들을 공격하고 헬기들을 격추한다.

지상에서 멘사보드로 낮게 비행하며 전투를 벌이던 전사들이 홀랜프의 공격에 몰릴 때 서 집사와 남자아이들이 나타나 재빠르게 해치운다. 서 집사는 멘사보드를 듀얼모드로 전환하는 동시에 중앙보드에서 나온 두 멘사검을 들고 이그니스 럭스를 멘사검의 보드로 방어한 뒤 순식간에 다른 팔에 들린 멘사검으로 홀랜프의 목을 벤다. 그리고 바로 모노보드로 전환해 쇠막대기를 이용해 다른 홀랜프의 목을 사정없이 쳐내 아담스 애플을 파괴한다. 남자아이들 역시 서 집사와 비슷한 실력으로 홀랜프 부대를 박살낸다. 순식간에 몰살시킨 서 집사와 아이들을 본 전사들의 사기가 올라간다.

"방금 뭐야!"

"확실히 다르잖아!"

"이길 수 있어!"

그들의 실력을 확인한 전사들은 용맹하게 싸우기 시작한다. 그들의 뉴컨밴드에서 강렬한 빛이 나면서 서 집사와 아이들을 필두로 전사들이 홀랜프 본부로 향한다.

하늘에서 대형 홀랜프가 이그니스 럭스를 쏜다. 오웬이 멘사보드로 방어를 하자 서 집사는 해든과 민수를 데리고 대형 홀랜프에게 가더니 재공격해오는 대형 홀랜프를 피해 듀얼모드로 멘사보드를 전환한다. 그때 양 끝에 양발을 걸칠 수 있게 되고 중앙에는 칼과 방패를 합쳐놓은 보드가 생긴다. 쭈그리고 앉아 중앙보드를 잡으면 쌍검이 방패로 쌓이고 중앙보드를 반으로 나누면 멘사검이 되어 두 개의 방패칼처럼 사용이 가능하다. 해든과 민수 역시 듀얼모드로 전환시켜 대형 홀랜프 위에서 사정없이 멘사검을 휘두른다. 서 집사는 대형 홀랜프의 신체를 베면서 목까지 다다른다. 그리고 눈에 보이는 커다란 아담스 애플을 보고는 권총을 꺼내 파괴한다.

대형 홀랜프가 하늘에서 떨어지며 입자로 분열되어 연기가 되어 사라진다. 그 모습을 지켜보던 전사들이 환호성을 지른다. 그들의 어빌리스가 더 강해지며 뉴컨밴드에서 강렬한 빛을 뿜어낸다. 그들의 전투력이 오르자 홀랜프 부대가 속수무책으로 당한다.

한 전사가 서 집사와 마찬가지로 계속 멘사보드를 듀얼과 모노로 전환하며 전투를 하다 지치는지 잠시 내려와 쉰다.

"이봐, 저렇게 하는 게 쉽지 않아. 함부로 전환하지 마. 멘사보드를 계속 전환하기 위해 상상하려면 더 많은 훈련이 필요하다고."

다른 전사가 나타나 물을 건네고는 잠시 숨을 돌리며 파라다이스를 쳐다본다. 파라다이스는 폭발로 생긴 연기와 홀랜프가 죽어 생긴 연기로 가득 차 있다. 그리고 전투에 합세하려고 서 집사와 아이들이 있는 곳으로 향하던 전사는 부대가 한 곳을 향하고 있는 걸 본다.

"뭐 하고 있나? 빨리 아이들을⋯⋯."

전사들은 니나의 전투를 보고 있다. 뿌옇게 낀 연기가 걷히면서 보이는 니나가 리브와 선우희를 데리고 홀랜프 부대와 전투 중이다. 아까 봤던 서 집사와 남자아이들과는 비교가 되지 않는 속도로 멘사보드를 이용한다. 너무 빨라 전사들의 눈에는 보이지도 않는다.

"방금 봤어? 어떻게 한 거야?"

한 전사의 말에 다른 전사들이 멍하니 그 전사를 쳐다보다 다시 니나의 전투를 본다. 니나는 멘사보드에서 뛰어올라 공중에서 모리스틱에 탑승한 홀랜프들의 몸을 밟아 그 반동으로 뛰어다니는 동시에 단검으로 그들의 아담스 애플을 한 번에 제거한다. 그리고 멘사보드가 니나를 따라오게끔 조종하며 빌딩 벽을 타면서 홀랜프 두 부대를 순식간에 격파한다. 멘사보드를 자유자재로 이용하여 굳이 자신이 그 위에 타고 있지 않더라도 듀얼모드나 모노모드로 전환한다.

니나의 전투에는 화려함이 깃들어 있다. 우아한 움직임으로 공중에서 날아다니는 니나는 홀랜프 부대를 박살 낸 후 리브와 선우희에게 달려드는 홀랜프들에게 멘사보드를 타고 재빠르게 날아가 일순간에 연기로 만든다.

니나는 리브와 선우희를 태운 소형 멘사보드를 잡아 홀랜프 본부 방향으로 힘껏 던지며 그 속도에 맞춰 자신도 앞으로 나아간다. 그리고 가는 길에 나오는 모든 홀랜프를 죽이고 연기 사이로 지나간다. 리브는 선우희를 꼭 잡은 채 니나의 박자에 맞추며 소형 멘사보드를 나아가게 한다. 여러 아찔한 순간에도 리브는 니나를 완전히 신뢰하는 듯 크게 동요하지 않는다.

선우희는 어린아이답지 않게 무감정한 표정으로 홀랜프 본부를 쳐다보고 있다.

더 앞으로 나아가려던 니나는 홀랜프의 수적 우세 때문에 근처 건물 옥상으로 방향을 튼다. 서 집사 역시 홀랜프 본부 가까이 왔지만, 그곳에서 끊임없이 나오는 홀랜프에 의해 점점 뒤로 밀려난다. 니나는 리브와 선우희를 데리고 서 집사와 합세하지만 홀랜프의 수가 급격히 늘면서 서 집사와 함께 번갈아 홀랜프로부터 리브를 보호한다. 많은 전사가 그런 서 집사와 니나의 실력에 감탄하며 자신들도 따라 공격해보지만 하나둘 홀랜프에게 죽는다.

"우선 대피해라! 이렇게는 들어가지 못하겠구나."

불어난 홀랜프의 수에 서 집사가 니나에게 리브와 선우희를 데리고 근처 건물로 피신하게 한다. 그리고 서 집사와 남자아이들은 다시 뒤로 후퇴한다.

해든과 오웬은 잠시 멈칫하며 주위를 둘러본다. 그 모습을 발견한 민수가 외친다.

"만약 데자뷔를 경험한 거라면 머리를 비우고 여왕을 만나겠다는 생각만 해!"

해든이 민수의 말에 쳐다본다. 그때 해든과 오웬을 공격하려는 홀랜프에 해든이 대항하지 못하자 민수가 대신 막으며 홀랜프를 죽인다.

"내가 구해줬댔지?"

민수가 자랑스럽게 말한다. 해든은 그런 민수의 모습에 코웃음 친다.

"감지되지 않아? 우리 어빌리스가 싸우면서 점점 더 강해지고 있어! 여왕을 만날 때는 더욱 강해질 거야!"

민수가 외친다. 해든이 고개를 끄덕인다.

"그래. 실력이 늘고 있는 거야."

대답하는 해든의 소리에 오웬은 민수를 불안한 표정으로 쳐다본다.

홀랜프 본부에서 한참 뒤로 떨어진 서 집사와 남자아이들 그리고 마일스 전사 부대들은 계속되는 홀랜프 부대의 공격에 방어만

한다. 하늘에서는 이제 박 사령관의 헬기만 남고 모든 헬기가 추락한 상태다.

"이봐! 왜 우리 병력이 더 안 오는 거야?"

박 사령관은 현저히 줄어든 마일스 전사들의 숫자를 세보며 뉴컨밴드에 대고 말한다.

"더는…… 더 이상은 병력이 없어. 선우필이 죽었다고 단정하고 핵을 발사한다고 하니 준비해라."

뉴컨밴드에서 김 중령의 목소리가 들린다. 서 집사를 비롯해 뉴컨밴드를 착용한 모든 사람이 소식을 듣는다. 박 사령관과 서 집사가 멀리서나마 서로 쳐다본다. 서 집사는 개미 떼처럼 불어난 홀랜프를 보게 된다. 초소형, 소형, 중형 홀랜프 모두가 떼를 지어 마일스 전사들을 공격하고 있다. 니나가 있는 곳에도 남자아이들이 있는 곳에도 홀랜프가 수없이 많다. 민수가 서 집사에게 다가온다.

"사부님."

서 집사는 홀랜프 본부에서 가장 높은 층을 바라본다. 커다란 통유리로 덮인 층이다.

"어서 모두를 이끌고 여왕이 있는 곳으로 향해라."

서 집사가 손가락으로 가리킨다. 해든과 오웬도 서 집사가 있는 곳으로 다가온다.

"집사님은요?"

서 집사는 떼지어 다가오는 홀랜프 부대를 본다.

"나는 길을 터주겠다."

해든이 주위를 둘러본다. 사방팔방에서 홀랜프 부대가 다가오고 있다.

"같이 가요. 저 많은 괴물을 어떻게 상대하시려고요?"

민수가 옆에서 해든의 어깨를 잡는다.

"너 감히 우리 사부님을 못 믿는 거야?"

민수의 말에 해든이 쳐다본다. 그리고 오웬을 본다.

"형……."

오웬이 말한다. 해든은 고개를 끄덕인다.

"그럼 저희가 먼저 여왕에게 가 있을게요. 빨리 와주세요."

해든은 민수와 오웬과 함께 앞으로 나아간다. 주위에서 달려드는 홀랜프를 서 집사가 처리한다. 서 집사가 남자아이들 뒤에서 총으로 엄호하고 있어 앞으로 나아가기가 수월해진다. 서 집사는 달려드는 홀랜프를 모두 처리한다. 서 집사의 뉴컨밴드는 지금 그 어느 때보다 강렬한 빛을 뿜고 있다. 그는 전투를 하다 가스 챔버가 있는 층을 바라본다.

"선우필……."

8장 1절
집사

가스 챔버에서 나오려던 선우필은 홀랜프 무리에 막혀 접전을 벌인다. 자신의 신체가 뜻대로 조절이 안 되는 듯 이 벽 저 벽에 부딪히며 홀랜프의 공격을 피한다. 주먹과 발을 홀랜프에게 뻗어보지만, 이전 같은 공격력이 나오질 않는다. 그리고 몸속에서는 헛구역질이 나온다. 온 세상이 자전하는 듯 머리가 어지러워 쓰러지려 하지만 이상하게도 쓰러지지 않는다. 그리고 홀랜프의 맹렬한 공격에도 멀쩡하다. 그는 주먹과 발을 휘둘러본다. 생각도 하기 전에 몸이 먼저 반응한다. 정신을 차려보니 홀랜프 무리가 쓰러져 있다.

선우필은 이전에 느낀 신경세포의 움직임이 다시 느껴진다. 머릿속에서 뉴런의 움직임을 느낀다. 혈액이 순환되는 소리가 들리고 심장박동이 뜻대로 조절되면서 숨이 고르게 쉬어진다. 생각해서 하는 행동이 아니다. 감각이 알아서 이끈다. 마치 원하는 행동을 미리 알고 일 처리를 해놓은 듯하다. 선우필이 다시 일어나 공격하려는 홀랜프 무리를 보는 그때 이전에 한 번도 감지 못한 어빌리스가 느껴진다. 선우필은 천장을 쳐다본다. 지금 여왕이 있는 홀랜프 본부 꼭대기에서 몇 층 아래에 있다는 것을 알게 된다. 여왕의 어빌리스가 감지되기 때문이다. 깨진 통유리 배럴로 파라다이스 도시가 보인다. 선우필은 해든, 오웬, 민수가 홀랜프 부대와 접전을 벌이는 걸 보고, 잘 보이지는 않지만 홀랜프 본부 근처에서 니나, 리브 그리고 선우희의 어빌리스를 감지한다. 남자아이들 뒤편으로 서 집사가 수많은 홀랜프 부대에 둘러싸여 전투 중이다.

서 집사는 현란한 무술 실력으로 몰려드는 홀랜프 무리를 제압하지만 홀랜프는 계속 부대를 이루어 서 집사에게 달려든다. 서 집사가 막고 있어 남자아이들 뒤에서는 홀랜프가 공격하지 않지만 앞서가던 남자아이들은 홀랜프 본부에서 끊임없이 나오는 무리에 더는 전진하지 못한다. 길을 터주려고 뒤에 남은 서 집사 역시 앞으로 나아가는 게 힘들어진다. 주 무기로 사용하던 멘사검의 날이 부러진다.

"잘못된 판단이었나?"

자신의 부러진 멘사검을 보며 듀얼모드로 전환된 멘사보드와 함께 공중으로 날아가려 하지만 홀랜프에게 잡히면서 멘사보드까지 박살난다. 머리에 장착된 뉴컨밴드의 빛이 희미해진다. 서 집사는 뉴컨밴드를 머리에서 떼어내 홀랜프에게 던진다. 그리고 쇠막대기와 단검을 꺼내 홀랜프 부대를 상대한다. 하지만 그러한 무기들 역시 계속되는 공격에 망가져 바닥에 떨어진 홀랜프의 무기를 들고 싸워보지만, 결국 빈손이 된다.

"여기까지란 말인가?"

좀비 떼처럼 달려드는 홀랜프를 보며 마치 앞에 누군가가 있는 듯 혼잣말을 한다. 서 집사는 부서진 무기를 달려드는 홀랜프에게 던지며 뒷걸음질한다. 자신의 목에 걸린 펜던트를 손으로 꼭 잡으며 홀랜프 본부를 쳐다본다. 서 집사는 여왕이 있다는 꼭대기 층 조금 아래에서 통유리 너머로 자신을 보는 선우필을 발견한다. 먼 거리지만 잠시 서 집사와 선우필은 서로를 본다. 그러다가 서 집사는 자신에게 가까워진 홀랜프 무리를 선우필과 번갈아 본다. 그리고 또 누군가에게 말하듯 입을 연다.

"자네 말대로…… 그리고 최 박사님 말씀대로 결국 자네 아들의 잠재력이 깨어나는 듯하네. 내가 예상했던 어빌리스보다 훨씬 강해진 듯해."

서 집사는 꼭 잡고 있던 펜던트를 쳐다본다.

"이걸 이렇게 사용하게 되네. 그래도 아이들을 위해 쓰인다는 사실에는 변함이 없잖아? 내 부족한 어빌리스에 대한 핑계이긴 해도 나는 늘 배려를 하려고 노력했다네. 내가 목숨을 함부로 대하는 게 아니라는 것을 반드시 알아주게나."

서 집사가 펜던트를 목에서 빼낸 후 휘두르자 긴 쇠줄이 펜던트에서 나온다. 펜던트를 붙잡고 그 속에서 나온 쇠줄을 강하게 던져 홀랜프의 아담스 애플을 치자 홀랜프가 잠시 주춤한다. 그 틈을 노려 주먹과 발로 아담스 애플을 바스러뜨린다. 제대로 가격하면 아담스 애플이 터지기도 한다. 여러 홀랜프를 그런 식으로 죽이던 서 집사가 잠시 옛 생각이 나는 듯 다시 허공을 보며 혼잣말을 한다.

"자네와 겨루기 연습을 할 때가 그립네."

아무리 죽여도 홀랜프의 숫자는 늘어난다. 이제는 홀랜프 무리에 둘러싸인 서 집사가 마지막 발악을 하듯 소리 지르며 펜던트의 쇠줄을 사납게 휘젓는다. 서 집사를 잡으려던 홀랜프가 잠시 머뭇거리는 틈을 타 그가 펜던트의 뚜껑을 연다. 빨간 버튼이 보인다. 서 집사는 선우필을 보며 미소와 함께 버튼을 누른다. 서 집사 주위에 폭발음이 일어난다. 주위를 둘러싼 홀랜프 무리가 그 폭발에 터지면서 진한 연기가 보인다. 서 집사의 몸도 피투성이가 된다. 또 다른 홀랜프 무리가 다가와 만신창이 몸이 된 서 집사에게 달려든다.

온몸에 피를 흘리며 서 집사는 펜던트를 쳐다본다.

"한 번만 더 도와주게."

홀랜프 무리가 성난 군중처럼 달려들어 서 집사의 온몸을 찢는다. 그 와중에 마지막 어빌리스를 발휘해 펜던트의 버튼을 한 번 더 누른다. 아까보다 더 큰 폭음이 일면서 서 집사를 비롯한 주위 모두가 폭발한다.

남자아이들은 홀랜프 본부에 거의 다 다다랐을 때 폭발음을 듣고 뒤돌아본다. 니나와 리브 또한 홀랜프 본부에서 가까운 건물에서 서 집사와 그 주위가 폭발한 모습에 놀란다. 민수는 주체할 수 없을 정도로 분노에 휩싸인다. 그리고 사방에서 공격해오는 홀랜프 부대를 단번에 죽이고는 멘사보드를 서 집사가 있던 방향으로 튼다.

"사부님!"

민수는 소리를 지르며 빠른 속도로 날아간다. 감정이 격해졌던 해든과 오웬은 금세 냉정함을 되찾으며 민수가 홀랜프를 죽여 생긴 연기를 보며 외친다.

"그렇게 갑자기 힘쓰지 마!"

"형! 기다려! 혼자 가면 안 돼!"

해든과 오웬의 소리에도 민수는 아랑곳하지 않고 도중에 마주치는 홀랜프의 아담스 애플을 모조리 찢어 죽이며 그들을 가로질러 날아간다. 해든과 오웬은 민수를 따라가려다 몰려드는 홀랜프 무리에 나아가지 못한다.

근처에 있던 니나가 리브를 본다.

"빨리 가서 도와줘! 저건 아니야……."

리브가 외치지만 니나는 주변에서 몰려드는 홀랜프 부대 때문에 나아가지 못하고 다시 리브에게로 돌아온다. 리브는 이마에 손을 대고 괴로운 표정으로 선우희를 본다. 선우희는 리브의 얼굴을 지그시 만져줄 뿐 아무런 반응이 없다.

리브는 선우희를 안고 홀랜프 본부를 쳐다보고 있다. 놀람과 애석함 그리고 원망이 섞여 홀랜프 본부를 쳐다보고 있다. 니나도 고개를 돌려 홀랜프 본부를 본다. 그리고 홀랜프 본부 꼭대기에서 몇 층 아래의 통유리 창문이 깨지면서 선우필이 홀랜프 무리와 싸우는 장면을 본다.

그때 홀랜프 본부 꼭대기 층을 덮고 있던 거대한 통유리 창문이 열리면서 열두 마리의 특수 홀랜프 부대가 모습을 드러낸다.

8장 2절
배려심

선우필은 어떻게 해서든지 홀랜프 본부의 통유리 창문을 깨고 나오려 한다. 자신의 몸을 던져 창문에 부딪혀보기도 하고 주먹과 발로 쳐보기도 하지만 꿈쩍도 안 한다. 홀랜프의 무기를 빼앗아 이 그니스 럭스를 쏴도 멀쩡하다.

그때 중형 홀랜프 부대와 전투 중이던 서 집사의 몸이 폭파되는 걸 본다. 선우필은 놀라 멍하니 보다 다시 다급히 창문을 치기 시작한다. 견고하던 창문에 조금씩 금이 간다. 그리고 뒤에서 자신에게 돌진해오는 홀랜프 무리의 공격을 받으며 그들과 함께 창문으로 돌진한다. 부딪히자 결국 창문이 깨지고 파라다이스의 공기가 본부 내부로 들어온다. 선우필은 전투를 벌이며 떨어지다가 초소형 홀랜프 떼가 지키고 있는 빌딩 절벽 아래 지면을 쳐다본다.

선우필은 홀랜프 무리의 낙하하는 신체를 이용한 반동으로 위로 올라간다. 하지만 아직 떨어지지 않은 홀랜프 무리가 선우필을 향해 솟구치며 공격하자 결국 선우필은 추락하게 된다. 포기한 듯 눈을 감으며 충격을 완화하기 위해 낙법 자세를 취한다.

중력이 느껴지지 않아 눈을 떠보니 한 홀랜프가 자신의 발을 잡은 채 공중에 매달려 있다. 다리를 털어 홀랜프를 떨어트리고 보니 자신이 공중에 떠 있다. 절벽 아래로 떨어진 중형 홀랜프 무리가 일어나 초소형 홀랜프 떼와 함께 밑에서 보고 있다.

공중에 뜬 선우필을 파라다이스에 있는 모든 마일스 전사가 놀란 표정으로 쳐다본다. 니나 역시 놀란 표정으로 선우필을 보고는 옆에서 소형 멘사보드에서 내린 리브를 쳐다본다. 리브는 예상했다는 표정으로 선우필을 본다. 공중에서 선우필은 자신의 몸을 조절할 줄 몰라 얼어버린 듯 가만히 서 있다가 몸을 이리저리 움직여본다. 그때 중형 홀랜프 부대가 위층에서 선우필을 공격하려고 뛰어들고 선우필은 그들을 피한다. 떨어진 중형 홀랜프 부대와 자신을 지켜보는 모든 생물체를 보며 선우필은 신체를 조절하려는 듯 계속 공중에서 몸을 돌려본다. 그러다가 건너편 건물 옥상에서 다시 소형 멘사보드 위에 탄 리브와 눈이 마주친다. 리브는 선우희를 안은 채 선우필을 노려본다. 그리고 이곳으로 오라고 손짓한다. 선우필은 머리를 긁적이며 고개를 갸우뚱한다. 리브는 한숨을 쉬며 고개를 젓는다.

그때 선우필 머리 위로 장창을 쥔 특수 홀랜프 리더가 빠르게 민수가 있는 곳으로 날아간다. 민수는 분노에 휩싸인 채 정신없이 홀랜프 부대를 홀로 상대하고 있다. 듀얼모드로 전환된 멘사보드로 날아다니면서 멘사검으로 홀랜프의 아담스 애플을 모조리 도려내고 있다. 하지만 흥분한 나머지 숨을 고르게 쉬지 못한다. 결국 가빠진 숨을 몰아쉬는 민수는 무아지경으로 멘사검을 휘두르기 시작한다.

홀랜프 부대 하나를 몰살시킨 민수는 잠시 숨을 고르다 다른 홀랜프 부대를 발견한다. 그리고 해든과 오웬을 찾으려는 듯 뒤를 돌아보는데 빠른 속도로 날아온 특수 홀랜프 리더의 장창을 피하지 못한다. 민수의 가슴 중앙을 정확히 관통한 장창의 끝 자루가 수많은 줄기로 나뉘더니 땅에 모조리 박힌다. 민수는 미처 반응도 하기 전에 "억"소리와 함께 들고 있던 멘사검을 떨어트린다. 피로 덮인 장창의 날이 몸을 뚫고 땅에 박혀 민수는 하늘을 쳐다보는 자세 그대로 두 팔을 벌리고 장창에 꽂혀 있다. 장창의 자루에서 피가 흘러내리고 민수의 손을 시작으로 온몸이 떨린다.

"민수……."

선우필은 공중에서 조용히 민수를 부른다. 그리고 자신의 몸을 앞으로 밀어본다. 선우필의 몸은 서투르지만 천천히 민수를 향해 날아간다. 헬기에서 선우필을 지켜보던 박 사령관과 전사들은 흥분한다. 성철은 형진을 보며 말한다.

"저것 보라고! 내가 말했잖아! 내가 말했잖아!"

성철이 흥분하며 같은 말을 반복하고 형진은 어안이 벙벙한 표정으로 공중을 날아가는 선우필을 쳐다본다.

창에 꽂힌 민수는 고통에 "어억……" 하는 소리만 겨우 내며 입에서 피가 계속 흐른다. 자신의 두 손으로 장창의 자루를 잡고 어떻게 해서든 빼보려 하지만 손에 힘이 들어가지 않는다.

장창에 꽂힌 민수를 본 해든과 오웬은 분노에 휩싸여 다급하게 멘사검을 휘두르며 자신들을 가로막는 홀랜프 부대를 뚫어보지만, 특수 홀랜프 리더에 가로막혀 나아가질 못한다. 특수 홀랜프 리더를 두 사람이 합동으로 공격해보지만, 갑옷을 뚫을 수 없다. 총을 쏘고 멘사검을 휘둘러보아도 기존의 홀랜프와는 달리 모든 공격을 막더니 오히려 그들의 어빌리스가 가소로운 듯 가볍게 공격한다.

"형! 이 새끼 뭐야!"

오웬이 연속으로 공격하지만, 전혀 먹혀들지 않자 외친다.

"집중해! 우리하고는 비교가 안 되게 강해!"

해든의 외침에 민수는 고개를 겨우 들면서 특수 홀랜프 리더와 힘겹게 싸우는 해든과 오웬을 쳐다본다. 민수 머리의 뉴컨밴드에서 불빛이 강하게 나오지만, 몸은 뜻대로 움직이지 않는다. 그때 홀랜프 본부에서 또 다른 특수 홀랜프 두 마리가 장창을 들고 날아와 해든과 오웬을 공격한다. 리더를 포함한 세 마리의 특수 홀랜프와 전투하는 해든과 오웬은 점점 밀린다.

"내가…… 내가 도와줄 거야."

혼잣말로 중얼거리는 민수의 입에서 계속 피가 흐르고 잠시 후 민수는 힘든지 고개를 뒤로 젖힌다. 잠시나마 강한 불빛이 나오던 민수의 뉴컨밴드 불빛이 점점 약해진다.

힘겹게 몸을 이끌고 날아온 선우필이 민수 옆에 착지한다. 그리고 민수의 상태를 확인한 후 해든과 오웬을 도우러 나아가려 할 때 민수가 잡는다.

"선우필……."

선우필은 자신의 손을 잡는 민수를 보며 몸을 수그려 민수가 다른 손으로 잡고 있는 창 자루를 만지며 말한다.

"그대로 있어. 지금 빼면 안 돼. 잠시만 심호흡하며 버티고 있어봐. 곧 와서 빼줄게. 내가 살릴 수 있어."

민수는 선우필의 말에 힘겹게 고개를 돌린다. 그리고 입에 가득 고인 새빨간 피를 뱉으며 미소 짓는다.

"새끼…… 네가 내 걱정도 다 하고……. 많이 컸네."

힘겹게 미소 지으며 말하는 민수는 이내 특수 홀랜프에게 당하고 있는 해든과 오웬을 쳐다본다.

"난…… 지키고 싶었어……. 너를 대신해서 말이야……. 태어날 때부터 사람들의 관심을 받으며 부족한 것 없이 자란 아이들 같지만, 자신들이 얼마나 불행한 삶 속에 갇혀 사는지 몰라. 마치 우리에 갇혀 사는 동물들같이 말이야. 저들은 지금 같은 세상에서조차 자유롭지 못할 거야. 나는 저 아이들이 자유로워졌으면 해."

민수는 선우필의 손을 더 꽉 잡는다.

"선우필 네 덕분에 진정한 친구들을 얻었으니까……. 친구가 뭐라고 그랬냐 내가? 피가 섞이지 않은 가족이라고 했잖아. 난 가짜 친구 말고 진짜 친구를 만나고 싶었어. 내가 보호해주고 싶은 진정한 친구. 넌 알지? 난 강한 아이라는 거. 그리고 더 강해지고 싶은 아이라는 거."

민수의 눈에서 눈물이 흐른다. 선우필은 민수의 말을 이해하는 듯 쳐다본다.

"알았으니까 나중에 말해……. 지금은 어빌리스를 아껴."

하지만 민수는 말을 멈추지 않는다.

"내가 좋아하고 존경하는 사람들은 모두 죽었어……."

민수는 피를 토하며 선우필의 손을 놓지 않으려 한다.

"내가 이루지 못한 목표……. 너는 이룰 수 있어."

선우필은 민수의 손에서 피가 묻은 펜던트를 발견한다. 민수는 선우필 손에 펜던트를 건넨다.

"이건……?"

선우필은 민수가 준 펜던트를 보며 놀란다.

"나 방금……. 콜록콜록……. 잠시 정신 잃었을 때…… 꿈꿨어…… 드디어 나도…… 너희처럼…… 쿨럭쿨럭…… 꿈꿨다고……."

계속해서 여유로운 척 웃으며 말하던 민수는 하던 기침을 멈추며 천천히 잡고 있던 손을 내려놓는다. 민수의 고개가 뒤로 젖혀지며 더 이상 숨을 쉬지 않는다. 그리고 그의 뉴컨밴드에서 빛나던 불빛이 완전히 꺼진다.

선우필의 모든 신경이 곤두서면서 신경세포 하나하나가 전기 오르듯 찌릿해진다. 죽은 민수를 쳐다보며 마음속 깊은 곳에서 울컥거리는 무언가가 튀어나오고 선우필은 포효한다. 얼굴 모양은 그대로지만 핏줄이 오르더니 날개뼈가 등에서 튀어나온다. 페카터모리와 비슷하다고 할 수 있겠지만 다른 모습이다. 홀랜프와 페카터모리 그리고 인간의 모습이 모두 보인다.

선우필의 몸에서 터지는 소리와 함께 강한 기압이 생겨 주위의 모든 것을 날린다. 선우필을 공격하려고 다가온 홀랜프 무리가 순식간에 날아가고 인간 시체들 그리고 민수의 시체도 날아간다. 주위의 모든 사체가 사라져 깨끗해진다. 선우필은 포효를 멈추지 않은 채 강한 기압을 계속 만든다. 그 기압에 저만치 떨어져 있던 세 마리의 특수 홀랜프와 해든, 오웬 역시 날아가려는 몸을 겨우 지탱한다.

건물 옥상에서 선우필의 변화를 지켜보던 리브와 니나는 이미 알고 있다는 표정이다. 파라다이스 도시의 잡동사니들이 선우필의 기압으로 파라다이스 밖으로 날아가 버린다. 박 사령관의 헬기 역시 강한 기압으로 조종이 안 되는지 건물 뒤로 피신한다.

하늘의 도시 사령관들도 선우필의 모습을 지켜보며 웅성댄다. 빨간 픽셀의 사령관은 최 박사의 문서를 들고 부들부들 떨며 자기만 들릴 정도로 중얼거린다.

"이제 시작이야, 최 박사."

기압이 약해지자 선우필의 변화를 지켜보던 두 마리의 특수 홀랜프가 달려든다. 변화된 선우필은 달려오는 특수 홀랜프의 머리를 발로 찍고 다른 한 마리의 머리를 손으로 잡은 다음 발을 이용해 다리, 팔, 머리를 차례대로 찍으면서 신체를 하나하나 부순다. 두 특수 홀랜프를 감싸던 갑옷이 부서지고 잘려나간 그들의 신체 부위가 바닥에 떨어져 부르르 떨고 있다. 가만히 지켜보던 특수 홀랜프 리더가 선우필에게 장창을 던진다. 선우필은 그 장창을 잡고는 반으로 부러트린 후 날카로운 부위를 집어 바닥에 엎어진 두 특수 홀랜프의 아담스 애플을 터트린다.

특수 홀랜프 리더는 선우필에게 날아와 주먹을 휘두르고 선우필은 발차기로 받아친다. 특수 홀랜프 리더가 선우필의 발차기를 이용해 몸을 돌리더니 이전에 선우민을 벤 검이 팔에서 나와 선우필에게 휘두른다. 선우필은 뒤돌아 튀어나온 날개뼈로 그 검을 막고 동시에 자신의 손으로 특수 홀랜프 리더의 목을 힘껏 누른다. 홀랜프 리더의 목을 감싸던 보호대가 마치 계란 껍질 부서지듯 소리가 나며 구겨진다. 선우필은 손에 힘을 더 주고 특수 홀랜프 리더는 괴로운 듯 입을 벌리며 괴성을 지른다. 선우필은 다른 손으로 괴성을 지르는 특수 홀랜프 리더의 입을 잡아 뜯어버린다. 그리고 손으로 얼굴을 잡고 누르자 특수 홀랜프 리더의 얼굴이 구겨지면서 뼈가 으스러지기 시작한다. 선우필은 천천히 음미하듯 특수 홀랜프 리더의 얼굴을 찌그러뜨린다. 그러고는 여왕이 있는 홀랜프 본부 꼭대기를 향해 힘껏 던진다. 자신의 의지와는 상관없이 맥없이 날아가는 특수 홀랜프 리더와 함께 그를 보호하던 갑옷이 하나둘 떨어져나간다. 그리고 그의 신체는 여왕이 있는 곳에 떨어진다.

해든과 오웬은 날아간 특수 홀랜프 리더와 선우필을 쳐다보고는 서로를 바라본다.

"형…… 저 모습……."

선우필을 손가락으로 가리키는 오웬을 향해 해든이 고개를 끄덕인다.

"그래……. 내가 선우필이 페카터모리라고 말한 저 모습."

선우필은 리브와 니나가 있는 곳으로 날아가 리브와 선우희를 데리고 여왕이 있는 곳으로 날아간다. 너무 순식간에 일어난 일이라 니나는 반응도 못 한다. 해든과 오웬은 니나와 합세해 선우필을 따라 여왕이 있는 곳으로 멘사보드를 움직인다.

근처에 있던 전사들도 선우필을 따라 홀랜프 본부의 꼭대기로 향한다.

"아이들을 엄호하며 보이는 적들은 모두 공격한다!"

박 사령관이 헬기에서 뉴컨밴드를 통해 명령을 내린다. 박 사령관의 헬기가 홀랜프 본부로 간다. 박 사령관은 헬기의 수명이 다하는 것을 알게 된다.

"사령관님……."

부기장석에 앉은 전사가 박 사령관에게 측정기기를 가리키며 부른다. 박 사령관은 홀랜프 본부까지의 거리를 측정해본다. 모리스틱에 탑승한 홀랜프 부대가 무더기로 나와 홀랜프 본부 앞을 가로막고 있다.

"해볼 수 있는 데까지 해보자."

박 사령관은 헬기를 움직인다.

홀랜프 본부에서는 얼굴이 구겨진 채 혓바닥을 내민 특수 홀랜프 리더가 여왕의 발 앞에 쓰러진 채 꿈틀거리고 있다. 앉아 있는 여왕의 몸은 이전보다 훨씬 뚱뚱해졌고 머리에 달린 촉수들이 갈피를 잡지 못한 채 멋대로 움직이고 있다. 남은 아홉 마리 특수 홀랜프는 장창으로 깨진 통유리를 통해 먼저 도착한 전사들과 전투 중이다.

리브와 선우희를 데리고 홀랜프 본부에 도착한 선우필을 발견한 아홉 마리 특수 홀랜프는 전투 중이던 전사들을 무시하고는 선우필에게 장창을 들고 날아온다. 선우필은 리브와 선우희를 뒤에 두고 아홉 마리 특수 홀랜프와 접전을 벌인다. 그들이 리브와 선우희를 공격하려 하지만 선우필이 순식간에 네 마리의 특수 홀랜프를 죽인다. 이전과는 다르게 확연히 강해진 어빌리스의 차이를 보여주듯 선우필은 가뿐하게 특수 홀랜프와 겨룬다.

남은 다섯 마리의 특수 홀랜프는 선우필을 피해 다시 여왕이 있는 곳으로 날아간다. 운동장보다 넓은 곳이라 여왕과 선우필의 거리가 상당하다. 여왕은 선우필과 리브를 쳐다보며 촉수를 움직이기 시작한다. 그러다 촉수 하나를 쓰러진 특수 홀랜프 리더의 몸에 관통시킨다. 특수 홀랜프 리더는 좀비처럼 일어나더니 선우필을 공격하려는 듯 빠르게 움직인다. 선우필은 입에서 옅은 연기를 내뿜으며 여전히 분노에 휩싸인 채 포효와 함께 특수 홀랜프 리더에게 날아가 복부와 허리를 관통해 몸을 지탱하던 여왕의 촉수를 끊어버린다. 그리고 특수 홀랜프 리더를 넘어트린 후 아담스 애플은 그대로 놔둔 채 머리를 짓밟는다. 마치 이전에 선우필에게 떼지어 공격하던 급우들처럼 밟는다. 계속해서 밟자 바닥이 뚫리고 특수 홀랜프 리더의 머리는 바닥 안쪽으로 들어간다.

다섯 마리의 특수 홀랜프들은 선우필의 행동에 괴성을 지르지만, 아무것도 하지 않고 그저 가만히 서서 지켜만 본다. 홀랜프 여왕은 자신의 끊어진 촉수 때문에 고통스러운지 짧은 신음을 낸다. 그리고 다른 촉수들을 이용해 선우필을 공격하려 한다. 그때 선우필 뒤에서 여왕을 바라보는 선우희를 본다. 여왕의 촉수가 잠시 멈칫하더니 다시 여왕의 머리로 돌아온다.

다른 전사들이 홀랜프 본부로 모이기 시작하고 계속해서 분노로 바닥을 밟고 있는 선우필을 쳐다본다. 선우필은 점점 자제력을 잃어가고 마치 모든 신경을 특수 홀랜프 리더를 밟는 데만 집중한 듯 파인 바닥을 더 밟는다. 바닥은 더 움푹 파이고 특수 홀랜프 리더의 두 팔은 위로 튀어나와 꿈틀댄다. 선우필은 두 번 다시 일어나지 말라는 듯 특수 홀랜프 리더를 밟는다.

8장 3절
실현

  니나는 해든, 오웬과 함께 멘사보드를 타고 홀랜프 본부에 도착한다. 박 사령관의 헬기는 홀랜프 본부에 모여든 홀랜프 부대들을 공격하며 멘사보드에 탑승한 아이들과 전사들이 무사히 들어갈 수 있게 지원한다.

  "충격에 대비하라! 모두 앞에서 비켜!"

  모두 홀랜프 본부에 들어가자 박 사령관이 외친다. 홀랜프 본부에 들어온 사람들은 자리를 피하고 박 사령관의 헬기는 홀랜프 부대와 부딪히며 안으로 들어온다. 이미 망가질 대로 망가진 헬기에서 성철과 형진을 비롯한 살아남은 전사들이 기관총을 들고 나온다. 박 사령관은 덩치에 맞는 커다란 기관총 두 대를 홀랜프 무리에게 쏘면서 헬기에서 나온다.

  홀랜프 부대가 바깥과 아래층에서 몰려온다. 전사들은 박 사령관의 지휘에 따라 사격한다. 그 와중에 성철과 형진은 말다툼을 벌인다.

"이제 된 거야! 전설이 실현되는 순간이라고! 우리 인류는 이제 구원받을 거야!"

흥분하여 홀랜프에게 총을 쏴대는 성철과 달리 형진은 다급히 총을 쏘며 말한다.

"아직 모르는 일이야! 저 매스의 모습을 좀 봐! 페카터모리가 된 거잖아! 더 이상 인간이 아닌 거야!"

성철은 계속 특수 홀랜프 리더의 껍데기와 같은 사체를 밟으며 다시 재생하지 못하게 하는 선우필을 쳐다본다.

"자넨 그렇게 보는 건가? 페카터모리는 홀랜프를 죽일 수 없어! 지금 매스의 어빌리스가 전혀 감지되지 않잖아! 아까 하늘도 날았고. 저건 전설이 현실화되기 위한 첫 단계인 거라고!"

형진은 성철의 말에 분노에 휩싸인 선우필을 다시 본다. 선우필의 모습은 페카터모리와는 달라 보인다. 페카터모리의 모습이 조금 남아 있는 듯 하지만 인간의 모습이 여전히 더 남아 있다. 그리고 뒤쪽 끝에서 촉수를 꿈틀거리며 미동 없이 앉은 여왕의 모습과 그 앞에 서 있는 특수 홀랜프의 모습도 선우필에게서 보인다.

박 사령관은 성철과 형진에게 말한다.

"지금은 눈앞의 적을 물리칠 생각만 해라! 우리는 지금 아이들을 여왕에게 데려가야……."

박 사령관은 순간 여왕이 리브를 뚫어지게 쳐다보고 있는 것을 발견한다. 여왕을 만나면 무슨 일이 일어날 줄 기대하고 있었지만, 여왕은 리브를 쳐다보기만 할 뿐 아무런 반응이 없다. 리브 역시 아무 행동도 취하지 않는다. 그때 박 사령관의 뉴컨밴드에 불빛이 들어온다.

"그쪽 상황은 어때? 지금 여기 상황이 보여?"

박 사령관은 뉴컨밴드에 대고 말한다.

"아니. 카메라가 전부 망가졌어. 아믹달라도 인명피해가 많아. 그리고 여기에 있던 홀랜프가 모두 너희가 있는 곳으로 향했어! 아이들은 여왕과 만난 건가?"

김 중령의 목소리가 들린다. 박 사령관은 리브와 여왕을 번갈아 보다 말한다.

"응. 만났어. 그런데 도저히 무슨 상황인지 알 수 없어."

"우리 손을 떠난 거야. 아이들에게 맡겨. 예정대로 여왕에게 핵 폭탄을 모두 투하할 것이라는 하늘의 도시 전보가 있었어. 상황을 빨리 마무리시키고 돌아와야 해!"

박 사령관은 김 중령의 말에 다른 전사들을 쳐다본다. 그들의 멘사보드는 대부분 망가져 사용할 수 없고 남은 총과 멘사검을 이용해 홀랜프와 전투할 뿐 더 나아가지 못하고 있다. 전사들이 부상을 입거나 죽어가고 있다. 해든, 오웬과 니나는 멘사보드를 타고 전사들과 함께 홀랜프를 방어하고 있지만, 리브와 선우희 주위를 맴돌며 보호할 뿐 더 이상은 하지 않는다.

선우필은 손에 특수 홀랜프 리더의 아담스 애플을 쥔 채 여전히 그의 몸을 짓밟고 있다. 너무 밟아 몸뚱이에 붙은 부위가 떨어져 가고 바스러진다. 두 팔만이 하늘을 향해 뻗어 있다. 선우필은 오랫동안 굶주린 성난 짐승이 눈앞의 먹잇감을 뼈까지 다 먹어 치우듯 공격하고 있다.

선우필의 모습이 아까보다 더 변형되었다. 양 날개뼈에 붙어 있던 뼈의 숫자가 더 많아지고 길어졌다. 여왕의 촉수는 길게 뻗어 꿈틀대지만, 선우필의 뼈는 길게 뻗어 관절로만 움직인다. 조금 있다가 선우필의 날개 뼈에서 옅은 빛의 막이 생기더니 선우필의 치아가 날카롭게 잇몸에서 튀어나온다. 얼굴의 검은 핏줄이 빨갛게 변하면서 튀어나오기 시작한다. 선우필 주위로 기압이 증폭한다. 포효와 함께 선우필은 이성을 잃은 듯 더 미치광이처럼 특수 홀랜프 리더의 몸뚱이를 밟는다. 전사들은 광기에 휩싸인 선우필을 쳐다본다. 형진은 성철에게 말한다.

"이봐 저게 정상인 듯 보이나?"

성철은 잠시 대답 없이 선우필을 쳐다보다가 홀랜프가 무더기로 들어오자 총을 쏜다.

"우선 눈앞의 적을 처리해! 조금 더 지켜보면 알게 되겠지."

성철이 말한다.

"아이들이 여왕을 만나면 인류가 구원된다며? 지금 무슨 상황이냐고?"

형진이 다그치듯 묻지만, 성철은 대답 없이 홀랜프에게 총을 쏴댄다. 파라다이스 바깥에서 홀랜프 부대가 계속해서 들어오려 하지만 전사들이 막는다. 박 사령관은 저 멀리 먼지바람을 일으키며 오는 더 많은 무리의 홀랜프를 본다. 박 사령관은 아이들을 본다.

"방법이 있다면 지금 써야 한다네. 이 이상 늦어지면 곤란해져."

아이들은 박 사령관의 말에 폭주한 선우필을 쳐다볼 뿐 아무런 대처를 하지 않는다. 그때 선우희가 리브의 옷자락을 잡아당긴다.

"엄마, 저기 뒤에."

선우희가 가리키는 방향은 여왕이 앉아 있는 뒤편이다. 그곳은 어두운 공간이지만 까마득히 넓은 장소인 듯 보인다.

"저기가 우리 선우희가 본 그곳이야?"

"응. 눈 감고 잘 때 나와쩌."

선우희는 눈을 꼭 감으며 자신의 말을 행동으로 보여준다. 리브는 선우희를 보며 긴장된 표정으로 고개를 끄덕인다. 박 사령관이 다가온다.

"이보게. 지금 시간이 없어. 지금 수없이 많은 홀랜프가 몰려오고 있어. 우리 병력도 거의 남아 있지 않고……. 이대로 가다간 그냥 도망칠 수밖에 없고 이곳으로는 핵폭탄이 쏟아질 거야."

박 사령관의 말에 니나, 해든, 오웬은 가만히 리브를 쳐다본다. 리브는 선우희의 손을 잡고 선우필에게 다가간다.

"어디 가는 건가?"

박 사령관이 묻지만, 리브는 묵묵히 앞으로 나아간다. 선우필의 폭주가 더 심해지며 홀랜프 본부에 매서운 바람이 불기 시작한다. 들어오려던 홀랜프 부대가 그 바람에 떠밀려 파라다이스로 날아간다. 박 사령관과 전사들은 팔을 들어 얼굴을 가린다.

리브의 길고 화려한 붉은 머리카락이 휘날린다. 파편이 튀지만, 리브의 펜던트에서 보호막이 형성된다. 리브의 옷이 바람에 휘날리며 파편은 리브를 피해 간다. 몸이 날아가 버릴 듯한 강한 바람에 전사들은 몸을 지탱하기 힘들다. 하지만 리브와 선우희는 아무런 영향을 받지 않고 선우필에게 다가간다.

리브는 자제력을 잃고 땅이 파헤쳐지도록 계속 특수 홀랜프 리더의 몸을 밟고 있는 선우필의 어깨에 손을 갖다 댄다. 그러자 폭주가 멈춘다. 곧바로 본래 인간의 모습으로 돌아온다. 선우필이 뒤돌아본다. 리브는 선우필을 쳐다보며 성가시다는 표정으로 말한다.

"이제 그만해."

선우필은 리브를 쳐다보고 선우희를 쳐다본다.

"으응."

선우필은 다시 어리바리한 모습으로 돌아온다. 그리고 들고 있던 특수 홀랜프 리더의 아담스 애플을 손으로 으깬다. 강하게 몰아치는 연기 사이로 리브와 함께 선우희를 데리고 박 사령관에게 다가온다. 선우희는 뭐가 신났는지 선우필의 손을 잡고 힘차게 흔든다. 선우필은 그런 선우희의 행동에 당황한 듯 보이지만 손을 빼거나 하지는 않는다. 전사들은 박 사령관에게 다가오는 선우필을 보며 무기를 다시 움켜쥔다. 성철은 희망을 본 듯 선우필을 보며 미소를 짓는다.

"저것 보게. 내 말이 맞지?"

형진에게 말한다.

"함부로 단정 짓지 마. 저 매스가 우리 편이라는 보장은 없어."

형진이 조용히 성철에게 속삭인다.

"아직도 못 믿겠는가? 저런 기적 같은 장면을 목격하고도? 그렇다면 나를 믿고 딱 한 번만 저들을 믿어보게. 어차피 자네에게는 아무 선택지가 없지 않은가?"

성철이 말한다.

"나에게는 도망칠 수 있는 선택이 남아 있지."

형진이 말한다.

"그래서 도망치겠는가?"

성철이 말한다. 형진은 가만히 선우필과 리브를 본다. 그런 두 사람의 손을 잡은 선우희를 본다. 그리고 한숨을 쉰다.

"여기까지 왔는데 도망쳐봐야 무슨 소용이 있겠느냐마는……."

성철은 형진의 어깨에 손을 올리며 말한다.

"우리는 마지막 갈림길에 서 있는 존재들이야. 믿음으로 죽기 살기로 싸워보고 죽는 것도 나쁘지 않아."

형진은 성철의 말에 코웃음을 친다.

먼지를 일으키며 다가오던 홀랜프 부대가 파라다이스 입구로 들어온다. 박 사령관은 선우필과 아이들을 보며 말한다.

"나의 전략은 여기까지일세. 어떤 임프롭을 사용해야 할지도 모르겠어. 미안한 얘기지만 나는 이제 모든 걸 포기할 수밖에 없네. 자네들이 아무런 답이 없다면…… 나로서는 더는 대책이 없다네."

박 사령관은 한숨을 내쉬며 자신의 뉴컨밴드를 머리에서 뺀다. 그리고 머리가 아픈 듯 주무르더니 다시 착용한다. 선우필은 박 사령관을 보고 여왕을 쳐다본다. 선우희가 선우필에게 안아달라는 듯 두 팔을 내뻗는다. 선우필은 못 본 척하고 그런 선우필을 리브가 팔로 툭 친다. 선우필은 어색한 표정으로 리브를 보고 다시 선우희를 본다. 그리고 잠시 후 선우희를 안아준다. 선우희는 선우필에게 안긴 채 선우필의 목을 감싼다. 리브는 여왕을 쳐다보며 말한다.

"저희를 저 여왕 뒤편에 있는 공간으로 들어가게 도와주세요."

긴장한 박 사령관이 리브가 가리키는 여왕의 뒤쪽 공간을 바라본다. 뚫려 있는 공간이라 멘사보드를 탄다면 쉽게 올라갈 수 있는 높이다. 하지만 공간 앞을 여왕과 특수 홀랜프 부대가 막고 있다.

"자네들과 함께 가서 엄호해주면 되는가?"

박 사령관이 말한다. 리브는 해든, 오웬, 니나를 쳐다본다.

"아니요. 저희만 함께 저곳으로 갈 겁니다."

리브는 파라다이스로 들어온 홀랜프 부대를 가리킨다.

"저들이 저희를 방해하지 않게만 해주세요."

8장 4절
연합

82 아믹달라 본부에서는 김 중령을 중심으로 마일스 전사들이 홀랜프가 더 이상 파라다이스로 못 가게 막고 있다. 홀랜프는 82 본부를 습격하기보다는 속히 이곳을 빠져나가려는 듯 본부 밖으로 향한다. 김 중령은 그들을 죽이며 전진하는 것을 막는다.

김 중령은 남은 헬기 한 대에 전사 한 명을 태운다.

"무슨 일이 있어도 홀랜프 본부에 남은 사람들을 모두 데리고 와라!"

김 중령의 말에 전사가 고개를 끄덕이자 헬기가 뜬다. 헬기를 공격하려는 홀랜프를 빠른 속도로 제거한 김 중령은 뉴컨밴드에 대고 말한다.

"앞으로 20분 안에 핵폭탄을 투하한다는 정보다. 지금 헬기를 보냈으니 최대한 인명피해를 줄이길 바란다."

82본부에 있던 홀랜프가 모두 죽고 헬기는 무사히 파라다이스로 향한다. 김 중령은 82본부 안으로 들어온다. 수많은 사람이 죽

었고 기계도 파괴되어 있다. 김 중령의 표정은 비참하다. 아라는
살아남은 연구원들과 함께 다친 사람들을 의사들에게 이송하는
걸 돕는다. 레나는 부모를 잃은 아이들을 보살핀다.

김 중령은 치료받는 전사들이 외치는 소리에 괴로워한다. 그가
아라를 부른다.

"파라다이스에 남은 인원이 언제 올지 모르니 언제라도 방어막
을 사용할 준비를 해놓거라. 빨리 재부팅이 가능하다면 좋겠다."

아라는 고개를 끄덕이며 자신이 받은 방어막 제어기를 꺼낸다.
그리고 하이퍼 컴퓨터로 향한다. 김 중령은 심호흡을 크게 하며 가
쁜 숨을 진정시킨다. 아라는 방어막 제어기를 하이퍼 컴퓨터에 연
결시켜 이상이 있는지 확인한다. 아라를 보던 김 중령이 중얼댄다.

"훈련이 부족했어……. 이 정도에 숨이 차다니."

김 중령은 자신에게 화를 내며 옆의 의자를 주먹으로 친다. 아라
는 그런 김 중령을 슬쩍 보고는 다시 컴퓨터를 조작한다.

"선우민……. 자네가 함께 있었더라면 인명피해를 훨씬 더 줄
였을 거잖아. 그 고지식함 때문에 얼마나 많은 사람이 죽었냐
고……."

아라는 김 중령의 눈에서 소량의 눈물을 발견한다.

아라는 방어막을 재부팅하는 동안 열리지 않는 파일을 발견하
고 김 중령을 부른다.

"이건 뭐야?"

김 중령의 짜증 내는 소리에 아라가 파일을 열려고 시도해보지
만 열리지 않는다. 다른 연구원들이 다가온다.

"저 파일은 이전에 하늘의 도시 서버를 해킹해서 가지고 온 건

데요……."

머리 묶은 연구원이 말한다.

"그걸 왜 이제 말하는 거야?"

김 중령이 화난 듯 말한다.

"사령관님이 아무것도 하지 말라고 하셔서……."

머리 묶은 연구원이 말한다.

"본부 내 일은 내 소관인 걸 모르나? 박 사령관이 아닌 나한테 먼저 물었어야지!"

김 중령이 화를 낸다. 연구원은 아무 말도 하지 못한 채 그저 파일을 쳐다본다.

"하지만 열 수가 없으니 아무 소용이 없습니다."

김 중령은 연구원의 말을 듣고 아라에게 말한다.

"자네가 열어볼 수 있겠는가?"

아라는 고개를 끄덕이더니 몇 번 키보드를 두드린다. 파일이 열린다. 머리 묶은 연구원을 비롯해 다른 연구원들이 감탄한다.

"역시……."

파일의 내용을 읽던 김 중령과 아라 그리고 연구원들은 조용히 서로에게 속삭인다. 김 중령은 뉴컨밴드에 대고 말한다.

"자네, 알고 있었나? 파라다이스가 실드로 무장되어 있다는 것을? 방어막이 몇 겹으로 홀랜프 본부를 보호하고 있어. 핵폭탄이 떨어진다고 해도 저들은 피해를 보지 않아."

*

홀랜프 본부에서 박 사령관이 듣고는 선우필에게 말한다.

"파라다이스가 실드로 무장되어 있다는데?"

선우필은 홀랜프 본부를 훑어보며 말한다.

"핵폭탄으로 뚫릴 수 있는 수준의 장소가 아닙니다, 여긴."

"그럼 하늘의 도시에서 쏠 핵폭탄은 무용지물이라는 말인가?"

박 사령관이 다급히 묻는다. 선우필은 대답한다.

"네. 저희가 여왕을 죽이지 않는 한 아무것도 소용없어요."

"자네들이?"

박 사령관이 확인차 묻는 그때 여왕이 천천히 일어나더니 괴성을 지른다. 그리고 다섯 마리 특수 홀랜프와 함께 천천히 선우필이 있는 쪽으로 걸어온다. 너무 뚱뚱하고 거대해 느리게 걷지만, 발을 디딜 때마다 지진이 일어난 듯 홀랜프 본부 전체가 떨린다. 특수 홀랜프는 여왕의 느린 보폭에 맞춰 따라간다. 리브는 선우필을 쳐다본다.

"할 수 있지? 해내야 해. 더는 헷갈리지도 말고 네 멋대로 하지도 마. 너 때문에 너무 많은 사람이 희생됐어."

선우필은 섭섭하다는 표정으로 리브를 쳐다본다. 리브는 고개를 옆으로 돌려버린다. 선우필은 니나를 쳐다본다. 니나는 리브의 소형 멘사보드와 뉴컨밴드를 손에 들고 있다. 역시나 선우필을 쳐다보던 니나는 뉴컨밴드를 선우필에게 주고 소형 멘사보드를 리브에게 건네준다.

선우필은 뉴컨밴드를 이리저리 보다가 리브를 쳐다본다.

"머리에 장착해. 네가 선장이니까 조종해서 우리를 데리고 가야지."

리브가 답답한 듯 말한다. 선우필은 어리바리하게 뉴컨밴드를 보다가 머리에 장착한다. 뉴컨밴드에서 강한 불빛이 나오더니 이내 터져버린다.

"어?"

선우필은 당황한 듯 터진 뉴컨밴드를 뺀다. 모두가 당황한 듯하다. 그때 성철이 자신의 뉴컨밴드를 빼서 선우필에게 건네준다. 선우필은 뉴컨밴드를 건네받고는 잠시 보다가 리브에게 건넨다. 리브는 눈알을 돌리며 한숨을 쉰다. 그리고 뉴컨밴드를 받고는 자신이 들고 있던 소형 멘사보드와 연결한다. 그러더니 선우희와 함께 그 위에 올라탄다.

해든은 니나를 한 번 쳐다보더니 선우필에게 말한다.

"네가 리브와 선우희를 데리고 저 어두운 공간으로 가. 우리 셋은 네 뒤에서 저들의 공격을 막을 테니까. 이번에는 멋대로 하지 마라, 진짜. 이건 꿈이 아니라 현실이니까."

마치 경고하듯 해든이 으름장을 놓는다. 선우필은 고개를 끄덕이며 리브와 선우희가 탑승한 소형 멘사보드를 들고 공중으로 뜬다. 전사들은 탄성을 지른다. 해든은 홀랜프 본부에 거의 다 도착한 홀랜프 부대를 가리키며 박 사령관에게 말한다.

"여왕과 저 똘마니들은 저희가 해결할 테니 저 무더기로 오는 놈들을 막아주세요."

박 사령관 역시 홀랜프 부대를 쳐다본다. 그리고 아이들을 보며 확신에 찬 미소를 짓는다.

"자네들이 이제야 연합된 마음으로 움직이는구먼. 뒤는 우리에게 맡기게. 자네들의 꿈이 현실이 되도록 우리가 도울 테니까."

박 사령관을 뒤로하고 해든, 오웬, 니나는 이미 떠 있는 선우필과 리브를 중심에 두고 멘사보드로 공중에 뜬다. 아이들은 천천히 홀랜프 여왕과 다섯 마리 특수 홀랜프에게 향한다. 처음에는 여왕의 느린 보폭에 맞춰 걸어가던 다섯 마리 특수 홀랜프들도 공중에 떠 장창을 움켜쥐고 아이들에게 날아간다. 여왕은 괴성을 지르며 갑자기 천천히 걷던 걸음에 속도를 붙여 아이들을 향해 달려가기 시작한다. 하지만 여전히 뚱뚱한 탓에 지진처럼 더 심하게 바닥이 흔들릴 뿐 그다지 속도는 나지 않는다. 하지만 여왕의 촉수는 그와 반대로 마치 뱀들이 기어다니듯 어디로 향할지 모르게 움직이다가 갑자기 선우필을 향해 날아간다. 선우필은 리브와 선우희가 탑승한 소형 멘사보드를 손으로 잡은 상태이기에 다리만을 이용해 여왕의 촉수와 다섯 마리 특수 홀랜프의 공격을 방어하려 한다. 하지만 니나는 공격하려는 특수 홀랜프들을 선우필을 대신해 막아주고 해든과 오웬이 공격을 맡는다. 그리고 니나를 중심으로 아이들은 특수 홀랜프들과 여왕의 촉수들을 상대로 전투를 벌인다.

니나는 아까 바깥에서 보여준 현란한 공중 기술에서 더 업그레이드된 실력을 선보인다. 멘사보드에서 발을 때 날아오는 촉수 위로 올라가 앞으로 달려 나간다. 그리고 멘사검을 이용해 촉수를 갈기갈기 잘라버린 후 자신에게 돌아오는 멘사보드에 올라타 곧바로 특수 홀랜프를 공격한다. 빠른 니나의 공격에 여왕의 촉수가 맥을 못 추고 해든과 오웬 역시 니나의 공격 박자에 맞춰 삼각 형태를 만들어 선우필과 리브 그리고 선우희 주위를 공전하듯 돌면서 특수 홀랜프의 공격을 방어하는 동시에 공격하는 전투를 벌인다.

그들의 빠르고 정확한 실력에 입을 떡 벌린 채 구경하는 형진을 보며 확신에 찬 목소리로 성철이 외친다.

"이봐! 이제는 믿을 수 있겠나?"

형진은 성철을 쳐다본다.

"확실히 저들의 어빌리스는 대단하네만……."

"한 번만 믿어보라니까!"

성철이 확신에 찬 듯 외치자 형진은 코웃음 치며 말한다.

"자네는 참 단순해서 좋아."

형진의 표정 역시 성철과 마찬가지로 점점 더 희망을 보인다. 박 사령관은 홀랜프 본부 바로 앞까지 온 홀랜프 부대를 보며 말한다.

"인류의 존속이 달렸다! 지금은 아이들이 목표를 달성할 수 있게 돕는다는 생각만 해라. 저들을 막아라!"

박 사령관을 비롯한 대부분 전사의 탄약이 소진된다. 박 사령관은 멘사검을 꺼내 들고 전투를 한다. 멘사보드에 탑승한 상태로 공중전을 벌이는 전사들과 지상전을 벌이는 전사들 그리고 모리스틱을 들고 이그니스 럭스를 쏘는 전사들이 합심해서 전면, 측면 그리고 아래쪽에서 공격하는 홀랜프 부대를 상대한다. 아까와는 다르게 필사적으로 막기도 하지만 목표가 뚜렷해진 전사들은 사기가 하늘을 찌른다. 홀랜프 부대가 더는 뜻하는 방향으로 나아가질 못한다.

수적으로 우세한 홀랜프 부대는 밀어붙이듯 전사들을 공격한다. 홀랜프 한 마리가 멘사보드에 탑승한 전사의 뉴컨밴드를 쳐서 떨어뜨리자 전사가 멘사보드에서 떨어진다. 그 전사를 홀랜프가 죽이려고 달려들 때 성철이 나타나 대신 싸우다 홀랜프의 검에 찔린다.

"이봐! 성철!"

형진이 소리 지르며 다가와 홀랜프의 목을 단번에 쳐 죽인다. 성철을 다시 불러보지만 이미 숨이 끊긴 상태다. 형진은 다른 전사들도 죽어가는 모습을 본다. 잠깐이나마 존재했던 희망이 절망으로 바뀐다. 박 사령관 역시 자신의 목숨이 끝난다는 듯 숨을 헐떡인다.

"저 아이들의 꿈만 실현된다면 내 목숨은 그 역할을 다한 거야. 인류가 존속만 된다면……."

혼잣말하는 박 사령관을 보며 형진은 자신의 무기력함에 주먹을 꼭 쥐며 아이들을 쳐다본다.

선우필은 여왕 뒤편에 있는 캄캄한 공간을 쳐다본다. 넓은 다락방에 펼쳐진 우주공간처럼 어둡고 끝을 가늠하기 힘들다.

선우필은 날아가면서 우주공간을 주시하다 여왕의 촉수가 자신을 공격하는 것을 피한다. 달려오던 여왕이 갑자기 방향을 틀어 뒤돌아 우주공간으로 향한다. 여왕이 한 번 발을 디딜 때마다 충격이 커서 홀랜프 본부가 언제 무너질지도 모른다는 생각이 든다. 공중에 떠 있는 선우필조차 충격에 멈칫한다. 여왕의 촉수는 계속 선우필을 공격한다. 선우필이 다락방 우주공간에 근접하자 여왕은 잡으려는 듯 손을 뻗는다. 갑작스러운 여왕의 행동에 선우필은 리브와 선우희를 태운 소형 멘사보드를 놓친다. 여왕은 다시 손을 뻗어 소형 멘사보드를 잡는다. 하지만 선우필이 한 발 빠르게 리브와 선우희를 잡고 우주공간으로 날아 들어간다. 선우필의 비행실력이 조금 더 향상되었다. 여왕은 소형 멘사보드를 두 손으로 부숴버리고 괴성을 지른다. 그러자 다락방 우주공간 입구 양쪽에서 레이저문이 나오면서 닫히기 시작한다. 여왕은 재빨리 리브를 잡으려는 듯 다시 손을 뻗는다. 그리고 리브의 목에 걸려 있던 보호막 펜던트 목걸이를 잡는다. 하지만 레이저 문에 걸려 여왕의 팔은 펜던트 목걸이와 함께 잘려버린다. 리브는 선우필, 선우희와 함께 우주공간으로 들어간다.

선우필을 보호하며 삼각대형으로 쫓아오던 오웬은 뒤에서 해든과 니나가 특수 홀랜프들과 여왕의 촉수들을 상대하며 우주공간으로 오는 것을 보고는 먼저 들어간 선우필, 리브, 선우희를 따라 들어가려고 멘사보드의 속도를 높인다. 오웬의 뉴컨밴드 불빛이 더욱 빛을 발하지만, 다락방 우주공간 레이저 문이 닫혀버리면서 부딪히려 한다. 때마침 뒤에서 해든이 오웬을 잡고는 반대쪽으로 내던지며 오웬을 대신해서 레이저 문에 부딪힌다. 해든의 한쪽 팔이 닫힌 레이저 문에 잘린다. 오웬은 내던져지는 과정에서 머리에 장착된 뉴컨밴드가 벗겨지고 멘사보드에서 떨어지며 바닥으로 추락한다.

니나가 날아가 보지만 여왕의 촉수가 공격하여 니나의 멘사보드가 부서진다. 니나는 멘사보드에서 떨어지기 직전 듀얼모드로 전환시켜 멘사검을 빼내 부서져 떨어지는 멘사보드를 발판으로 이용한 후 여왕의 촉수 위로 올라간다. 공격해오는 여왕의 촉수들을 밟고 지나가 여왕의 얼굴을 향해 달려간다. 멘사검을 양손에 쥐고 여왕의 두 눈에 깊숙이 찌른 후 떨어지면서 허우적대는 여왕의 두 팔을 자르고 촉수들을 끊어낸다. 니나의 빠른 속도에 반응조차 못 한 여왕과 특수 홀랜프는 다시 니나를 공격하려 하지만 니나는 여왕의 마지막 남은 촉수도 끊어낸 후 바닥으로 떨어지면서 자신의 몸에 장착되었던 총을 꺼내 여왕의 발목을 쏜다. 여왕의 두 발목이 파이자 니나는 멘사검으로 두 다리를 잘라버린다. 여왕은 자신의 의도와 상관없이 의자에 앉아버린다.

팔 하나를 잃은 채 추락하며 고통에 얼굴을 찌푸리는 해든의 뉴컨밴드에서 빛이 발한다. 해든이 타던 멘사보드는 바닥에 떨어지는 니나에게로 향한다. 해든의 멘사보드를 잡은 니나가 자신의 옷에 달려 있는 벨트를 빼서 해든에게 던진다. 해든이 니나의 벨트를 잡고 추락하던 오웬을 붙잡는다. 세 사람은 무사히 지면으로 떨어진다. 해든은 팔이 잘린 어깨를 잡고 신음 소리를 낸다. 니나는 재빨리 자신의 옷을 찢어 해든의 어깨에서 나오는 피를 멈추려고 묶는다. 해든은 여전히 고통스러워하고 오웬은 옆에서 울며 해든의 다른 손을 잡아준다.

두 팔, 두 다리, 두 눈, 그리고 모든 촉수를 잃은 여왕은 괴성을 지르며 온몸을 흔들고 다섯 마리의 특수 홀랜프들은 공중에 뜬 상태에서 여왕을 받쳐줄 뿐 아무런 조치를 취하지 않는다.

"헬기다!"

박 사령관은 김 중령이 보낸 헬기를 본다.

"이제 모두 후퇴하라!"

박 사령관은 빠른 속도로 홀랜프 부대의 아담스 애플을 쳐내면서 마지막 힘을 쓰듯 괴력을 보인다. 헬기가 홀랜프 본부에 도착하고 박 사령관은 살아남은 전사들을 먼저 태운다. 그리고 팔을 하나 잃고 고통스러워하는 해든과 그를 간호하는 오웬이 헬기에 탑승한다. 옷이 많이 찢어진 니나는 헬기를 타려다 말고 다락방 우주공간을 쳐다본다. 그리고 그 앞쪽 아래에서 고통에 몸부림치는 여왕과 그런 여왕을 지탱하고 있는 다섯 마리의 특수 홀랜프들을 쳐다본다. 니나는 해든의 머리에 꽂힌 뉴컨밴드를 빼서 들고 옆에 있던 멘사보드를 잡아 다락방 우주공간으로 날아가려 한다. 그때 오웬이 니나를 붙잡는다.

"누나 안 돼! 지금 형도 많이 다쳤고……."

해든 역시 자신의 어깨를 부여잡은 채 니나에게 말한다.

"와…… 꿈에서보다 훨씬 아파. 근데 내가 문제가 아니야. 우리는 여기까지야. 네가 지금 리브를 따라간다면 모든 것이 틀어져."

오웬은 헬기에 있던 망토를 니나에게 입혀주며 말한다.

"누나 가슴에 상처?"

니나는 자신의 몸을 본다. 찢어진 전투복 위로 살짝 드러난 가슴 위 부위에 상처가 깊다. 아까 여왕의 촉수를 베면서 미처 촉수의 공격을 피하지 못해서 생긴 상처다.

"스위븐이 확실해……. 이젠 리브와 선우필에게 맡겨."

해든의 말에 잠시 생각에 잠긴 니나는 자신의 상처를 보더니 여왕을 쳐다본다. 그리고 그 뒤의 다락방 우주공간을 쳐다본다. 니나는 아무 말 없이 헬기에 탑승한다.

헬기가 홀랜프 본부에서 떠나지만, 니나의 고개는 여전히 리브가 있는 곳을 향해 있다. 박 사령관은 그런 니나를 보며 헬기 조종석으로 간다.

헬기는 빠른 속도로 파라다이스를 떠난다.

9장 1절
목적

   여왕의 괴성이 파라다이스 전체에 울린다. 그 괴성은 다락방 우주공간에서 점점 작아진다. 다락방 우주공간으로 들어온 선우필은 리브와 선우희가 다치지 않았는지 확인하려고 고개를 든다. 리브는 선우희를 안은 채 선우필의 품에 안겨 있다. 쑥스러운 듯 어색하게 리브는 선우필에게 향하던 고개를 옆으로 돌리며 선우희에게 괜찮냐고 묻는다. 선우희는 아무렇지도 않게 혼자 일어난 후 가만히 다락방 우주공간 끝에 위치한 벽을 쳐다본다.

   선우필의 팔에 기대면서 두 사람은 잠시 누워서 우주공간을 감상한다. 주위는 깜깜하고 고요하다.

   "이제 비켜줄래?"

   리브가 지그시 말한다.

   "어? 어…… 응."

   선우필은 어리바리하게 대답하며 리브를 일으켜 세워준다. 두 사람은 고요해진 다락방 우주공간을 둘러본다. 깜깜해서 아무것도 안 보일 듯하지만 세 사람은 지금 이곳이 뚜렷이 잘 보인다. 선우필과 리브의 눈이 마주친다. 잠시 아무 말 없이 쳐다보던 두 사람은 선우희의 손을 각기 잡고 걷기 시작한다. 여왕의 괴성이 점점 희미해지더니 사라지고 세 사람의 걸어가는 발소리가 이곳을 가득 메운다. 그러다가 물 흐르는 소리가 들린다. 걸을수록 물소리와 함께 시원하고 웅장한 동굴 같은 느낌이 들고 점점 더 미지의 세계처럼 느껴진다. 리브가 옆에 흑요석 같은 돌들이 보이자 손을 대본다. 축축한 돌이 이 공간을 가득 메우고 있다.

"암흑물질이야."

선우필이 말한다. 리브는 자신의 손에 묻은 축축한 물을 손가락으로 비벼본다. 어두운 공간 곳곳에 신비로운 느낌의 불빛이 비쳐 세 사람을 인도하고 있고 별의 촘촘한 불빛이 점점 많아진다. 그리고 그 불빛이 점점 더 커지더니 리브와 선우필을 비춘다. 리브는 선우필을 쳐다보며 무슨 말을 하려다 만다. 선우필은 그런 리브를 쳐다보며 어색하게 미소 짓는다. 그때 선우희가 끝으로 달려가기 시작한다.

"천천히 가. 넘어져."

선우희는 다시 천천히 걸어간다. 리브는 자기도 모르게 선우필의 손을 잡는다. 선우필은 순간 얼어붙은 듯 리브가 잡은 손을 빼지 않고 그저 다리만 움직여 걷는다. 리브 역시 자신의 행동에 놀란 듯하지만 그래도 손을 놓지 않는다. 대신 화제를 돌리려는 듯 퉁명스럽게 말한다.

"너는 아들이 저렇게 혼자 가는 게 걱정도 안 돼?"

선우필은 리브의 말에 어떻게 해야할지 모르고 리브는 짧은 한

숨을 쉬며 손을 다시 꼭 잡는다.

"넌 정말 답답해."

두 사람은 어색하지만 마치 오랜 연인처럼 다정히 걸어간다. 마침내 선우희가 가 있는 끝자락에 도착한다. 거기에는 거대한 검은 문이 달려 있다. 선우필은 잠시 뒤로 물러서서 검은 문 전체를 바라본다. 선우희 역시 선우필을 따라 한다. 리브는 그런 두 사람이 귀여운 듯 잠시 미소를 짓지만 이내 선우필의 어두워진 표정을 보고 긴장하며 거대한 문을 쳐다본다. 거대한 문에는 선우희가 겨우 들어갈 만한 좁은 문이 손잡이 없이 달려 있다. 선우희가 손잡이를 찾으려는 듯 좁은 문을 손으로 계속 만진다.

"아, 이 문이야. 이렇게 좁은 문이었어."

리브가 말하며 주위를 다시 둘러본다.

"기억난다. 이 깜깜한 공간, 고요한 동굴인 줄 알았는데 우주 속으로 들어온 듯한 답답한 느낌이 들었고 저 불빛을 따라 이곳으로 우리가 걸어왔지. 그리고 우리가 이 좁은 문을 열면 되는 거야. 맞지?"

리브는 선우필의 동의를 얻으려는 듯 묻는다. 선우필은 리브를 쳐다보며 짧게 고개를 끄덕인다.

"앞쪽에 조그만 문양이 파여 있어."

좁은 문을 자세히 살펴보던 리브는 문양을 발견한다. 선우필은 리브를 쳐다보며 자신의 호주머니에서 십자가와 다윗의 별 모양이 겹쳐 있는 두 개의 펜던트를 꺼낸다. 하나는 서 집사의 목에 걸려 있던 펜던트이고 다른 하나는 민수가 건네준 펜던트다.

"그건 아저씨 펜던트인데……."

리브의 말에 선우필은 리브를 보고는 다시 서 집사의 펜던트를 본다. 아까의 폭발로 형체만 남았다.

"어떻게 이게 내 손에 있었는지 모르겠어."

선우필이 서 집사의 펜던트를 만지며 말한다.

"그럼 저건?"

리브는 민수가 건넨 펜던트를 가리킨다.

"민수가 내 손에 쥐여줬어. 어떻게 민수가 가지고 있었지?"

선우필이 묻는다.

리브는 잠시 생각하다 선우필에게서 서 집사의 펜던트를 집어 좁은 문에 있는 문양에 맞춰본다. 정확히 들어맞으며 펜던트가 문양 깊숙이 들어간다.

"이런 문양이 하나 더 있는지 찾아봐."

리브가 말한다. 선우필은 리브의 말에 왼쪽으로 고개를 돌리더니 손가락으로 가리킨다.

"저기……."

선우필의 행동에 리브가 고개를 돌려 쳐다본다. 몇 발자국 떨어진 곳에 펜던트 문양이 보인다. 두 사람은 그곳으로 걸어간다. 펜던트 모양을 가운데 두고 둥그런 자국이 나 있는 벽이 있다. 사람 팔이 하나 들어갈 정도로 좁은 구멍이다. 리브가 나머지 펜던트를 가지고 그 문양에 집어넣는다. 그러자 둥그런 자국이 열리면서 구멍이 열린다.

"여기 구멍에다가 너의 팔을 집어넣으면 돼."

선우필의 말에 리브는 의심스러운 듯 선우필을 본다.

"넌 알고 있었어?"

리브가 말한다.

"점점 생각이 나는 듯해."

선우필이 말한다. 리브는 둥그런 구멍을 본다. 그러다 문득 생각 난다는 듯 말한다.

"아, 그래. 내가 여기에 집어넣고 네가 반대편에 집어넣으면 문 이 열렸어."

리브의 말에 선우필이 고개를 끄덕인다. 리브는 자신의 왼팔을 구멍에 집어넣는다. 리브의 팔이 정확히 들어맞는다. 그러자 구멍 이 닫히면서 리브의 팔이 빠지지 못하게 끼워진다. 답답한 듯 리브 가 팔을 빼려 하지만 조금의 오차도 없이 정확히 끼워진 팔은 꿈 쩍도 하지 않는다. 리브는 선우필을 보며 불평한다.

"안 빠져 이거……. 빨리 너도 가서 넣어봐. 나 답답해."

선우필은 투정부리듯 말하는 리브를 보며 씁쓸히 미소 짓는다. 그리고 반대편으로 걸어가려 한다.

"선우필……."

리브가 부른다. 선우필은 가려다 말고 뒤돌아 리브를 본다.

"너의 팔이 끼워지고 저 문이 열리면 우리도 이제 끝인 거 알지? 더 이상 우리에게는 내일이 없어."

선우필은 리브의 말에 잠시 고개를 숙이고 생각하는 듯하더니 고개를 들고 리브를 본다.

"그러니까…… 마지막이니까."

리브는 무슨 부탁을 하려는 듯 침을 삼키며 말한다. 선우필은 무 슨 말인지 모르는 표정으로 리브를 바라본다. 리브는 그런 선우필 을 보다 한숨을 쉰다.

"어휴, 내가 뭘 바라냐. 빨리 가서 마무리 지어."

선우필은 리브의 한숨에 당황하며 갈까 말까 갈팡질팡하다 반대편으로 걸어간다. 무심히 가버리는 선우필을 리브는 불만스러운 표정으로 쳐다본다.

"저렇게 모르냐."

리브가 혼잣말한다. 선우필은 무슨 소리가 들리는 듯 다시 뒤돌아 리브를 본다.

"빨리 가라고."

리브는 짜증 나는 듯 언성을 약간 높여 말한다. 선우필은 다시 뒤돌아 걸어간다. 가는 길에 좁은 문 앞에서 주인을 기다리는 강아지처럼 자신을 보는 선우희를 본다.

선우필은 지나가면서 선우희의 머리를 한 번 쓰다듬는다. 선우희는 선우필의 손길이 좋은지 웃으며 다리를 꼭 잡고 안는다.

"사랑해요, 아빠."

선우희가 소곤대며 말한다. 리브는 선우희의 행동에 미소 짓는다. 선우필은 잠시 그대로 서 있다가 선우희의 등을 손으로 어루만져준다. 그리고 선우희를 떼고 반대쪽으로 향한다.

선우희가 있는 좁은 문에서 몇 발자국 떨어진 곳에 역시나 둥그런 구멍 자국이 보이고 펜던트 모양이 앞에 있다.

"어? 근데 펜던트가 더 없지 않아? 아까 내 목에 걸려 있던 건 잃어버렸는데?"

리브가 말한다. 선우필은 리브를 쳐다본다. 그리고 조심히 자신의 목에 걸린 펜던트를 꺼낸다. 리브의 부모 사진이 박힌 펜던트다.

"네가 그걸 어떻게 가지고 있어?"

리브가 놀라며 묻는다. 선우필은 슬픈 표정으로 리브를 보며 펜던트를 벽의 문양에 집어넣는다. 그러자 둥그런 구멍이 생긴다. 선우필은 자신의 오른팔을 집어넣는다. 팔을 끝까지 넣자 무엇에 걸리는 소리가 들리고 정확히 선우필의 팔에 맞춰 구멍이 닫힌다. 선우필과 리브는 선우희를 사이에 두고 한쪽 팔이 꽂힌 채 마주하고 있다.

그때 선우희 앞에 있는 좁은 문이 열린다. 그 안에서 강한 빛이 비치다가 다시 어두워진다. 순간 터져 나온 빛 때문에 눈이 부셔 앞이 안 보이던 리브는 다시 돌아온 시야에 통로 내부가 보인다. 통로는 마치 여자의 배 속처럼 생긴, 이전에 선우희를 품은 움스크린의 모양과 같은 구조다. 리브는 순간 무언가를 깨달은 듯 고개를 흔든다.

"아니야. 안 돼……."

리브는 당황스러워하며 다급히 선우희를 부른다.

"선우희…… 거기 아니야. 들어가지 마. 잠깐만……."

리브는 다급히 팔을 빼려 하지만 꿈쩍도 안 한다. 그럴수록 몸이 벽에 밀착되고 결국 벽과 한 몸이 된 듯 붙는다.

"잠시만. 이거 왜 이래."

눈은 선우희에게 가 있지만 리브는 숨쉬기 곤란한 듯 힘겹게 내쉰다. 선우희는 그런 리브를 쳐다보며 활짝 웃는다.

"엄마하고 아빠가 즐거우면 좋겠어. 내가 그렇게 해줄 거야. 모두가 즐겁고 신나게 살게 해줄 거야."

선우희는 이전과 다르게 어른스럽게 말한다. 순수함이 느껴지지만, 상당히 어른스러운 말투다.

"무슨 말이니? 아니야. 아들. 엄마 말 들어야지. 거기 들어가지 마. 잠시만 기다려봐……."

리브의 눈에서 눈물이 흐른다. 리브는 선우필을 쳐다본다.

"이게 뭐야! 넌 알고 있었어? 왜 나한테 알려주지 않은 거야!"

아무 대답도 못 하는 선우필을 보고 다시 선우희를 보던 리브가 말한다.

"우리 아들. 아이처럼 행동해야지? 우리 희는 아직 엄마 품에 더 있어야 해. 응? 제발 엄마 말 들어. 선우희……."

리브는 몸을 움직여보려 하지만 도저히 움직여지질 않는다. 조바심이 나서 안달이 난 리브와 달리 선우희는 평온하다.

"엄마. 너무 걱정하지 마. 아빠가 이제 알아. 남은 시간 아빠하고 즐겁게 지내다 만나자."

그렇게 말한 선우희가 자신의 앞에 열린 좁고 어두운 통로로 들어간다. 선우필은 선우희를 보다 고개를 떨구고 리브는 울면서 주저앉는다. 하지만 팔이 끼워진 상태여서 제대로 앉지도 못한다.

"무슨 소리야? 그게 무슨 소리냐고!"

선우희가 보이지 않게 되자 좁은 문이 굳게 닫힌다. 리브와 선우필을 잡고 있던 구멍이 느슨해지면서 두 사람의 팔이 구멍에서 빠진다. 리브는 다급히 좁은 문으로 달려가 열어보려고 벽을 더듬는다. 하지만 방금 보였던 좁은 문의 윤곽마저 사라졌다. 리브는 손이 부서질 정도로 벽을 친다.

"안 돼! 엄마가 너에게 해주고 싶은 게 아직 많아! 제발 돌아와!"

울부짖는 리브의 통곡 소리가 다락방 우주공간 밖에서 들리는 여왕의 괴성과 겹쳐 들린다. 다락방 우주공간을 가로막고 있던 레이저 문이 열리고 여왕의 괴성이 더 크게 들린다. 여왕은 선우필과 리브를 향해 입을 쫙 벌려 일그러진 표정으로 소리를 지른다. 어둡고 캄캄했던 공간이 환해지고 여왕의 입 속에서 초소형 홀랜프가 떼지어 나오기 시작한다.

파라다이스를 보호하던 방어막이 걷히며 하늘의 문이 열리듯 파라다이스를 덮고 있던 막이 열린다. 아름답고 맑은 하늘로 덮여 있던 파라다이스는 바깥세상과 같이 붉은빛의 사막처럼 변하며 탁한 공기가 들어오고 순식간에 광야와 같은 모습으로 변한다. 홀랜프 본부 역시 천장이 뚫리며 하늘이 보인다. 저 멀리서 핵탄두가 조용히 날아온다.

초소형 홀랜프 떼들이 얽혀 매섭게 탑을 쌓으며 여왕을 들어 지탱한다. 그리고 리브와 선우필이 있는 곳으로 기어가듯 끌고 온다. 마치 지네가 기어가는 듯하다.

박 사령관이 조종하는 헬기 안에서 두 번째 핵탄두가 날아가는 것을 보던 아이들은 홀랜프 본부로 시야를 돌린다. 니나는 초조한 듯 손을 계속 주무르고 있다. 헬기는 빠른 속도로 82본부로 향한다.

9장 2절
부부

헬기는 무사히 82 아믹달라 본부에 도착한다. 레나가 82본부에서 뛰쳐나오며 다친 해든의 팔을 보더니 운다.

"오빠 팔이……."

오웬의 부축을 받던 해든은 레나에게 억지로 미소를 지어 보이지만 혈색이 안 좋다. 의료진이 나와 부상당한 전사들과 해든의 팔을 살핀다. 해든은 그 자리에 앉으며 의료진에게 말한다.

"잠시만 쉴게요……."

"괜찮겠어?"

니나가 해든에게 말한다.

"조금만 쉬면 괜찮을 것 같아."

해든의 말을 들은 니나는 헬기에 있던 멘사보드를 집어 탄다.

"제가 다녀올게요."

멘사보드와 연결시킨 니나의 뉴컨밴드에서 빛이 나오고 니나가 날아가려 할 때 박 사령관이 막아선다.

"지금 가기엔 너무 늦었다."

그때 니나는 파라다이스로 고요히 떨어지는 핵무기의 폭발을 본다. 폭음과 함께 버섯 모양 연기가 만들어진다. 핵폭풍이 빠른 속도로 먼지를 일으키며 82본부로 다가온다. 아라는 들고 있던 방어막 제어기의 버튼을 누른다. 82본부 전체를 방어막이 둘러싼다.

박 사령관은 빠른 속도로 다가오는 핵폭풍이 82본부까지 도착하는 시간을 잰다. 니나는 해일처럼 다가오는 핵폭풍을 쳐다보다 박 사령관을 본다. 그리고 뒤돌아서 레나의 표정을 본다. 니나는 레나에게 안심하라는 표정을 지어준다. 해든은 일어나 오웬과 함께 레나를 꼭 잡아주고 있다. 아이들이 파라다이스로 향했던 길로 핵폭풍이 매섭게 불어온다. 핵폭풍은 82본부를 덮치고 방어막을 타고 올라가 지나간다. 하지만 그 위력이 방어막 안에서도 강렬하게 느껴진다.

"핵을 두 번 쏘지 않았나요?"

해든이 묻는다.

"한 개가 작동하지 않은 것 같다."

어느새 나온 김 중령이 말한다. 82본부 안에 있던 사람들이 밖으로 나온다.

"핵무기를 한 번 더 사용할 예정이다. 성공한다면 홀랜프 본부를 비롯한 파라다이스의 모든 것이 파괴될 거야."

김 중령의 말에 니나는 멘사보드를 더 꽉 쥐고 레나는 울먹거리며 묻는다.

"그럼 언니가 죽잖아요!"

해든과 오웬은 흐느끼는 레나를 안아주며 파라다이스 쪽을 바라본다. 버섯구름이 사그라들고 큰 연기 안에서 불덩이가 여기저기서 터진다. 연기는 바닷속 해파리가 수면으로 상승하는 모양이다.

"홀랜프처럼 생겼어."

오웬이 조용히 말한다. 해든과 레나는 오웬의 말에 다시 파라다이스에서 피어오르는 연기를 쳐다본다. 멀리 보이지만 아직 위력이 대지를 울리고 붉은빛으로 뒤덮는다.

"홀랜프 본부는 아무 타격이 없는 것 같아요."

오웬이 희미하게 보이는 홀랜프 본부를 보며 말한다. 그때 니나의 뉴컨밴드에서 강한 빛이 나온다.

"리브의 어빌리스가 감지돼요."

니나는 박 사령관을 보며 말한다. 박 사령관은 김 중령을 쳐다본다.

"어찌 방법이 없겠는가?"

"이미 발사했어."

박 사령관의 질문에 김 중령은 힘없이 말한다. 더 강한 핵탄두가 홀랜프 본부로 향한다. 니나가 다시 나가려고 한다. 박 사령관이 막으며 말한다.

"자네가 아무리 빨리 가도 소용없어. 저 핵무기를 쓰고도 홀랜프 본부가 없어지지 않으면 남은 모든 핵무기를 다 써서라도 파괴할 거야. 아이와 아버지, 어머니가 죽는다고 하더라도 하늘의 도시는 홀랜프를 없앨 기회라고 생각할 거야."

"예언서를 믿고 있던 게 아니었나요?"

니나가 묻는다. 박 사령관은 전사들과 민간인들을 잠시 보더니 조용히 말한다.

"아니. 하늘의 도시는 예언서를 만든 사람들이지 믿는 사람들이 아니야."

니나는 박 사령관의 말에 힘없이 홀랜프 본부를 쳐다본다.

*

다락방 우주공간에서 초소형 홀랜프 떼가 여왕을 들고 리브와 선우필에게 기어 온다. 핵이 터지는 진동에 잠시 주춤했지만, 여전히 홀랜프 본부는 이상할 정도로 멀쩡하다. 홀랜프 본부에 다시 방어막이 덮이고 있다. 선우필이 고개를 들어 위를 보니 다색의 방어막이 비눗방울처럼 흔들거리며 붉은빛으로 뒤덮인 하늘을 가리고 있다. 하지만 붉은빛과 다색의 방어막이 이상하리만큼 조화를 이룬다.

"우리 이제 가야 해⋯⋯."

선우필은 주저앉아 우는 리브의 어깨에 소극적으로 손을 대며 말한다. 리브는 손을 뿌리친다.

"넌 사람이 왜 그렇게 냉정해? 부모가 돼서 아들을 저렇게 내버려 두고 우리만 가자는 거야? 우리 아들이잖아! 저런 어두운 데 들어간 아이가 이 세상을 위해 뭘 어떻게 한다는 거야?"

리브는 눈물을 뚝뚝 흘리며 좌절한 목소리로 말한다. 선우필은 안타까운 눈빛으로 리브를 본다. 그때 초소형 홀랜프 몇 마리가 리브에게 달려든다. 선우필은 리브를 방어하며 초소형 홀랜프와 맞서 싸운다. 리브는 포기한 듯 주저앉아 눈물만 흘릴 뿐 삶의 의욕을 잃은 채 선우필을 쳐다본다. 그때 여왕이 드러누우며 다시 괴성을 지른다. 여왕을 들고 있던 초소형 홀랜프 떼는 드러누운 여왕을 들고는 다시 리브를 향해 달려온다. 여왕은 고개를 90도로 젖힌 후 입을 벌려 마치 리브를 한입에 잡아먹으려는 듯 괴성과 함께 돌진해온다. 선우필은 주저앉은 리브를 안고 공중으로 날아오르려고 한다. 그때 선우필의 앞주머니에서 리브의 부모 사진이 박힌 책갈피를 발견한다. 리브는 책갈피를 집는다. 그리고 빤히 선우필을 쳐다본다. 그때 공중에 뜨려는 선우필의 다리를 붙잡는 초소형 홀랜프들에 의해 선우필과 리브는 다시 바닥으로 떨어진다. 초소형 홀랜프들이 선우필의 다리를 타고 올라가면서 갉아 먹으려 한다. 선우필이 고통에 소리를 지르고 리브를 더 위로 들어 올린다. 리브는 들고 있던 책갈피를 놓친다. 여왕이 다시 괴성을 지르며 입을 쩍 벌린다. 여왕의 입에서 수많은 초소형 홀랜프가 떼로 나와 탑을 쌓기 시작한다.

선우필은 리브를 꼭 안은 채 다시 힘껏 하늘로 솟아오른다. 선우필의 다리를 잡고 있던 초소형 홀랜프가 떨어져 나가지만 초소형 홀랜프 떼가 무서운 속도로 탑을 쌓으며 선우필을 따라간다. 그리고 선우필의 다리를 다시 잡으려 할 때 선우필이 다리를 튕겨 리브와 함께 홀랜프 본부의 방어막을 뚫고 올라간다. 방어막이 뚫리자 여왕은 고통스러운 듯 몸부림친다. 온 땅이 지진이 난 듯 흔들리면서 떨림과 울림이 반복적으로 나타난다. 탑을 쌓던 초소형 홀랜프 떼가 무너지고 공중에 떠 있던 선우필은 때를 놓치지 않고 더 빠르게 하늘로 올라간다.

떨어지는 핵탄두를 가까스로 피하며 올라간 하늘에서 선우필은 핵탄두가 여왕의 입으로 떨어지는 장면을 본다. 하지만 초소형 홀랜프 떼가 다시 탑을 쌓으며 탄두를 갉아 먹어 여왕에게 떨어지기도 전에 불발시킨다. 그러나 연이어 다른 핵탄두가 여러 발 떨어져 결국 여왕의 입 속으로 모조리 들어간다.

어디선가 나타난 대형 홀랜프가 선우필을 공격하지만, 또 다른 핵탄두를 맞고는 큰 폭발음과 함께 홀랜프 본부로 떨어진다. 대형 홀랜프와 여왕이 부딪히고 홀랜프 본부가 폭파되면서 버섯 모양 연기가 피어오른다. 파편이 사방팔방으로 빠르게 퍼진다. 선우필과 리브가 있는 하늘 위까지 파편이 튀지만, 선우필이 더 빠른 속도로 날아 올라가며 피한다.

한참을 하늘 위로 올라가던 선우필은 산소의 부족함을 느끼며 자신의 품에 안긴 채 흐느껴 우는 리브를 안아주며 어찌할 바를 모르다 잠시 비행을 멈춘다. 산뜻한 바람이 불고 자신에게 기대어 우는 리브를 본다. 얼마 후 리브는 울음을 멈추고 선우필을 쳐다본다. 구름 위에서 비추는 태양과 대기권 밖에서 움직이는 오로라가 두 사람을 향해 빛을 내뿜는다.

"꿈에서 우리가 이대로 위로 올라갔다는 거지?"

울음을 멈춘 리브가 위를 쳐다보며 말한다. 하늘 위로 올라갈수록 점점 더 깜깜해진다. 선우필은 대답 없이 어두워지는 하늘 위를 보다 리브를 본다. 두 사람은 가쁜 호흡을 내쉰다. 두 사람의 입에서 진한 입김이 나온다. 리브는 추운 듯 다시 자신의 몸을 선우필에게 기대고 호흡을 조절한다.

리브는 선우필을 빤히 본다. 두 사람의 입술이 거의 닿을 정도로 붙어서 숨을 가쁘게 몰아쉰다. 그렇게 서로의 입술이 점점 맞대어

지면서 두 입술이 닿으려 할 때 리브가 선우필의 등에서 피가 흐르는 것을 발견한다.

　자신의 손에 묻은 피를 확인한 리브는 선우필이 정신을 잃은 듯 눈을 감는 것을 본다. 선우필은 리브를 꼭 안고 놓지 않은 채 그대로 지상으로 떨어진다. 리브는 선우필의 품에 얼굴을 파묻는다.

에필로그
……신은 자기 뜻대로 실행한다

여왕이 살던 홀랜프 본부는 핵미사일에 폭발하고 파라다이스를 비롯한 일대가 쑥대밭이 된다.

82 아믹달라 본부 바깥에 있는 터로 나온 아이들과 마일스 전사들이 민간인들과 함께 지켜본다. 그들은 82본부가 아무런 피해를 입지 않게 폐쇄해야 한다는 주장과 리브와 선우필이 오기 전까지 그대로 놔둬야 한다는 주장으로 나뉘어 다툰다.

"우리는 그 어빌리스가 뭔지도 잘 모르겠고, 우리 방어막도 거의 구멍이 다 나고 깨지고 있잖아. 저 핵폭탄의 낙진이 이쪽으로 향한다면 우리도 어떻게 될지 몰라! 빨리 실드를 쳐!"

"아직 시간이 조금 남았어요. 조금만 기다려봐도 늦지 않잖아요. 그래도 예언서의 어머니가 아직 안 돌아왔는데……."

"예언서의 어머니나 아버지, 그들의 아이는 괴물들을 없애면 사라지는 역할이야. 홀랜프가 멸망한 이상 예언이 실행됐으니 어머니나 아버지는 자신의 역할을 다한 거라고! 우리를 살렸으면 된 거 아니야!"

전사들은 민간인들의 논쟁 사이에서 어찌할 바를 모르고 있고 아이들은 화를 참으며 리브와 선우필의 어빌리스를 찾아본다. 박 사령관은 아라에게 묻는다.

"준비되었나?"

아라는 방어막 제어장치를 손에 쥐고 있다.

"네. 마지막 방어막이긴 합니다. 하지만 리브가⋯⋯."

아라가 걱정스럽게 말한다. 박 사령관은 계속해서 논쟁하는 사람들을 본다. 김 중령은 뉴컨밴드를 장착한 채 논쟁하는 사람들이 시끄러운 듯 멀리 떨어져 시간을 재고 있다.

"앞으로 20초⋯⋯."

박 사령관 역시 손목에 찬 뉴컨밴드를 보며 중얼거린다. 멀리서 핵폭풍이 82본부로 쏠려오고 있다. 이전보다 강렬한 폭풍이다. 움 푹 파인 길에 더 큰 구멍이 나면서 핵폭풍이 밀려온다. 박 사령관 은 천천히 입으로 숫자를 센다.

한 전사가 박 사령관에게 다가와 말한다.

"이미 홀랜프는 멸종되었습니다. 저희 모두가 죽으면 희생한 모 든 사람은 어떻게 되는 겁니까? 사람들 말이 맞아요. 지금 방어막 을 쳐야 합니다."

그 전사의 말에 형진이 나서서 말한다.

"사람들이 그럴수록 우리가 더 아이들을 보호해야 하지 않겠습 니까? 마지막까지 믿어봐죠!"

"어차피 예언서는 사람들을 한데 묶기 위한 책이지 사실이 아니 에요. 솔직히 홀랜프를 멸한 것도 저희가 다 노력해서지, 아이들 때문이라고 하기 어렵지 않나요? 저희가 한 일이라고요."

니나가 그 전사의 말에 뒤돌아보는데 그때 김 중령이 나타난다.

"뭐 하고 있어! 쓸데없는 말에 신경 쓰지 말고 따라와!"

멘사보드를 들고 서 있던 니나를 김 중령이 잡아끌고는 자신의 멘사보드와 함께 위로 날아간다. 니나는 엉겁결에 멘사보드에 탑승하고는 김 중령과 함께 하늘 위를 쳐다보는데 리브와 선우필이 낙하하고 있다.

"넌 여자애를 맡아라!"

김 중령은 리브 쪽으로 니나를 밀어내고는 재빠르게 선우필을 받아낸다. 니나 역시 리브를 잡고는 방향을 틀어 가속을 해 82본부로 향한다. 핵폭풍이 다가오는 가운데 가까스로 82본부에 도착한 김 중령과 니나는 멘사보드에서 떨어지며 땅에 구른다. 아라가 제어장치의 버튼을 누르자 빠른 속도로 방어막이 82본부 전체에 쳐진다. 핵폭풍이 강한 압력과 함께 82본부의 방어막을 지나간다.

연기가 온 세상을 뒤덮고 잠시 뿌옇게 변한다. 방어막 안에 있는 사람들은 논쟁을 멈추고 하얗게 변한 하늘을 쳐다본다. 한참 지나 핵폭풍의 기운이 천천히 사라진다. 지면에 도착한 리브는 정신을 차린 후 조용히 팔로 얼굴을 가린 채 흐느끼고 니나는 그런 리브를 안아준다. 선우필 역시 김 중령 품에 안겨 있다가 정신을 차리고 흐느끼는 리브를 안타까운 표정으로 본다. 그런 선우필이 짜증 나는 듯 김 중령이 선우필을 밀쳐낸다.

"무겁다. 저리 가라."

김 중령은 옷을 털며 일어난다. 선우필은 창피한 듯 일어나려다 갑자기 힘이 빠져 주저앉는다.

팔 하나를 잃은 해든과 그 옆에서 해든을 붙들고 있는 오웬은 리브와 선우필을 바라본다. 아라는 제어장치에서 손을 떼지 못한 채 리브와 선우필을 쳐다본다. 조심히 제어장치에서 뗀 손에 땀이 흠뻑 배어 있다. 레나는 아라에게 달려가 안겨 울먹거린다.

"언니…… 민수 오빠하고 집사님하고 죽었대. 우리 선우희도……"

레나는 말을 끝맺지 못하고 아라 품에 안겨 복받친 듯 운다. 아라는 레나를 안아주며 리브에게로 걸어간다. 리브는 마음을 다잡은 듯 일어나 레나와 아라를 안아준다. 아라는 아무것도 남지 않은 파라다이스를 바라본다.

"전쟁이 끝났다! 인류가 드디어 구원을 받았어!"

한 민간인이 외친다. 멍하니 아이들을 보던 민간인들과 전사들이 그 소리에 언제 그랬냐는 듯 서로를 부둥켜안고 기뻐한다. 김 중령은 그 모습이 불편한 듯하다. 박 사령관 역시 찜찜한 표정으로 아이들을 본다. 레나를 제외한 아이들의 표정에는 어떤 감정도 보이지 않는다.

"구원을 받았다고?"

박 사령관과 김 중령은 아라가 혼잣말하는 소리를 듣는다. 그들은 아이들을 훑어본다. 레나는 울음을 그치고 기뻐하는 사람들을 본다.

잠시 후 해든, 오웬, 리브, 레나, 아라, 니나 그리고 선우필은 서로를 쳐다본다. 마치 무언의 대화를 하는 듯한 그들의 눈빛은 리브가 선우필에게 오라고 손짓하면서 사라진다. 선우필은 묵묵히 리브에게 다가간다.

선우필이 걸어가는 길목에는 조그마한 꽃봉오리가 피었다. 지구의 자전과 함께 지구를 덮고 있던 핵의 기운이 조금씩 걷히면서 언제 그랬냐는 듯 본래의 푸른 바다와 청록색의 대지를 뒤덮고 있는 흰 구름이 서로 뒤엉켜 균형을 이루는 모습이 나타난다.

홀랜프 2

1판 1쇄 인쇄 2024년 8월 30일
1판 1쇄 발행 2024년 9월 10일

지은이 사이먼 케이
펴낸이 김성구

책임편집 김지용
콘텐츠본부 고혁 조은아 김초록 이은주
디자인 이영민
마케팅부 송영우 김지희 김나연 강소희
제작 어찬
관리 안웅기

펴낸곳 (주)샘터사
등록 2001년 10월 15일 제1-2923호
주소 서울시 종로구 창경궁로35길 26 2층 (03076)
전화 1877-8941 | 팩스 02-3672-1873
이메일 book@isamtoh.com | 홈페이지 www.isamtoh.com

ISBN 978-89-464-2287-2 04810
ISBN 978-89-464-2285-8 (세트)

• 값은 뒤표지에 있습니다.
• 잘못 만들어진 책은 구입처에서 교환해 드립니다.

샘터 1% 나눔실천

샘터는 모든 책 인세의 1%를 '샘물통장' 기금으로 조성하여 매년 소외된 이웃에게
기부하고 있습니다. 2023년까지 약 1억 1,200만 원을 기부하였으며, 앞으로도 샘터는
책을 통해 1% 나눔실천을 계속할 것입니다.